啄木鸟文丛(2023)

思者无域

衡正安 著

中国文联出版社

图书在版编目（CIP）数据

思者无域 / 衡正安著 . -- 北京：中国文联出版社，2024.2
（啄木鸟文丛）
ISBN 978-7-5190-5451-9

Ⅰ.①思… Ⅱ.①衡… Ⅲ.①文艺评论－中国－当代－文集 Ⅳ.① I206.7-53

中国国家版本馆 CIP 数据核字 (2024) 第 047679 号

作　　者	衡正安
责任编辑	周劲松　张　甜
责任校对	田宝维　宋雨桐
封面设计	孔未帅

出版发行	中国文联出版社有限公司
社　　址	北京市朝阳区农展馆南里 10 号　　邮编：100125
电　　话	010-85923025（发行部）　010-85923091（总编室）
经　　销	全国新华书店等
印　　刷	北京市庆全新光印刷有限公司

开　　本	880 毫米 ×1230 毫米　1/32
印　　张	11
字　　数	245 千字
版　　次	2024 年 2 月第 1 版第 1 次印刷
定　　价	78.00 元

版权所有·侵权必究
如有印装质量问题，请与本社发行部联系调换

2023年《啄木鸟文丛——文艺评论家作品集》编委会

主　编　徐粤春

副主编　袁正领

编　辑　都　布　　王庭戡　　张利国　　何　美
　　　　　陶　璐　　王筱淇　　向　浩　　唐　晓
　　　　　杨　婧　　韩宵宵

总　序

文艺评论是党领导文艺工作的重要手段和方式，是社会主义文艺事业的重要组成部分，是引导创作、推出精品、提高审美、引领风尚的重要力量。中国文艺评论家协会（以下简称"中国评协"）作为文艺评论界的桥梁和纽带，在团结引领文艺理论评论工作者、繁荣发展社会主义文艺事业方面肩负重要职责。重任在肩，使命光荣。近年来，中国评协在习近平新时代中国特色社会主义思想指引下，紧紧围绕学习贯彻习近平总书记关于文艺工作重要论述特别是关于文艺评论的指示批示精神，以推深做实中宣部等五部门《关于加强新时代文艺评论工作的指导意见》和中国文联《加强新时代文艺评论工作实施方案》为重点，聚焦"做人的工作"与"引导文艺创作"两大核心任务，锚定中国文艺评论正面、坚定、稳重、理性的正大气象，建体系、强制度、树品牌、立标杆、展形象，在理论建设、示范引领、人才培养、行业评价、平台阵地等方面取得明显成效。我们欣喜地看到，在习近平文化思想的引领下，一支体系完整、门类齐全、梯次完备、数量可观的文艺评论人才队伍正在形成。

为进一步提升中国评协会员服务能力和水平，坚持出成果、出人才、出思想"三位一体"，激励文艺评论工作者发扬"啄木鸟"精神，涵养褒优贬劣、激浊扬清的品格，经中国文联批准，中国评协、中国文联文艺评论中心、中国文联出版社联合启动《啄木鸟文丛——文艺评论家作品集》（以下简称《文丛》）出版计划。《文丛》面向中国评协会员和中青年文艺评论骨干征集作品，经资格审查、专家评审、会议研究、公示等程序，最终确定了 10 部作品集纳入 2023 年出版计划。收入《文丛》的 10 部作品集涵盖文学、戏剧、影视、美术、书法等多个艺术门类，还包括网络文艺这一新类型，作者多为长期以来活跃于评论界的优秀文艺评论家，他们具有开阔的学术视野、深厚的理论功底、严谨的治学精神和敏锐的艺术感知，在各自的专业领域具有较大的影响。相信《文丛》的出版将会对作者学术研究和专业评论起到促进作用，也相信《文丛》的出版必定会在文艺评论界乃至文艺评论事业的发展进程中产生积极的影响。

此次《文丛》出版，各单位的积极推荐、中国评协会员的踊跃申报，体现了广大文艺评论工作者对于加强文艺理论评论工作的自觉意识和积极履行文艺评论职责的使命担当。此次收入《文丛》的 10 部作品集有以下共同的特点：一是注重正确的评论导向。作者们坚持以马克思主义文艺理论指导学术研究和评论实践，注重传承和弘扬中华优秀文论传统和中华美学精神，努力于中华优秀传统文化的创造性转化和创新性发展。二是彰显实践品格。《文丛》的作者们紧跟时代，关注当下的艺术实践和艺术现象，坚持从作品出发，注重发挥文艺评论价值引导、精神引领和审美启迪作用。三是努力开展专业、权威的文艺评论工作。《文丛》所收作品尊重学术民主、尊重艺术规律、尊重审美差异，注重开展建设性文艺评论，写评论坚持以理立论、以理服人，努力营造百家争鸣的学术和评论氛围。四是文风的清新朴实。注重改进评论文风，注重评论文章的文质兼美，是这批作者的共同特点。总之,《文丛》的出版,将优秀文艺评论工作者的评论成果予以汇聚和展示,将有助于推动文艺评论界形成良好的学术和评论氛围。我们期待更多文艺评论工作者能够陆续加入丛书作者的队伍中。

此次《文丛》出版工作得到中国文联党组的有力指导,也得力于中国文联文艺评论中心、中国文联出版社的通力合作。特别要感谢中国文联出版社为《丛书》的编辑出版发行提供了宝贵的经费支持。同时,也要感谢中国评协各团体会员、各专业委员会、各中国文艺评论基地的积极推荐,感谢踊跃申报的各位中国评协会员,以及为书稿的征集、评审和出版付出辛劳的专家和工作人员。希望以《文丛》出版为新起点,在习近平文化思想引领下,在新时代文艺繁荣发展的实践中,能涌现出更多优秀文艺评论人才,推出更多精品文艺评论佳作,推动新时代新征程文艺评论事业高质量发展。

是为序。

夏　潮

2023年10月

目 录

总序 / 1

壹 书法篇

无铮铮之细响　譬万钧之洪钟 / 3
　　——《米芾书法全集》出版的学术价值和历史意义

书中龙 / 15
　　——《王羲之王献之书法全集》出版的价值和意义

"浩浩然，随意所之" / 20
　　——《馆藏林散之先生诗稿墨迹》赏析及意义

树立标杆　以导后学 / 26
　　——沙曼翁书法篆刻作品集出版的价值和意义

林散之的书法究竟好在哪里？ / 31
　　——写在"散之风神·首届中国书法学术提名双年展"
　　　　之际

学延百世　艺立标杆 / 36

　　——试论饶宗颐的书法艺术以及对当今书坛的重大意义

姑苏美人 / 51

　　——简述瓦翁书法的文化意义

温润而泽 / 54

　　——陈方既先生的意义

"提笔四顾天地窄" / 57

　　——简论萧娴的书法艺术及其现实意义

踵时代之大纛　书左笔而华章 / 62

　　——简论费新我的书法艺术以及带给我们的启示

我看到了古今之别 / 69

　　——黄异庵书法篆刻展有感

言恭达书法的当代价值和意义 / 73

　　——兼论中国书法创新的独特性

花开一朵　但表两枝 / 83

　　——写在"江苏省八十年代书家精英探寻展
　　——南京巡展"之后

书学即是人学 / 88

　　——相叙抱云堂书法活动的时代意义

芳菲菲之缤纷兮，冀秋实之春华 / 91

　　——读"江苏青年书法篆刻'五书一印'（草书）展"有感

一个展览机制创新的成功范例 / 96

　　——"得意之作"书法艺术展的意义

书法，我们继承什么样的传统 / 100

书法的深度 / 104

书法就是书法，不必称书法艺术 / 107

书法演变中的遮蔽现象 / 110

书法是开在汉字上的一朵花 / 113

　　——谈谈书法的独特文化价值

书法的演化过程就是残化过程 / 117

老干弥坚更著花 / 122

　　——简论书法本体与书法装饰的关系

成于外而疏于内 / 129

　　——试论当代行草书取得的成就与不足及其对策

明清米芾书法刻帖及墨迹与刻帖之比较研究 / 138

书法活动如何践行"走在前，做示范" / 145

　　——"米芾杯"国际青少年书法大会的启示

不应只将书法看成艺术，而要将它还原为文化 / 150

　　——《中国艺术报》访谈

当你的对立面出现后，你才更加清晰起来 / 161

——《书法导报》访谈 /

贰 书画篆刻篇

为什么说当代名人书画没有价值？ / 169

慎言"文艺创作要有个人艺术风格" / 175

——以中国书画艺术为例

由"国家一级美术师"想到的 / 181

即便两块相同的冰 不融化也碰不到一起 / 186

——简析书法的"碑帖融合"问题

评论需要证明 / 192

——以书画艺术为例

谈谈书画活动中的首届现象 / 197

流进长江 通向人海 / 200

——试论"长三角"书法与守正创新的关系及其价值和意义

新时代，我们如何有所作为 / 210

——以书画艺术为例

中国艺术的深 / 218

——以书画艺术为例

智与心 / 224

——由"艺术+黑科技"虚拟城市——与AI

　　　　对"画"展览带来的思考

岂将古瓶装今酒？ / 228

　　　　——谈谈书画雅集

其唯擅画　八法亦精 / 231

　　　　——丁观加书法艺术赏析及思考

神之所 / 236

　　　　——"起点与生成"邱振中艺术展观后感

"众"到极致即文化 / 238

　　　　——读《印记镇江——大众篆刻作品集》有感

从陶拍到电脑 / 242

　　　　——小议《大众篆刻入门》的编写特色和价值意义

叁　文艺篇

书法（文字）在国家文化战略中的重要意义 / 247

汉字书写方式的改变将削弱国人的特质 / 258

且慢以为你是艺术家 / 266

证明：我们的艺术家为什么必须要读书 / 269

东西方文化视野下的高校美育 / 273

　　　　——在"中华优秀传统艺术与高校美育"国际

　　　　学术研讨会上的发言

守正创新，是文化自信的底色！ / 282

　　　　——以传统京剧为例

不知深浅，哪来的创作自信？/ 288

"读万卷书 行万里路"思想的局限 / 292

简论建立文艺评论中国标准的问题 / 300

"IP热"的冷思考 / 305

其大无外　其小无内 / 308

　　——浅析《老子》对中国传统文化整体思维的影响

碎片为经，平面为纬，思想为梭 / 311

　　——谈谈如何提升文艺评论的传播力和影响力

大师已去　精神何承 / 314

　　——由饶宗颐辞世想到的

青灯、黄卷、冷板凳 / 317

　　——现代戏曲"盐城现象"的启示

修　身——简说中国书院的当代价值 / 320

把好文艺评论的"方向盘" / 323

加强文艺评论　构筑江苏文艺精品创作高地 / 327

　　——江苏出台《关于加强新时代文艺评论工作的实施意见》

百姓生活，中国最精彩的故事 / 331

　　——2023年南京地铁挂春联系列活动有感

文艺市场急需文艺批评的介入 / 334

壹 书法篇

无铮铮之细响 譬万钧之洪钟

——《米芾书法全集》出版的学术价值和历史意义

  米芾，是我国历史上最伟大的书法艺术家之一，他不仅在当时的北宋就名震天下、享誉朝野，在南宋、元、明、清各代乃至当代的书坛都有举足轻重的地位和重要的影响。他的书法艺术是宋代写意书风的代表，他所取得的书法艺术成就、所达到的艺术高度后人难以逾越，在中国书法史上树立了一座伟大的丰碑。米芾在书史上的崇高地位和巨大的影响，不仅表现在他所取得的艺术成就上，更得益于历代对他作品的摹拓、传刻、碑铭的流行和传世。特别是现代印刷术的高度发达，使其书法作品的传播更加快捷、方便，影响夥颐，波及东瀛泰西。然而，不管历史上对米芾书法如何地钟爱，所采用的是何种方法，对米芾书法的流传起到何种的作用和影响，都无法超越目前由故宫博物院和镇江市丹徒区人民政府联合出版的大型图书《米芾书法全集》（以下简称《全集》），这是历史上刊印个人书法作品规模最大、收录米芾书法作品最多的专集。它全面、逼真、艺术、完整、珍贵地再现了米芾这位书法艺术大师的书法全貌，具有重要的学术价值和历史意义。《全集》的出版与发行必将对米芾书法的学习、研究，碑帖的起源、流传，以及对中华传统文化的继承和发展起到积极的推动作用。

一、《米芾书法全集》的内容

《全集》由故宫博物院和镇江市丹徒区人民政府联合出版发行，共收入故宫博物院、中国国家博物馆、中国国家图书馆、上海博物馆、上海图书馆、辽宁省博物馆、连云港市博物馆、镇江焦山碑刻博物馆、香港中文大学文物馆、台北故宫博物院、日本东京国立博物馆、美国大都会艺术博物馆、美国普林斯顿大学艺术博物馆所藏的米芾书法作品，共计130余种（类），33卷册。按照书法学的分类，以法书（墨

图1　[北宋]米芾《米芾书法全集》，紫禁城出版社2010年版

迹）、单刻帖和丛刻帖以及碑刻归类排序刊布，其墨迹几乎是米芾传世作品的全部，刻帖和碑刻时间跨度上自南宋下迄明代。真草隶篆书体齐备，还有尺牍、题跋、手札、长卷、刻石、墓志等多种书写形式。

特别是汇集了多个宋代版本的米芾作品的丛刻帖如《绍兴米帖》《松桂堂帖》《群玉堂帖》《英光堂帖》《宝晋斋法帖》等，是最为系统、完整、珍贵的米芾刻帖，也是《全集》的最大亮点。分类介绍如下。

（一）法书（墨迹）

米芾的法书墨迹艺术价值最高，影响也最大，特别是现代印刷术的发展，为墨迹的传播和学习提供了古人难以想象的便捷。《全集》共收入米芾墨迹 66 种，基本上为米芾传世墨迹的全部，以行书和楷书作品为主，完整地再现了米芾各个时期的书法风格和艺术成就，为米芾书法的研究提供了真实、全面的墨迹遗存，具有极高的艺术价值，是极其珍贵的第一手资料。

（二）刻帖（单刻帖和丛刻帖）

据文献记载，刻帖起源于南唐，有《保大帖》《升元帖》《澄清堂帖》等，但只见记载未见实物传世。北宋的《淳化阁帖》被公认为"祖帖"，由此为开端，在宋代出现了《庆历》《大观》《淳熙》等官刻帖 16 余种。而在南宋可见米芾作品的刻帖分别为《绍兴米帖》（1141年）、《松桂堂帖》（1174 年）、《群玉堂帖》（1201—1207 年）、《英光堂帖》（1232 年）、《宝晋斋法帖》（1269 年）等单刻帖和丛刻帖，以上刻帖均收入《全集》中。

《全集》共收入米芾书法作品单刻帖和丛刻帖 32 种，有的刻帖还有多个版本，收藏于不同的地方，这是《全集》的最大特色，也是米芾书法作品在古代得以广泛流传、产生更大影响的最好方式。非常难得的是，《全集》中米芾的丛刻帖宋元明清历代都有，刻帖时间之早、数量之大、水平之高、流传之有序、史料之珍贵是历史上所罕见的，具有重要的学术研究价值。

（三）碑刻

米芾作品的刻石非常稀少，《全集》首次集中地收入了米芾书法刻石16种。有著名的宋拓《方圆庵记》，也有非常罕见的《章吉老墓志》《章迪墓表》，更有鲜为人知的残石和题字等，不仅具有重要的艺术价值，也具有文献史料价值。

二、米芾书法艺术评价

米芾是一位生前有大名，身后也能在书法历史上占有重要地位，作品流播四海的书法巨匠。他用一支笔书写了人生灿烂的华丽篇章，赢得了生前身后之辉煌。米芾在书法艺术上所取得的巨大成就，得到了历代评者的盛誉，也留下了丰富的艺术珍品。

米芾的书法历代评价甚多，特别是当代对米芾书法的研究更是成果卓著、几成专学。这里我不想对他书法的承传、古人如何评价他的艺术风格等方面进行赏评，只想从他和"二王"的承传关系、独特的笔法、对后世的影响以及与"宋三家"的比较这四个方面作简要的分析。

（一）米芾的书法和"二王"的关系

从米芾所留下的作品和文字来看，米芾的艺术成就主要得之于晋人书法，是对"二王"书法体系的继承和发展。米芾篆隶楷行草皆善，尤其以行草书擅长，这也是晋人特别是"二王"书法体系的重要代表，是取得艺术成就、产生影响最大的书体。米芾和"二王"的关系主要表现在以下三个方面：

一是取法：米芾不但从所留下的文字上让我们感受到他对"二王"书法的崇拜和赞赏，而且从书法作品的取法上也可以看到"二王"对他的影响。在米芾学习书法的一生中虽"转益多师"，取法过多位书家,但是,晋人特别是"二王"对其影响最深,其收获也最大。他对"二王"书法的喜好、追捧到了疯狂、痴迷的地步。米芾《手札》记叙了一段其购买王羲之《王略帖》(又称《破羌帖》)的情况。文中说,他用15万钱买到王羲之的《王略帖》,如果按照宋代和现在的米价来算,他购买这件作品花去了两千多万元人民币,正好和当代所拍卖的米芾自己的作品《研山铭》价格相近,可见米芾对王羲之的作品厚爱到何种地步。

从米芾对"二王"书法的取法可以看出,米芾在书法艺术上的追求具有独特的眼光和高超的艺术修养。以"二王"为主导的书法主流艺术到南宋之后的不断式微,正是对"二王"主流书法的偏离和误读所致。行草书,"二王"为我们树立了一个历史性的标杆,实践证明,米芾以及当代对"二王"的书法回归和重新解读正是米芾成功的关键,也是当代书法归于理性的历史选择。

二是用笔:米芾论及"宋四家"的书法特点,广为流传也最为精彩。独特的笔法是米芾书法的最大特色,不管米芾书法如何地"刷",如何地八面出锋,但是他始终没有离开"二王"书法用笔体系,就是中锋用笔、侧锋取妍的用笔正脉。他将"二王"的"古质"化为自己的"今妍",将"二王""绞转"的笔法发挥到极致,"刷"出了书法用笔的新天地。

三是作品:在米芾存世的书法作品中行书最多,其次是楷书、草书,也有少量的隶书和篆书。《全集》不仅反映了米芾各种书体的作品,也提供了宋代篆、隶书的实物,为我们研究唐宋篆、隶书法的承传渊源、不兴之原因提供了宝贵的书法资料。显然,米芾的行书书法作品不仅遗存最多,其艺术水平也最高,不管米芾行书书法风格如何多变,"二王"对他的影响最大,气息、用笔、结体等更是一派"晋人"的气象。有些作品从形式上和"二王""貌合神会",如早期作品《方圆庵记》等,更体现出米芾对"二王"书法的继承和发扬。最值得赞许的是,米芾在承接"二王"的基础上有所突破,具有自己独特的书法语言,形成了独特的书法面貌。

(二)米芾书法和"宋三家"之比较

宋人尚意,这是相对于唐人尚法的书法审美风格。尚意书风的形成是宋代书家共同努力的结果,其中以"宋四家"为代表,特别是米芾、苏东坡和黄庭坚,写意书法风格最典型,书法成就最高。从现代书法专业角度来看,米芾是一个真正的专业书家,表现在书法技巧的高超、书法语言的丰富、书法面貌的多变、所留下的书法作品之多以及对后世产生的影响等诸多方面,均远远超过苏、黄两家。从书体上来看,苏轼和米芾一样以行书为主,而黄庭坚在草书上成就最高。米芾在和苏、黄比较中文学水平远不如他们二位,但是在书法艺术上的总体专业水平和取得的高度,远远在他们二位之上。

(三)米芾书法的笔法

以上我们已经稍加注意了米芾的用笔方法,他自己称之为"刷",苏轼也赞其"风樯阵马、沉着痛快",确实非常形象也非常妥帖,高度概括了米芾书法用笔个性和独特技法。虽然米芾的用笔有"八面出锋"的艺术特点,但是他仍未跳出"二王"的用笔体系,只是将晋人书法的用笔发展到极致。只有米芾这样具有高超书写技巧和驾驭毛笔的能力才能做到"刷字",并产生独特的艺术效果。

由于米芾将"二王"的笔法走向了一个极端,因此,在后世学书人中出现了两种现象,一种如其子米友仁、南宋的吴琚等"食米不化",终身笼罩在"米字"的影响之下,无法跳出;另一种就是后来诸多学米者,一味强调米芾用笔的"刷""痛快",而使笔法大坏,离晋人笔法越来越远。可以这样说，北宋之后"二王"帖派书法的不振和书法的用笔有很大的关系，而米芾的"刷字"起到了负面的作用。如果只看到米芾的"痛快"而无视"沉着"的用笔特点，那就"刷"掉了"二王"的古质之气，魏晋风韵"刷"得一丝不存，造成明、清两季行草书不振，徒有"二王"之外形，而缺少内在的气质，导致帖学的全面衰落。碑学在乾嘉时期的兴起，这恐怕和米芾"刷"的用笔不无关系。

（四）米芾书法的影响

可以这么说，米芾是宋代书家中对后世书法影响最大的一位艺术家，我们不仅可以从《全集》中看到他的大量作品在历代的摹刻传拓，其总量远远超过"宋三家"存世作品的总和，而且他的作品受到历代众多书家的效法，成就了多位有成就的书家。北宋有其子米友仁，南宋有陈淳、吴琚，元金有王升、王庭筠，明代有祝允明、文徵明、徐渭、董其昌、傅山，清代有丹徒的王文治以及京江画派画家的书法。特别是当代，由于米芾的书法风格表现出爽捷、痛快的审美特点，具有强烈的艺术个性，正符合现代人的审美心理，因此，得到了众多学书者的喜爱，取法、研究者甚众，其书法得到了更为广泛的传播和继承。

三、《米芾书法全集》的学术价值

随着现代印刷术的迅猛发展，历代书法作品的出版发行变得便捷又快速，取得了丰硕的成果，彻底改变了传统书法"摹拓"得以"化身千万"的古老方法，成为真正的革命性的改变。近现代书法碑帖的出版物数不胜数，规模较大的有《中国历代法书精品大观》《故宫博物院藏历代法书选集》《中国法书全集》《中国碑刻全集》《中国书法全集》

《中国历代法书墨迹大观》等，海外有《书道全集》《欧米收藏中国法书名迹集》《海外藏中国法书集》等。除了这些综合性书法出版物外，也有一些古代书家个人的专辑出版如《王铎书法全集》《董其昌书法全集》《八大山人书法全集》等，还有数量巨大的小型、单册书法出版物无法统计，对书法的学习、普及，对传统文化的传播、承传、复苏起到了巨大的作用。然而，《全集》的出版发行，不仅在个人书法出版规模上是最大的，从出版的档次、艺术水准、文献价值、历史意义等方面来看都称得上书法出版史上的大手笔，具有极高的学术和艺术价值。主要表现在以下几个方面：

（一）全景式地描绘了米芾书法的整体面貌

米芾是历史上极为重要的书家，古代对他书法的摹刻传拓，历代未有中断，近现代以来对他作品的出版印刷也是汗牛充栋、不胜枚举；但是，像《全集》这样如此完整全面地全景式地展示米芾书法艺术还是第一次。从作品的种类来看有法书墨迹、单刻帖和丛刻帖，还有碑刻、墓志等；从字体上来看真草隶篆齐全，以行书为最多，艺术水平也最高；从形式上来看有尺牍、题跋、手札、长卷、斗方、条幅等。其中刻帖从宋到明清贯穿于古代每一个时代，从内容上来看有抄录前人的文章诗句、志铭、传记、斋记、题字，也有自己的论书、诗词歌赋、书信、札记等，可以说涉及历史上诸多的文艺形式，在书法家的个人作品中是极为罕见的，对米芾的研究具有重要历史文献价值。

（二）为米芾书法的比较研究提供了第一手资料

我们知道，现代的印刷技术只有百年多的历史，在漫长的书法历史长河中，书法主要是凭借着传统的形式传播，如摹写、临写、刻帖、碑刻等。前两者是面对真迹所采取的主要手段，只有少数人才能面对名家书法墨迹，特别是像米芾这样的书法大家，其真迹更是一般学书者难得一见的。所以，对刻帖和碑刻的摹拓就是中国古代学书者得到范本所采取的重要方式。《全集》收入了大量的拓本、刻石书法作品，非常全面地提供了米芾不同载体、形式、年代、书体的书法作品。不同类别所展现出的审美感受产生很大差异，除法书墨迹是真实地再现了米芾的书法原貌外，不管是刻在木头或石头上的刻帖，还是凿在摩崖和墓志上的碑刻等都与原迹相比有一定的差距，客观上给米芾作品和学书者带来了意想不到的丰富性，比现代印刷术更加具有一种"人性"的"意味"，属于中国特有的"临摹"艺术创作，也属于中国特有的"临""创"艺术的评判体系。《全集》展示米芾不同时期、载体、形式的书法，为我们进行比较性研究，提供了第一手资料。

（三）"拓本"所具有的独特艺术价值

上面已经说过，摹拓是我国古代获得书法范本的主要方法，它不同于现代印刷术的"再现"，它是对原迹的再次"创作"，虽然竭力地试图展现原迹的客观真实，事实上一定改变了原作的形质和精神风貌，因此是对原作的一种"二度创作"。《全集》收入了米芾大量的刻帖和碑刻，大多都是精心地选择著名刻本，显然都是出自一流的刻手。这样的"二度创作"，不仅呈现出独特的审美效果，而且在刻、凿以及摹拓的过程中，改变了米芾"刷字"所产生的"火气"，因此，看米芾的摹拓作品和墨迹有很大的差异，其"沉着"的成分更大，有的作品给人以温和、典雅、蕴藉的审美感受，从根本上改变了米芾书法的审美风格，体现出独特的艺术价值。

（四）摹拓是"计白当黑"审美思想的实践

古代刻帖和凿碑所产生的拓片对书法的传播、学习、收藏以及书法思想的形成起到重要作用。《全集》较为全面、完整地展现了早在宋代的书法大家米芾的墨迹、刻帖和碑刻的全貌，特别是刻帖和碑刻墓志，其"白字黑底"相对于正常书写的"黑字白底"，是我国"计白当黑"哲学思想的实践运用，为研究墨迹这种"黑字"和刻帖、碑刻墓志的"白字"，自宋代以来中国人"黑白"互换、"计白当黑"的书法审美思想的升华，以及"黑白"哲学关系的演变、形成、丰富，提供了大量的实物资料。

四、《米芾书法全集》出版的历史意义

《全集》的出版是书法界的大事、是书法出版界的浩大工程，也是文化界的大事，是时代赋予我们的机遇，是现代科技高度发达带给我们的恩惠，是一种值得歌颂、研究的文化现象。百年来，五千年的中华文化在西方文化的冲击下不断式微、不振，至今有断层之危。五四新文化运动、"文化大革命"以及30年的经济建设大潮都不同程度地给传统文化带来了一定的破坏和影响。然而，中国综合国力的不断加强，特别是世界经济的全球化对文化多样性的改变以及环境的恶化、精神的颓废和道德的沦丧，让我们重新审视传统文化的绝对价值对现代文明的作用和意义，这对中华文化的复兴提供了难得的机遇和希望。

书法艺术是最典型的中华文化的代表，大规模、高水平《全集》的出版发行，必将对书法界乃至文化界产生一定的影响，给我们带来深刻的启示：

一是为大型书法出版物的出版起到示范作用。《全集》共收集米芾书法作品130余种（类），33卷本，印刷3000套，投入资金千余万元。在图版的质量、印刷的技术、版式的设计、纸张的选择以及出版质量等方面，不仅在个人专集史上史无前例，就是在整个书法出版史上也是不多见的。更具价值的是，所有的图版都是第一手资料，单就故宫博物院的藏品就拍摄了3000余张，如此大的工程只用了不到两年的时

间，并且很好地处理了各收藏单位的有关法律、版权问题，为当代书法出版物树立了榜样。

二是整合多方资源力量协同合作完成的结果。《全集》的图版资料共收集了国内外20多家博物馆、私人收藏者的第一手图版资料，其协调工作十分巨大。故宫博物院院长郑欣淼不仅担任该书的主编，撰写"前言"，而且亲自下库房查看、关心、督促图版的拍摄、选录、质量等情况，还协调、整合各有关部门，通力合作，全力以赴。此外，中国书法家协会副主席言恭达也对《全集》的出版付出了心血，不仅担任主编，还会同编委会的主要成员多次在北京、南京、镇江等地，研究、商讨《全集》图版收入原则、出版规模、装帧版设、印制档次和数量等。总之，《全集》的出版发行是多方力量、资源共同努力、整合的结果。

三是故宫博物院和地方政府合作的成功典范。故宫博物院是我国最大的古代书法收藏机构，也是收藏米芾书法作品最多、最全的单位，同时也是我国书法学术研究最权威、高端书法研究人才最集中的地方。丹徒是米芾的故乡，对米芾怀有深厚的人文情怀。近几年来，镇江丹徒区委、区政府努力打造米芾文化品牌取得了可喜的成就，受到了社会各界的高度关注。因此，故宫博物院和丹徒区政府共同合作出版《全集》，是对丹徒人民对米芾深厚感情的尊重，也是对近年来丹徒区政府着力打造米芾文化的响应和支持，是故宫博物院和地方政府合作出版如此大型书法出版物的成功典范。

四是"述而不作"的文化思考。改革开放30年来，我国的经济得到了迅速的发展，整体实力得到了显著的加强，为文化的大发展、大繁荣奠定了物质基础。然而，中华民族的真正复兴是文化的复兴，所以为了中华民族的真正强大、崛起，我们不仅需要物质的强大，更需要文化的准备,特别是近百年来我们和传统文化的"隔断",更需要我们这代人将其"链接",为文化的全面复苏做好准备。文化界已有了这个意识,著名学者任继愈生前就投入了大量的精力先后整理出版了《中华大典》《中华大藏经》《全宋文》《全宋诗》等大型的文化资料图书,为文化的承传、复兴作出积极的贡献。就书法而言也要利用现代的科技,将优秀的历代书法文化整理、展现出来,为中国书法的真正复兴做好充分的准备。显然,《全集》的出版就是对文化界这种深刻文化思考的响应,起到了积极的示范带头作用,也是孔子所谓的"述而不作"的哲学思想的具体体现。

《米芾书法全集》的出版发行,是现代印刷技术高度发达的产物,是我国经济腾飞的标志,是广大人民群众物质文化生活的需求,更是中华文化复兴的前奏。从一个侧面反映了中华文化的博大精深、源远流长,也充分地展示了古老灿烂的书法艺术有着顽强的生命力和无与伦比的艺术魅力。在此,让我们衷心地感谢为这项工程付出辛勤劳动的人们,感谢他们为传承中华文化,为中华文化的复兴作出的重要贡献。

(原载《书法导报》2012年第13期;《书画艺术》2012年第3期)

书中龙

——《王羲之王献之书法全集》出版的价值和意义

中国人对"龙"的认识经过数千年的凝练已不只是九种动物的合体，也不止只是呼风唤雨、腾云驾雾的灵兽，也不仅仅是一种图腾的崇拜，它已演变为一种文化的象征，被赋予了优秀人、物、事和精神的独特价值和意义。今天《王羲之王献之书法全集》的出版发行，从书艺之水平、内容之丰富、合作之权威、印刷之精良，真可谓书法艺术之"龙"、书法内容之"龙"、书界合作之"龙"、书法出版之"龙"，必将成为当代书法艺术之经典，留下历史、泽被后世。

在中国书法历史上王羲之、王献之（简称"二王"）具有至高无上的地位，他们所开创的书法艺术"至善至美"，是魏晋帖派书法的主要建立者，一千六百多年以来其书法影响不绝，至唐代被推向极致，直至当代影响深远，成为中国书法艺术殿堂的象征，被誉为"书圣"，是耸立于世界艺术史上的一座高峰。《王羲之王献之书法全集》的出版在诸多领域均成为了一种文化艺术典范，可谓"书中之龙"。

一、书艺之"龙"

《王羲之王献之书法全集》的出版发行，是第一次真正意义上对

"二王"书法艺术的全面展示。"其中王羲之"被誉为书圣,其书艺被书史形容为"飘若游云,矫若惊龙","龙跳天门,虎卧凤阙";《十七帖》被称为"书中龙也",如此高的评价在几千年的书法史上绝无仅有,这是和他所取得的艺术成就和历史意义分不开的。魏晋以来,"二王"书法一直处于书法史的核心地位,清代碑学的兴起与"二王"帖派书法并存仅一二百年间的事,清代晚期开始扭转,直至当代对"二王"书法的高度重视,足见其书法核心地位无法撼动。"二王"行草书承古质而开今妍,至此中国文字定了型,中国书法定了型,其后中国的书法艺术的发展基本上是对"二王"书法体系的继承、阐释和反拨;书法的实用性、装饰性和工艺性转变成自觉的艺术性亦滥觞于其行草

图2 [东晋]王羲之、王献之《王羲之王献之书法全集》,故宫出版社2015年版

书的文人特性，进而演变成中华民族文化所具有的感召力、凝聚力和向心力，这已远远超越了书法作为艺术的存在。因此，二王的书法在中国的文化中具有特殊的地位，其书成为书艺之"龙"，其人成为人中之"龙"。

二、内容之"龙"

《王羲之王献之书法全集》所收集的书迹之全、善本之珍贵，也是历史上从未有过的。改革开放以来，随着全民书法艺术的蓬勃兴起并不断深入，"二王"帖派书法再一次引起书坛的高度关注，学习、研究与创作"二王"书法已成为一种风气、一种现象，被学术界称为时代的"新帖学"，这再一次证明了"二王"书法艺术超时空的艺术魅力。然而，千年以来由于人为原因和科技水平的局限，想要全面、真实、便捷又深入地了解"二王"书法全貌是很难做到的。近代以来随着印刷技术的高速发展，有关"二王"书法的出版物逐步丰富，但是大多为互相翻印、转刻、摹拓，好多质量低劣，难以探求"二王"书法的深邃真谛，亦难窥"二王"书法之全貌，这与"二王"书法的历史地位、艺术高度以及当今书法热潮的传统经典引领很不相称，更难满足"二王"书法研究者的需求，这不能不说是当今书坛的一件憾事。这部《王羲之王献之书法全集》几乎裒集了世界上"二王"书法所有的一手资料，首次真正实现了全面、完整地展示"二王"书法的概貌，是当代书法艺术出版界的一大盛典，是当代书坛的一大盛事，具有不可估量的艺术和学术价值。

全集分碑刻、法帖和法书三个部分，其中碑刻6种，法书21帖，法帖113种，其中不仅有唐代的摹本，更有北宋的《淳化阁帖》《大观帖》《汝帖》，南宋的《兰亭序帖》《澄清堂帖》《宝晋斋帖》和《鼎帖》，将宋拓真本网罗殆尽。在版本上，丛帖《淳化阁帖》就有宋代的懋勤殿本、国子监本、安思远本、泉州本、麻纸本、银锭本和王著本，明代有潘允亮本、顾从义本、肃府本、泉州本以及没有断代的故宫博物院、国家图书馆藏本等；专帖《十七帖》有故宫博物院、开封博物馆、香港中文大学、日本京都国立博物馆等藏本，其中宋拓本11种，宋代之后不同时代、不同版本达到24种；还有《怀仁集王羲之书圣教序》有故宫博物院、中国国家博物馆、天津博物馆、上海图书馆等不同藏本，其善本之多、版本之全是极为罕见、珍贵的。

三、收藏界合作之"龙"

要想尽可能全地收集到"二王"的书迹是非常难的，没有一个权威的机构牵头、整合是难以办到的，因为"二王"的书迹散布于世界各地，有的甚至还是个人藏品，所以没有全世界博物馆、美术馆、图书馆以及个人收藏界的共同合作，要完成这样一个庞大的书法出版工程是难以想象的。显然唯有故宫博物院能担当此任，它不但对"二王"书法收藏之富而且具有极强的实力、权威性、号召力，与此同时"编辑同仁上下求情，左右托友，三下江南，四赴中原，致意港台，及于欧美"，历时数载方将"二王"书迹尽可能收齐。目前《王羲之王献之书法全集》共有18卷册，分为碑刻、法书和法帖三个部分，法帖中又分为丛帖、单帖和专帖，汇集了故宫博物院、中国国家博物馆、中国历史博物馆、中国国家图书馆、上海博物馆、上海图书馆、天津博物馆、开封市博物馆、辽宁省博物馆、湖南省博物馆、陕西省博物馆、南京大学，以及台北故宫博物院、香港中文大学、日本京都国立博物馆、日本东京国立博物馆、美国普林斯顿大学、大英图书馆、法国国家图书馆等世界各地众多博物馆、图书馆，包括个人收藏的"二王"

书法作品，极为丰富、精彩地展现出"二王"的行书、草书和楷书书法艺术。更为难能可贵的是，该《全集》由故宫博物院与言恭达文化基金会共同投资出版，这也是出版界的一次新的尝试。言恭达先生以一己之力与故宫博物院共同投资这一浩大工程，足见其眼光和魄力，更体现出其弘扬历史文化之担当。作为当代一位著名的书法艺术家，其在书坛的影响、贡献和书艺水平暂且不论，就近几年来所从事的社会公益慈善事业，在书坛无望其项背者，令人敬佩，更让这套全集增加了亮点。

四、印刷装帧之"龙"

《王羲之王献之书法全集》采用了当代的数码印刷、装帧和设计技术，以及进口的荷兰最高档合宜书画印制用纸，从一个侧面反映出当代最先进的印刷科技水平。在装帧上将蝴蝶装、经折装与胶线装三种装帧技术融为一体，既保留了传统手工装订的工艺，又有现代装帧技术，尽可能地再现出"二王"书法作品的原貌，使读者感受到新技术所带来的传统经典艺术的视觉震撼与心灵淘洗，直观感受到"二王"书法的真髓和"下真迹一等"，成为当代书法出版物之精品。

《王羲之王献之书法全集》的出版发行，是世界各地"二王"书法收藏单位与个人真诚支持、全球合作的结果；是当下大数据时代出版印刷与设计技艺的完美结果；也是故宫博物院与言恭达文化基金会合作的一次新的尝试。我们相信，随着《王羲之王献之书法全集》的出版发行，必将对"二王"书法艺术的学习和研究起到很大的推动作用，为当代书法艺术的大发展大繁荣作出应有的贡献。

（原载《紫禁城》2015 年第 4 期）

"浩浩然，随意所之"

——《馆藏林散之先生诗稿墨迹》赏析及意义

林散之，一位响彻当代书坛，比肩古人，耸立于20世纪的书法巨匠，以其"诗书画"三绝，成就了自己的艺术世界，赢得了书法史上最高荣誉"当代草圣"之名，为我们树立了一座书法艺术高峰，将中国书法推向了崭新的艺术境界。这里我们对林散之纪念馆《馆藏林散之先生诗稿墨迹》（以下简称《诗稿墨迹》）作简要的介绍和艺术赏鉴，以表对先生的敬仰并就教于方家。

《诗稿墨迹》，于1996年于私人手中征集、收藏，共200多页诗、画稿，其中诗稿180余页，记载了林老20余年间诗词创作计200余首，画稿17页。其诗内容甚广，几乎涉及生活的方方面面，有感怀人生、寄情山水的，有咏叹历史、和韵友人的，有读书写字、临画作文的，更有人生感悟、启迪思想的，表现出林老丰富的生活、学习、交游、思考的人生阅历，深刻地展示了林老细腻的情感世界和斑斓的艺术境界，为我们研究、了解林老真实的艺术思想打开了一扇独特的窗口。

林老以书法饮誉海内外，但其诗成就不俗，甚为自得。他自认为在其"诗书画三绝"中诗第一，画第二，书第三，其自署墓碑上称诗人林散之。当然这是个人的看法，不一定客观，有个人的情感因素在其中，不过社会对其评价也不一定正确，因为各自的角度和感受不同。然而，他在诗词创作上所花的功夫之深、时间之多这是事实，据家人和朋友回忆，他整日沉浸在自己的诗词创作之中，几乎到了废寝忘食的地步。林老作诗是有童子功的，16岁就亲手整理装订了自己的诗集，且一生作诗不辍，直至生命的终点，其诗作的数量也相当可观，个人诗集《江上诗存》，共收入自作诗2300余首。

下面，我们先来谈谈林老的诗。林老的诗有两大特点，一是通俗

图3 林散之《馆藏林散之先生诗稿墨迹》，南京林散之纪念馆藏

易懂，少有艰涩；二是自然而然，不忸怩作态，这是作诗的很高境界。如《再和吟秋》：笑堕书城六六春，老来风格更天真。自家面目自家见，写入黄庭取谷神。还有《题士青画梅》：月明湖上见风华，冷入孤山处士家。我爱士青清似汝，自磨古墨写梅花。林老大部分诗就是这样平平淡淡、直吐胸臆，但感情真挚、率意。要想了解林老诗的特点

是要了解林老这个人和那个时代的，正如孟子所云："颂其诗，读其书，不知其人，可乎？是以论其世也。"林老生活的时代是古体诗最不彰显之时，是新诗振兴、古体诗离开大众之时，林老的诗早学盛唐后学初唐，虽取法唐宋诸家但对杜甫情有独钟，其朴实无华的风格正源于此。他自言："余学诗，先从含山张先生，宗盛唐，后改中唐，力宗少陵，为之弗辍。韩氏为百代所宗，又勉为之，宋之苏黄，变唐之体，由唐而宋，不倦也。"[1] 他还说，写诗要少用典，即便要用也要用得好，用得活。林老的诗得到了当时文化界诸多名家的肯定，赵朴初赞曰"庄严色相臻三绝，老辣文章见霸才"；高二适有言"功力之深，非胸中有万卷书，不能如是挥洒自如"。启功有评道"发于笔下，浩浩然，随意所之，无雕章琢句之心，有得心应手之乐"。启老的点评，不仅点透了林老诗之特质，也正是其《诗稿墨迹》书法之要旨。

林老书法大多以艺术创作的形式面世，而墨迹手稿不多，如此集中地展示这么多墨迹诗稿就更少。从这批墨迹诗稿的书写风格来看，当是时间较为集中、风格较近，可推见是林老70岁前后所写，以行草为主，取法上追"二王"、颜真卿、米芾一路，下取王铎、黄宾虹之形，字字独立，中锋为主，线条铁画银钩，结体自然，章法无形，气息古雅，书卷气浓郁。如封面《田原韵且报二适》，以行书为主夹以草书，虽字字独立，大小参差，但气势连贯，特别是涂改之圈圈点点，更增加了自然之趣。再如《过江诗》"未能尘垢脱形骸，曾向人间作吏才。似鲫真成名士罪，好风吹送过江来"。寥寥不足三行，尽显笔墨、章法之功力，虽信手写来但字法准确、章法有度，宛如一幅完整的书法作品，又显自然天成，是刻意为之所不能达者，尽得书法天趣之妙。

从这批墨迹诗稿的书法可以看出，林老在法书晋唐、宋元行书痕

---

[1] 林散之：《江上诗存》"自序"，南京：南京教师进修学院，1979年，第2页。

迹脉络清晰，也是他晚年以其独特的长锋羊毫，运之于生宣纸上，再融入画法和水墨的渗透，并在30年汉隶碑版坚实的基础上，创造出天真烂漫的大草艺术，将中国的草书艺术推向了一个不同于古人的新的境界的基础。

历史上几乎所有书法大家都是诗人，远的不说，唐有李白、贺知章、张旭、杜牧，宋有苏东坡、黄庭坚、米芾，元明有赵孟頫、董其昌、傅山、八大山人，清代有王铎、阮元、包世臣以及碑学书法名家，均为诗人，到了民国延续了这一传统，诗书并擅者比比皆是。林散之是个诗人，他的诗成就了他的书法，他的书法也推动了他的诗歌创作。可以说，诗与书法的关系最为密切了，真正的书法是表达作者的深厚情感，而自己作的诗自己书写最能体现诗书一体这一特色。我国是诗的国度，可以说诗是中华文化的根，诗在最简约的形式上表达了中国的文化精神，诗言志，书家通过诗表达自己的真情实感，再通过书写艺术地展示出来。林老的这批诗稿墨迹，是最典型的这两种艺术形式高度结合的产物，是极为珍贵的艺术双璧，最能代表中国诗歌的表现形式，也最好地展示了书法墨迹的魅力。

中国的书法被称为艺术、有艺术创作的概念只是近百年的事，中国传统的书法大多以书写而不是以艺术创作的方式流传下来，其中诗稿墨迹这种艺术形式最具这种文化的代表性。中国的传统文化中没有书家这个概念，他们的书法大多是以文章、诗词等墨迹的形式流传下来，如被誉为三大行书的王羲之的《兰亭序》，是一篇墨迹散文，颜真卿的《祭侄文稿》是一篇墨迹祭文，苏东坡的《寒食帖》更是自己诗词创作的墨迹诗稿，这种看似随意不作雕琢的手迹，以诗文的形式表达了作者最自然、最贴切、最深沉的感情思想，书法则是这种诗情的物化，是"心手双畅"艺术的最高理想和至高境界。可惜的是自硬笔传入我国并广泛地使用特别是电脑的普及之后，我们的手稿墨迹在逐步地减少甚至消失，这是中国书法诗词墨迹这种艺术形式的重大损失，也是人类文化宝库中的巨大遗憾。

林老《诗稿墨迹》的刊布发行，对当代书坛的创作具有重要的启发意义。我们知道自引入西方创作的美学概念之后，对艺术的发展具有重要的推动作用，特别是书法作为一门艺术学科更是起到了决定性的作用，也在艺术创作上取得了巨大的成就。然而事物总有两面性，在过分强调创作的同时，对形式的关注大于内涵精神的追求，把追求视觉的刺激作为一种时尚，同质化、肤浅化、形式化的现象越来越普遍和严重，这显然违背了书法艺术创作的真谛，更违背了中国艺术的核心精神。林老的这部《诗稿墨迹》，是自然天成的艺术珍品，他不追求形式，不强调视觉的好看，不刻意地安排，他在随意的书写中，表达了作者的真情实感，是一种自然而然的诗性表达和自然而然的书写心迹。

中国文化是"技艺"文化体系，有别于西方文化的"哲科"体系。"技艺"强调的是技近乎道，在自我的千锤百炼中自然而然地进入一种艺术境界。它不过分地强调外在形式，它没有时间、空间、构成甚至色彩的概念，它用主体人的精神修养，通过笔墨语言在"技"的不断"观复"中，对形高度融缩，以表达丰富而复杂的笔墨语言，使人的精神通过笔墨得以物化，所以，它是"内圣外王"的向内追求之后以达到外王的高度境界。《诗稿墨迹》这部手稿就是在这个层面上表达了中国传统书法、诗词所要表达的文化理想，是一部极为珍贵的艺术精品。

林散之先生不仅为我们创作了大量的书法艺术作品，更是在大草的创作中，为我们建立了属于自己的有别于古人的独特笔墨语言，影响至深、至远，传布海内外，成就了"当代草圣"的最高美誉。然而这部《诗稿墨迹》又从另一个视角，为我们开启了一位艺术巨匠诗书合璧的艺术典范，从中可以领略到作为诗人的艺术造诣，也可以研究在林老大草书走向高峰时其行草所奠定的基础，更对我们当前的书法艺术创作带来深刻的启迪。

（原载《馆藏林散之先生诗稿墨迹》，江苏凤凰美术出版社2020年9月版）

树立标杆　以导后学

——沙曼翁书法篆刻作品集出版的价值和意义

2015年是我国当代著名书法篆刻家沙曼翁诞辰100周年，为了缅怀沙先生的艺术成就和人文精神，推动当代书法篆刻艺术的发展，11月8日，由中国书法家协会、故宫博物院共同主办的"沙曼翁百年诞辰纪念暨学术研讨会"，在故宫博物院建福宫隆重举行。与会的专家、学者对沙先生的书法艺术、书学思想、高尚的人格以及对当代书法的影响给予了高度的评价和历史的定位，在全国产生了很大的影响。同时，为了配合这次活动，由沙老的儿子沙培德先生主编的沙曼翁书画篆刻作品集也公开出版发行。作品集不管艺术水准、丰赡内容、文字注释，还是装帧、设计、纸张印刷工艺的选择来说均堪称一流，对当代书画界、出版界具有重要的艺术、学术和文献价值，是一部难得一见的精品出版物。

《沙曼翁书法篆刻作品集》，由上海书画出版社出版发行，被列入《朵云名家翰墨》系列，分别出版了书画集和篆刻集。书画集包括：书法、绘画、篆刻、年表、谈艺录等内容，书画作品均出自家藏。其中，篆刻是从沙先生自订印谱中精选印出；谈艺录的文字摘自沙先生在国内外高校、艺术团体书法篆刻教学演讲稿，公开发表于专业报纸杂志的文章，以及书画作品题跋、印章边款等，对所有出处都悉数注明；年表的编撰，恪守真实客观原则，以第一手史料、作品题款、与友人信札、自述文稿等整理提炼而成。篆刻集名为《沙曼翁古木堂印选》，内容包括篆刻作品、印论、艺术简表等内容，作品均出自沙老自订印谱和原石的拓印，共征选到印蜕1160方，因篇幅所限和不同印风的呈现，精选出710方出版面世。

该作品集主要有以下几大特色：

一是高：艺术水平高。沙老是当代书法篆刻大家，其艺术水平堪称当代一流，作品集集中体现了沙老极高的艺术造诣。印刷质量高。该作品集从作品、纸张、校注、设计等方面都反映出当下最高的出版水平。出版档次高。该作品集被列入上海书画出版社《朵云名家翰墨》系列，能列入的书画家都是层层选拔、民主推荐、专家确认而定，集中代表了当代书画界最具影响力的艺术家。

二是精：是指作品的选择、设计之精。所选作品能反映沙老近八十年的艺术创作生涯，在几千件作品中精心挑选而出。在版面的设计上，一幅作品有全貌、局部，一方印章做了原石、印拓、边款的全方位的展示，特别是对所有书画作品，印章、边款的内容，创作年代等都做了精心的考订和注释，增加了作品集的精致性和学术性。

三是富：是指内容的丰富。这套书法篆刻集，不仅收集了书法、篆刻、绘画作品，而且还有沙老的年表、书论、印论、艺术简表，收录了沙老生前的艺术、社会活动照片，有的影像极为珍贵，具有重要文献价值；还收录当代著名的学者、书法篆刻家袁行霈、萧蜕庵、林散之、冯其庸、沈鹏、言恭达、张海等题签、题字作品；本书由韩天衡、言恭达、黄惇、李刚田、萧平等作序，提升了该作品集的艺术、学术高度，为我们更好地解读沙老的艺术，提供了不同的视角和思路。

《沙曼翁书法篆刻作品集》全面介绍了沙先生在书法、金石、绘画以及书法理论等方面的艺术造诣和学术思想，给我们呈现出一位在诸多领域取得巨大成就的一代艺术大家，是艺术界的楷模，为当代书画界树立了标杆。沙先生在书法艺术上擅长真草隶篆行各种书体，具有极高的艺术功力，形成了独特的艺术风格，其中以篆隶和篆刻水平最高，可谓当代典范、比肩古人，对当代书画界具有重要的研究价值和典范意义。

沙先生一生浸淫于篆隶金石之艺，所取得的成就也最高，对甲骨文、大小篆书、两汉隶书以及篆刻艺术具有全面深厚的认识。特别是19世纪末以来，随着两汉竹简帛书的大量出土，把竹简帛书元素作为取法，融入创作中，具有强烈的个人艺术风格。沙先生的篆刻艺术不仅具有扎实的汉印功底，更具清代流派印的个性，在宽博、率真中，具有典雅、遒美之态，为其书法篆刻艺术的丰富性、专深性以及时代性打上了深深的烙印，也为其在20世纪书法篆刻艺术界的地位奠定了基础。

"缶翁之后又一人"，是对沙老在金石、篆隶书方面取得成就的高度赞扬，是当之无愧的。沙先生的艺术价值不仅仅在于雄厚的传统基础，更具有可贵的创新精神，其创新的价值和意义主要表现在"新"和"变"两个方面。

新：综观沙老的书法，不管从何种艺术形式体现都没有一丝"冬烘"之气，没有暮气、老气、死气，具有勃勃的生气，时代气息非常强烈。甲骨文、篆书，取法周秦吉金古文，有悠远的古气，而在线条、结字、墨色的变化中具有鲜明的现代气息；隶书，大胆地融入先秦、两汉的简牍帛书，既古老又新颖，与时代相合、与古人神会。

变：清代书法的成就主要在碑学，碑派书家远取三代碑版、两汉金石为新的书法篆刻创作素材，一反明代以来书坛帖学靡弱之势。沙老篆、隶书不仅沿清代碑派书家之遗绪，更是对清代碑学的"自觉"，超出对清代碑派书家从外在形式研习和模仿，是对碑学精神的深化和推进。进一步说：是将篆隶书的金石之气，通过毛笔在宣纸上转换，来体现对纸、笔的选择和用笔的创新，这是对当代篆隶书法创作的自觉，也是对古人的突破和超越，具有重要的研究价值。

沙先生无意做理论家，他诸多的学术思想直接来源于艺术创作实践，具有真知灼见和指导性。内容极其丰富，有关于书法篆刻艺术技法的，有书法历史的渊源演变梳理的，有关于书法篆刻审美的，其中关于"正入、变出"的书学思想影响最大，不仅道出了普遍的艺术规律，对当代更有现实意义。

沙先生认为学习书法篆刻"不自正入，不能变出"，这一书学思想是对书法历史的总体把握，是对书法主流价值深入思考的至理之言。我们知道，书法的历史浩如烟海，泥沙俱下，其存在都具有其历史的合理性和社会性，但是，其价值、审美一定有高低、雅俗之分，因此，沙先生提出的"正入"的书学思想是沿着艺术的主流和大道，符合艺术的基本规律，特别是对当代书法艺术创作具有醒世之用。

随着我国的改革开放和现代思潮的影响，书法界呈现出取向多元、风格流派并存的繁荣局面，这是书法发展的重要标志。然而，也产生很多问题，比如以丑为美、以俗为美、技术至上、形式主义等现状极为严重，书法的主流思想、核心价值、经典精神被淡化、忽视，甚至丢弃，造成了对书法的浅表性的理解和形式的解构，其主要原因就是对沙先生"正入"思想缺乏认识和深度的思考。

书法历史不仅需要书法形式、生态的多元并存、包容不悖，还需要一定的主次、轻重、本末之分，这是事物发展的重要基础。一个开放、鲜活的文化系统,必须有其调适功能,必须始终确立其核心价值,这个核心价值在不断前行、调整和丰富中壮大和深邃,这就要求我们始终要确立以"正"为主流的艺术精神。我们可以取自民间,但不能成为民间;我们可以求诸于野,但不能成为野;我们可以不追求巧媚,但不能变成丑陋。近40年书坛的发展,就好比是一个试验场,各种形式、风格纷纷登场,又匆匆地谢幕。近年来,"新帖"的提出和对"二王"的回归,是对沙先生"正入"书学思想的验证,几十年书法历史的发展告诉我们,沙先生"正入"书学思想道出了书法发展的基本规律,也是纠正当代书法弊端的一剂良药,起到了正本清源的作用。

《沙曼翁书画篆刻作品集》的出版发行,不仅树立了当代书画作品集的经典之作,而且也全面地展示了沙先生深厚的书法篆刻艺术造诣;其书学思想、学术人生不仅对我们研究、了解沙先生具有重要价值,也对当下书画出版物、书法篆刻艺术提升,以及学术思想等都起到了典范作用,具有非常重要的学术价值和思想启迪。

(原载《沙曼翁研究文集》,江苏凤凰美术出版社2016年6月版)

林散之的书法究竟好在哪里？

——写在"散之风神·首届中国书法学术提名双年展"之际

林散之先生被誉为"当代草圣"。今天，喜欢书法的人不知道林老大名的恐怕不多，但是，如果问林老的书法究竟好在哪里，恐怕能说清楚的不多。如果再问：为什么他能被称为"当代草圣"？恐怕能说出理由的就更少了，即便在书法界对林老书法的看法也是有分歧的。所以，今天我们就来谈谈林老书法究竟好在哪里，为什么能被称为一代草圣。

我们说，如果一个书法家想成为一代名家，除去书法以外的因素，其作品需要在前人的基础上，形成个人的面貌和风格；如果要成为大家或像林散之这样被誉为草圣，那一定要在书法史上有所贡献。就拿草书为例，书史上的张芝、"二王"、怀素、张旭和黄庭坚等无不如此，在此不再展开。我们今天就来谈谈林散之的书法，谈谈他对书法史有什么贡献。我们认为林老的贡献主要有五个方面：

一是以长锋羊毫在生宣上写草书。我们知道长锋羊毫和生宣纸的出现和使用比较迟，大概要到明代晚期，它们的出现起初是用于绘画。长锋羊毫的特性是蓄墨多、相比狼毫更加柔软，蘸一次墨可以写很多字，甚至一幅作品；生宣纸晕化效果好，墨色的层次变化丰富，表现力强，但这种笔和纸书写起字来难度大，不太好控制。林老凭借碑学的功力和独特的笔法，不但将其运用于草书的创作，而且使用自如，臻于化境。

二是将中国画及水墨运用于书法创作。林老是个有相当造诣的中国画家，他将中国画的皴法特别是水墨画中用水、用墨的方法，以及新墨、宿墨和水的调和用于书法的创作之中，使书法的墨色有了前所未有的丰富变化，不仅墨分五色，而且还能清晰地看到运笔的轨迹和用笔的痕迹。古人创作的书法多在绢等熟纸上，没有生宣纸的渗化力强，在中国画水墨的运用下，林老的草书墨色变化大，线条更加丰富，感染力强。

三是碑帖结合。碑帖结合是林老书法的内在理路，也是成就其高超水平的关键。清代碑学的兴起，对中国书法历史发展做出了巨大的贡献。这个过程就不做交代，具体一点说，林散之先生所沿着的晚清以来"碑帖结合"之路，是成就其书法贡献最大的原因之一，他曾说：我写了30年的汉碑才开始写草书。所以，我们在他的草书线条里看到了多种元素，其中和前人最大的不同是融入碑的用笔方法，呈现出的金石之气，他

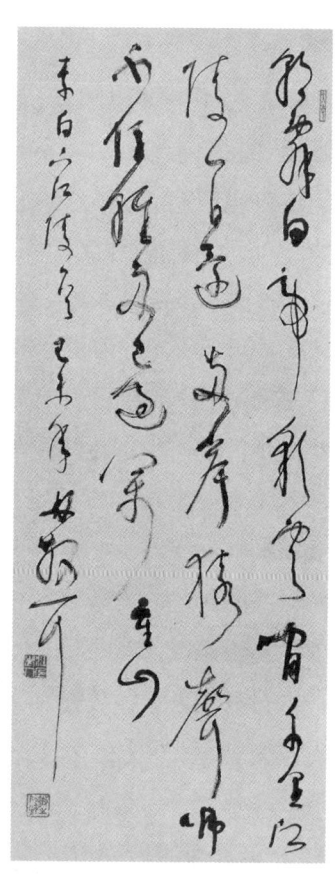

图4 林散之《李白诗下江陵》（草书），南京林散之纪念馆藏

是晚清民国以来"碑帖结合"之集大成者。

四是裹锋笔法的创造。长锋羊毫运用于生宣，一方面蓄墨多，能产生丰富的变化，但，另一方面因其笔毫较软、缺少弹性，一旦笔毫倒下或散开就很难聚拢、弹起，也很难保持中锋用笔，大大增加了书写的难度。为了克服这些问题，林老创造了裹锋的用笔方法，这在古人的大草中是很少见的。

五是实现了中国传统书法的审美理想。我们经常形容好的书法作品如锥画沙、屋漏痕、印印泥、折钗股，在传统的书法里我们也能看到这样的审美效果，但由于书写工具和材料的限制很难充分地表现，使用硬毫毛笔和熟宣纸也很难充分地表现出这些审美理想。然而，由于林老的长锋羊毫和生宣纸以及水墨的运用，加上他有着坚实的汉碑功夫，以及独特的裹锋用笔方法，在他的笔下这些中国传统书法审美理想得以充分展现，虚处不空、实处生动、虚实相间、墨彩丰富，既有书卷之气又富金石之美，是碑帖的深度融合。

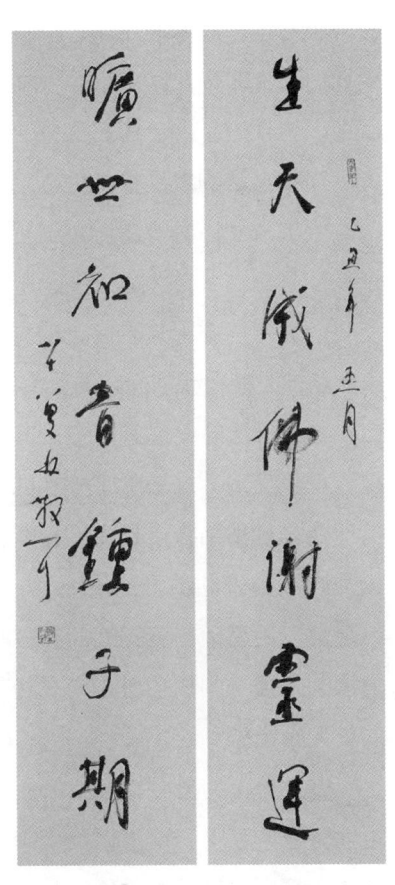

图5 林散之《生天旷世联》（草书），南京林散之纪念馆藏

我们探究林老书法的成就和历史地位，对当代书法的创新、书坛

的现状有什么重要的意义和价值呢？我想主要有以下两个方面。

一是书法的创新具有广阔的空间。书法发展到今天，历史的积累越来越深厚、越来越丰富，所以要有所创造和突破难度越来越大，需要我们继承的有：以"二王"为代表的帖派书法，是1500余年的历史积淀；清代碑学，一直追溯到三代，大大地丰富了书法的历史和审美内涵，使书法的发展更加饱满而稳定；到了清代晚期碑帖的结合，使书法更加深厚而具有新的审美价值，今天这一脉络的发展之路还没有走完，具有更大的发展空间。特别是东西方文化在这百年来的碰撞，使我们面对历史上从未有过的异质文化，如何在形式和内涵上走出一条新路，是摆在我们面前的重大课题。

二是书法的发展必须遵循其内在的规律。我们通过对林老书法的探究可以发现，书法除了外在的纸、笔和水墨等因素外，其重要的创新理路是碑帖结合，是遵循着明代晚期帖派书法的式微、碑学的兴起以及晚清的碑帖结合，出现了一批碑帖结合的书法大家，如何绍基、赵之谦、吴昌硕、黄宾虹、齐白石和于右任等，林散之就是沿着这脉书法的发展走向成功、走向高峰，成为一代草圣的，是书法碑帖结合的集大成者。

需要赘言的是：上面我们所提到的碑帖结合，务必不能理解为简单地写一些篆书、汉隶以及魏碑，与其他书法元素如简单的圆笔和方笔的运用等融合，就是碑帖结合了。它是以"二王"为代表的帖派书法所追求的书卷之气，与清代碑派书法所追求的金石之气的融合。碑派书家所追求的金石之气，是一种深藏于中国文化底层中，被宋代以欧阳修为代表的文人逐渐挖掘、阐述并形成于清代，对三代以降的器物经过时间、自然的汰洗，所散发出的独特的古质之气的总称。就书法而言，金石之气是甲骨、篆籀、简牍帛书，以及青铜器上的铭文，在刀刻、青铜铸范时的金石之美，再经过出土之前泥水和金属元素的化学反应，所形成的胎沁、腐蚀之美，以及摩崖、石刻的凿刻的金石之感，加上三维的石刻文字被转移于纸面上的二维空间的立体呈现，等等，共同构成书法的碑学内容，这些内容不同程度地在林散之的草书中有所呈现。

通过以上的论述我们可以明白，林散之先生的书法主要好在：借助时代材料、工具为新的物质载体，以一个诗人将帖派书法的书卷之气与碑学的金石之气深度地融合，创造了属于自己的书法形式，将草书艺术推向了一个新的境界，成就了"当代草圣"之名。

（原载《书法报》2022年12月14日）

学延百世 艺立标杆

——试论饶宗颐的书法艺术以及对当今书坛的重大意义

饶宗颐先生是一位学贯中西、才富五车的大学者,同时又是一位艺术高超的大书画家,其学、艺双峰正是当今书坛最具代表意义者,也是书法成为一种艺术后与文化的分途,带来诸多问题可作为典型意义的研究者。饶先生书法中所蕴含的文化气质、书卷气息以及宗教气场,正是当今书坛所斋弱者。对饶先生书法的文化阐释,于当今书坛具有极其重要的学术价值和重大现实意义。本文将围绕饶宗颐先生的书法、书法文化、学术研究等,探究书法的文化本性,通过传统书法和现代书法特性的比照,以希对当今书法的发展带来一些思考,起到一点作用。

一、引文

近现代以来,书法作为中国特有的艺术审美现象引起了文化、艺术界的极大研究热情和广泛的关注。它的特殊性主要表现在两点,一是由一种文字成为了一种艺术;二是没有参照性。因此,带来了诸多的问题和新的思考。此外,书法和文字如影随形的关系,使其与实用的"交媾"直至成为了现代意义上的"艺术"才开始剥离,特别是硬笔、电脑的使用，使书法的社会性改变，传统书法的生成状态也不复存在。书法在由传统向现代的转型中，强化了审美和艺术特性，是以"文化"的流失为代价的，书法没有了文化就没有了灵魂，就没有了深度，因此在探索书法如何走向现代的同时，保住文化这个核心是每一个有担当的研究者必须思考的问题。

（一）作为传统的书法

饶先生是一位百岁老人，他几乎走过了整个20世纪，是传统书法向现代书法转型的见证者，他深藏传统和现代的文化气质。在探究本课题之前我们先来探讨一下作为传统书法的特质。

传统书法与现代书法相比主要有三大特点。

一是传统书法的文化性。我们知道，书法是书写汉字的艺术，没有文字就没有书法，而文字又是文化最重要的载体，特别是在古代媒体不发达的情况下，文字是记录历史、传播文化、日常交流最重要的方式，书法始终和文字的文化活动分不开；另外作为从事书法的重要群体"士"阶层为文人，其主要的知识结构就是"四书""五经"。他们所遗留下来的书法作品都是以文化为目的，而不是以书法创作为目的，因此，它是文化的载体而不是书法的创作，它的主要功能是一种文化遗存，其次才是审美；在审美上，传统的书法不是以欣赏外在的美为最终价值，而是透过书写去感知书法背后的文化内涵和书写者的人生追求、修养和人格魅力，因此，传统书法的文化性非常明显。

二是传统书法的非独立性。书法作为一种独立的艺术和成为高等教育学科只是近几十年的事，在传统的书法范畴中，虽然作为审美现象在魏晋时期已经自觉，但始终只是"文人的余事"。它可以是经国的方略，也可以是树碑立传的文章，也可以是诗词歌赋，更可以是文人之间随手写来的便札，但一般都不是以独立的艺术形式存在。有时，虽然它也可以作为纯粹的欣赏对象，但始终与书写的人、内容和书写目的相结合，很少是为了书法的欣赏而书写的。作为个体的书法家也没有独立的存在，书法的创作者大多是文化人，而遗留下来的传世经典不仅仅是一幅幅书法艺术品，更是珍贵、优美的文化记录。所以，传统书法作为艺术具有非独立特性。

三是传统书法的"向内"性。古人云：今人为人，古人为己。这里的"为人"是为了取悦于人，为他人而存在；"为己"是自我修养的提升，为了提高自己而存在。作为传统书法的创作其路向也是"向内"追求，因为它的存在不是独立的"为创作而创作"，而是文化的衍生物，是作者感情的自然流露。因此，它不自觉地、以书法的形式证明自己的存在。书写的主体又是一个"文人"，以不断提高自己的文化、境界和人格为目标，书法只是其内在素养的外在表现。他不以书法创作自居，不以书法家自居，其创作的过程、目的都表现出"向内"的特性。书法作为传统的审美现象，不仅具有这样的特性，而且因为它的"非独立性"，对文字形式、表达内容的依附使书法本身不是第一位的，因此它的"内向性"更加明显。传统书法中大多数作品不刻意追求书写的形式，不要求观者对书写的关注，不以展示作为书写的目的，它的笔墨要求中锋的饱满和气息的安静祥和，反对剑拔弩张、书势的外露。因此传统书法以"向内"追求为重要精神路向。

（二）作为现代的书法

近现代以来书法成为了一种艺术、一门学科，现代意义上的书法与传统书法相比产生了很大的变化，主要表现为艺术性、独立性和向外性。

一是现代书法的艺术性。艺术一词是舶来品，书法称之为艺术只是近现代的事，古代书法多称之为书、八法、法书或翰墨等，"艺术"

多指种植、技能或手艺，和现代的艺术概念很不一样。现代意义上的书法已和音乐、舞蹈、戏剧、美术等艺术门类一样，具有作为艺术的特性。因此，书法作为艺术，通过书写汉字进行艺术创作，也就具备了艺术的四大功能。一是认知功能：因为书法和文字的关系，所以它是传统文化最重要的载体，我们通过书法（文字）了解到社会万象、科技发展以及诗词歌赋等知识，同时还能开启人类的智慧。二是审美功能：这是艺术最重要的功能。书法通过书写汉字塑造艺术形象，对人进行艺术熏陶、感情交流、审美能力的提高，更能塑造和培养健全的人格。三是教育功能：优秀的书法作品不仅内容具有教育作用，其艺术形象也可以唤醒人民对真善美理想的追求和向往，在无声之乐、无象之画、无形之建筑的书法艺术的韵律中，得到美的享受和陶染。四是娱乐功能：书写的传统背景和简便的操作方式，使它有更大的受众群体，大多数学习书法的人不是要成为书法家，而是将其作为放松心情、锻炼身体、随意挥洒的娱乐项目。书法这四大功能，完全和其他艺术一样，成为了一种世界上独一无二的审美艺术，这一艺术的特性和传统的书法相比有着本质的差异。

二是现代书法的独立性。近现代以来，西方硬笔的传入改变了书法的生存环境，毛笔不再作为书写工具，书法的社会性也大大地削弱；而电脑的使用，彻底改变了几千年来中国人的书写方式，促使书法成为了一种独立的艺术。传统软笔书写被硬笔、电脑代替，随着计算机、网络技术的发展，这种趋势进一步加强。书法的独立性还表现在书法学科的建立，各种层次的书法高等教育、社会教育，不仅培养书法的研究、教育人才，还在书法创作上打下了良好的基础。现代书法的独立性，从教学内容、教学形式上与传统的书法完全不一样，对待书法的理念也完全具有现代意识，彻底改变了传统书法的依附性，具有了一种艺术的独立特性。

三是现代书法的"向外"性。与传统书法相比，现代书法的创作理念具有明显的"向外"性，其形式和创作的动机目的都有向外的个性。作为中国传统艺术其创作目的一般具有两种类型：一是顺承性。就是与社会的发展、风尚和人们的精神追求相一致，迎合社会的发展脉搏，推动社会的发展潮流，表达个人的精神抱负。二是反省性。是对社会不公和人性伪善的揭露和评判，也是对文人士大夫"修身齐家治国平天下"追求的精神安顿，有时还是对社会生活的逃避，以期达到在艺术上的追求。在传统的中国艺术中"反省性"艺术类型占有大多数，处于主流地位，是对社会向前发展的矫正与补充。这种"反省性"的艺术品格，更多的是"向内"追求，是对人性的修为和灵魂的超越，是由内而外的情感物化。作为现代书法，从创作理念、展览目的、展示形式和欣赏客体等以张扬"个性"为前提，其向外的"扩张性"更加明显，成为主流。

我们只有搞清楚传统书法和现代书法的异同及关系，才能站在文化的、历史的高度，去把握饶宗颐先生的书法，认识到饶宗颐先生书法的价值，体会到研究饶宗颐先生书法的重大意义。

二、饶先生的书法艺术创作与学术思想

在书法方面，饶宗颐不仅是一位功力深厚的书法大家，对甲骨文、篆隶、行草等均有很高的造诣，同时也是一位书学理论家，有着系统的书学理论思想和学术体系，下面就从三个方面进行论述。

（一）饶宗颐书法艺术

1. 饶先生学书经历

对于传统的读书人，书法是要重视的，当然其重视的程度不一样，

所以，有的人将书写作为一般的交流工具，而有的人成为了书法家。饶宗颐先生对书法有着良好的启蒙和系统的教育，为其日后的书法创作、书学研究打下了坚实的基础。他说："余髫龄习书，从大字《麻姑仙坛记》入手。父执蔡梦香先生，命参学魏碑。于《张猛龙》《爨龙颜》写数十遍，故略窥北碑途径。欧阳率更尤所酷嗜。复学钟王。"[1]这段自述，清楚地告诉我们，他在童年的时候就开始学书，从颜真卿楷书入手，后来在父亲好友蔡梦香的指导下勤学北碑，自谦于北碑略有心得，其间还很喜欢欧阳询的书法。我们知道，饶先生出生在晚清，这个时期的书坛碑学是其主要取法，饶先生的学书也是如此，但"复学钟王"也打下了帖学基础，其碑学的根基为他书风的形成奠定了基础。中年之后，他学习、取法的路数更广、面貌更多，"中岁在法京（巴黎），见《唐拓化度寺》《温泉铭》《金刚经》诸本，弥有所悟。"[2]可见其学书自魏晋至隋唐，由碑转帖，尊碑而不废帖，为民国"碑帖结合"之代表。然而，更加可贵的是，饶先生因学术研究之便，在碑帖之外将艺术的触角伸向更广阔的空间，对甲骨、简帛等的研究、学习比时人至少早了50年，"耽馈既久，故于敦煌书法，妄有著论，所得谓自大篆演为今隶，两汉碑碣，实是桥梁。近百年来，地不爱宝，甲骨、吉金、简帛真迹，更能发人神智。清世以碑、帖为二学。应合新出土上诸资料为三，已成鼎足之局。治书学者，可不措意乎？"[3]这一段论述，不仅叙述了其学书在碑帖之外，又能参悟甲骨、吉金、简帛之体，更提出碑、帖、新出土资料为学书之三足，可见其学艺双擅之优、之独！

---

1 饶宗颐：《饶宗颐艺术创作汇集·翰逸神飞》，香港：香港大学饶宗颐学术馆，2006年，第73页。
2 饶宗颐：《饶宗颐艺术创作汇集·翰逸神飞》，香港：香港大学饶宗颐学术馆，2006年，第73页。
3 饶宗颐：《饶宗颐艺术创作汇集·翰逸神飞》，香港：香港大学饶宗颐学术馆，2006年，第73页。

通过以上的记述和分析我们可以看到，饶先生的学书经历以及不同时期的取法之广、之富、之新，为将来成为一代书法大家做好了准备。

2. 饶先生书法风格特点

通过以上对饶先生学书经历的分析，以及对饶先生书法的研究赏析可以知道，饶先生的书法真草篆隶行诸体皆擅，尤以甲骨、篆书、隶书、行书、草书最为擅长，具有鲜明的个人书法风格。概之为：篆隶培其根，魏碑强其骨，帖学饰其肤，参以甲骨、简帛彰其姿，并以学养铸其魂，形成了具有独特文化价值的书法艺术。

（1）篆隶培其根。饶先生认为"写字当以篆法植基"。篆隶是中国书法的根源，有篆隶的根本就能筑其坚强的根基。饶先生的书法有篆书中锋用笔之遒劲，隶书方折之古雅，篆有隶法，隶以篆行；行、草之书其线条、气息蕴藏篆籀之气、汉隶之质，构建起稳固的书法艺术大厦之基。

（2）魏碑强其骨。通过饶先生学书经历我们得知，其魏碑用力尤深，一方面有其时代书法之风尚，另一方面也因其个性、书史研究之使然。明代书法之靡弱，当为帖学之式微，其后魏碑振兴。饶先生的书法多取纵势，中宫收紧撇捺放纵，外形多不取媚于人，而骨骼刚健脱俗，与当今时代审美风尚相左，具有独特的个性。

（3）帖学饰其肤。清代碑学振兴而行草书不盛，为尊碑抑帖之故。饶先生却不然，他崇碑之时又取"二王"帖学之精华，故行草之书在保留骨骼健硕，气息刚劲、古朴之时，均有帖学之映带流畅之态。方笔、圆笔兼施，圆转中见方折，流畅中有停顿，"文质彬彬，然后君子"，其行草书形成了以魏碑强其骨，帖派求其畅，碑帖结合的美学追求。

（4）简帛彰其姿。饶先生是一位大学者，研究领域极其广泛，是吾辈之不能望其项背者。他对两汉简牍帛书、敦煌残简之研究不仅成果硕著，而且也汲取其精华融入自己的书法之中。用笔之率真，结构之放纵，起笔之露锋，收笔之送出，都时时表现出简牍帛书的特点，使其书法具有非常独特的率性。

（5）学养铸其魂。饶先生是世界公认的大学者，当代少有与之比肩者，特别是在传统文化方面具有极其罕见的研究成果和全面的学术修养，出版专著70余部，论文900余篇，诗文创作集20余种，学术研究有50余项着人先鞭，被誉为百科全书式的人物。在这样的学术背景和学养的滋养下，饶先生的书法表现出少有的书卷气、文化气以及宗教气场。特别应该强调的是，饶先生以北碑为取法对象，北碑多为民间书刻者，所谓"穷乡僻壤、儿女造像"，其外形多"丑"，不能娱目，所以易流于俗野，难得文气，因此，清代碑学有失于此，取此一路者没有深厚的修养，难免流于野狐禅。我们看饶先生的魏碑，以深厚的学养滋润，文胜野，野化雅，真正成为碑帖结合的典范。

（二）饶宗颐书学思想

饶先生不愧为一位书法艺术大家，除书法创作功力深厚、艺术风格独特外，还有自己的书学思想体系，以学导艺、以艺示学，学艺双擅，堪称大家。

饶先生的书学思想，常见于学术研究之中，难以裒辑，现以《论书十要》，逐一简析之。

1. 书要"重""拙""大"，庶免轻佻、妩媚、纤巧之病。倚声尚然，何况锋颖之美，其可忽乎哉！

这里提出的"重""拙""大"，正是医治明代、清初以来帖学靡弱之猛药，也是对当今书家过于强调技法的警醒之语，与其主张"写字当以篆法为根基"一脉相承，是具体实践的方法论。

2. 主"留"，即行笔要停滀、迂徐。又须变熟为生，忌俗，忌滑。

"碑帖结合"线条方能留得住，不仅要重视笔画起收，也要关注行笔之中段，要有碑学之根，金石之气，将六朝碑版、两汉金石化为书写之特质，在帖派的流畅、映带中展现"生涩"之感，才能由生变熟，再由熟变生，无俗、滑之疾。

3. 学书历程，须由上而下。不从先秦、汉、魏植基，则莫由浑厚。所谓"水之积也不厚，则扶大舟也无力"。二王、二爨，可相资为用，入手最宜。若从唐人起步，则始终如矮人观场矣。

中国的文化具有生成性的文化特征，不寻根求源、不从根部长出来，只能悬挂在空中，到头来只能是无根之木，这个根就是"秦、汉、魏"，时人多从"唐人起步，则始终如矮人观场矣"，信矣！一语道出当代书法的弱处。

4. 险中求平。学书先求平正，复追险绝，最后人书俱老，再归平正。

饶先生用自己的书学理论、书法实践，再次印证了唐人孙过庭在《书谱》中的著名论断：学书"初学分布，但求平正，既知平正，务追险绝，既能险绝，复归平正"的学书三阶段。

5. 书丹之法，在于抵壁，书者能执笔题壁作字，则任何榜书可运诸掌。

"抵壁""顿书"都是古老的学书方法，随着执笔、书写工具、座椅等的改变，这种方法被遗忘、不取，也很少有能写擘窠大字者，可见饶先生擅长大字之秘奥。

6. 于古人书，不仅手书，又当心追。故宜细读、深思。须看整幅气派，笔阵呼应。于碑版要观全拓成幅，当于别妍蚩上着力；至于辨点画、定真伪，乃考证家之务，书家不必沾沾于是。

手摹心追，真是学书之金针，多数人能做到手摹，不善于心追。也似着力妍者众、易，蚩者少、难，当引起我们的深思。饶先生虽为学富五车之大学者，特别善于所谓故国之"旧学"，但一点没有迂腐、冬烘之气，"至于辨点画、定真伪，乃考证家之务，书家不必沾沾于是"之论，这是一般所谓传统学者书家所不能洞识者，是其在学术之外，又能成就其书艺最关键之处，多数学人不能跳出此窠臼也！

7. 书道如琴理，行笔譬如按弦，要能入木三分。轻重、疾徐、转折、起伏之间，正如吟猱、进退、往复之节奏，宜于此仔细体会。

林语堂先生认为：书法是中国一切审美现象的基础，其中韵律是书法成为艺术的基本语言。饶先生是一位琴学大家，不仅善琴理，也能操曲晓声，书、琴互悟，艺理当入木三分。

8. 明代后期，书风丕变，行草变化多辟新境，殊为卓绝，不可以其时代近而蔑视之。尚能揣摩功深，于行书定大有裨益。新出土秦汉简帛诸书，奇古悉如锥画，且皆是笔墨原状无碑刻断烂、臃肿之失，最堪师法。触类旁通，无数新蹊径，正待吾人之开拓也。

这段书论讲了两层意思，一是指出明代的书法被我们忽视，由于明代离我们较近、帖学在明代的衰落，书法史对其重视不够，饶先生独具慧眼地认为如果对明代的书法深究后必大有裨益处，我们欣赏饶先生的行书确实有明人"姿美"之态；二是敏锐地发现秦汉简帛书对我们书法创新的价值和意义，由于其在隋唐之前，多为墨迹，其笔法、结体多含古意，因此悉心体验定能有所突破，真是金玉良言。

9. 书道与画道，贵以线条挥写，淋漓痛快。笔欲饱，其锋方能开展，然后肆焉，可以纵意所如，故以羊毫为长。

书画同源，其中最主要的是书法、绘画都是以线条造型，线条的质量高低决定了书法绘画水平的高下。他曾说："石涛论画，起于一画，书法之理亦有同然，切不可忽。"这一点不能不佩服饶先生对书画线条的高度认识。另外，饶先生充分认识到了羊毫蓄墨多、毫颖软又不失弹性的特点，在保证线条质量中所起到的作用，对书法的创新具有很大的启发。

10. 作书运腕行笔，与气功无殊。精神所至，真如飘风涌泉，人天凑泊。尺幅之内，将磅礴万物而为一，其真乐不啻逍遥游，何可交臂失之。

书法在小楷上可以运指书写，而稍大之字必当运腕，以腕驭肘用全身之力书之，其中之气息吐纳与气功无异，这是书法用笔之津梁，时人多有不知。

通过以上的研究我们可以发现，饶先生的学术思想基本是顺应书法的发展规律，以篆隶为其根本，不偏废帖学，碑帖结合，并参悟新出土的秦汉简帛诸书，在书法的取法、用笔、方法等方面都有独到的见解。

三、饶先生书法的文化价值

以上我们对书法在近现代的发展情况以及传统和现代性进行了概述，也对饶先生的书法作了初步的探究。然而，研究饶先生绝对不仅仅止在书法，这只是冰山一角，即使研究饶先生的书法也一定要和文化联系起来，才能彰显他对当下书坛的意义，体现饶先生的文化价值。

饶先生的文化价值主要体现在以下几个方面。

（一）饶宗颐书法姊妹艺术广博，艺韵深厚

我们知道饶先生不仅是一位书法家、书法理论家，他在文化的几

十个领域都有所建树，在和书法有关的诗词、文字、绘画、考证等方面表现出极其全面的文化修养和书法文化特性。他的书法创作内容大多为自己所撰写的诗词歌赋，如行书《次丘处机青天歌韵论书诗四条屏》，不仅书法铁画银钩、线条老辣，其诗意气势磅礴，内涵深厚；他的绘画，画论、书道共研，其理互通，以书入画、以画参书，被张大千誉为："饶氏白描，当世可称独步。"他对古代画家、画派、以词入画等均有独到的解读；他的书法艺术更得益于他对古文字的研究，他是当代甲骨文研究大家，他对陆机《平复帖》的识读、《青天歌》作者的考证均有令人信服的见解；对《敦煌写经书法》《楚帛书》《简牍文字》的研究都有开山之功，在当代罕有匹敌者。

（二）饶宗颐的书法向内追求，文内质外

书法的传统性和现代性最大的差异之一就是"向内性"和"向外性"，把书法当作一种艺术，向外性是必然的，而书法作为文化向内性是其基本的属性。向内并不是不要外在的"形式"，而是将主要的着力点放在提高书法用笔的方法、线条的质量，以及技法、文化修养和人格等方面。我们将饶先生的书法和当代纯书家书法相比就可以明显地看到差异：一是在线条上，纯书家的线条非常符合书法的基本要求，与古人优秀书家无异，但就是缺少一种耐人寻味、经得起推敲的意味。而饶先生的书法线条，有时似乎并不怎么到位，但线条质感非常强，挺拔在纸上，有一种生命的力量。再看结构，纯书家的书法结构非常精致、好看、无有瑕疵，但巧媚有余，精神不足；饶先生的书法结体，貌似不美，由于取法北碑，有一种拙态，而质地坚实，气象恢宏。特别是书法的气息，纯书家有取媚于时人之感，而饶先生的书法不以貌取人，似手执长枪大戟如入无人之境，熔书卷气、文化气和宗教气场为一炉，经得起推敲、耐得住品味，表现出真正的中国优秀传统书法

精神。

(三) 饶宗颐书法博学浸养，以文引艺

对于书法，饶先生童年时期启蒙，历经中年以及耄耋之年，始终伴随着他的人生，他的为人生而学术的人生历程，也为饶先生书法所取得的艺术成就在当今的文化自觉做好了准备，开辟了一个崭新的风气。

我们知道，书法自魏晋开始自觉，文字的书写符号成为了一种审美现象，这是中国文化的重大事件也是世界文化的奇葩。书法发展至近现代，由于书写工具的转变、书法学科的建立，使之成为了一种艺术，这是书法第二次自觉，即艺术的自觉。然而，书法成为一种艺术只是将书法的内涵缩小，带来了诸多的问题和矛盾，这是因为书法的本质不仅仅是一种艺术而是文化，书法的文化自觉是书法的第三次自觉，这才回到了书法的本体上来。饶宗颐先生的书法具有审美自觉、艺术自觉的特征，其厚重的文化内涵，正体现出诸多的文化自觉的性质，还原了书法的真正归属。

四、饶先生书法对当代书坛的重要价值和重大意义

书法自改革开放以来取得了巨大的发展，在机构建设、书法展赛、学术研究、出版媒体、书法形式、书法交流等方面都取得了重大的成就，为书法向更高层次的迈进打下了良好的基础。然而，与此同时也存在着不少问题，给我们带来了诸多的思考。我们认为对饶先生书法、学术以及人生的观照不仅可以找到解决目前书坛诸多问题的方法和途径，也给当今书坛带来深刻的思考。主要表现在以下几个方面：

(一) 文化与艺术的思考

书法的表现对象是文字，而文字的成熟是文明、文化产生最重要

的标志，可以说文字和文化起源同步，在人类历史的长河中文字是承载、表达文化、文明的最重要的手段，文字的文化性无人怀疑。然而，文字成为了一种审美对象，只是将文字的文化性中审美功能自觉化，并没有动摇文字主要承担文化载体的基础，将文字作为一种审美对象来追求，脱离实用成为了一种纯艺术，其书法的文化性被削弱了，审美性被扩大了，所以，很多不能自圆其说的问题就产生了。我们探究饶宗颐的书法就是要将其书法艺术的审美自觉、艺术自觉回归到对文化的自觉上来，这种文化的自觉是包含审美自觉、艺术自觉下的一种全新、深厚的文化自觉。

（二）境界与技术的思考

当前，在追求书法作为一种艺术的背景下，由于普遍存在着文化的缺失和修养的不足，艺术的境界被技术取代，对书法笔墨、形式、技巧的追求成为书法创作的主流。饶先生的书法由于有深厚修养的支撑，在艺术创作的同时更关注书法内在精神，跳出了技术的层面，呈现出一种高超的艺术境界。我们对饶先生书法的彰显就是要提示当代"技术至上"的简单、低级化表象，让职业书家们从单独追求技术的表象中醒悟过来，将目光转移到境界、文化上来，使书法逐步走向深刻。

（三）内涵与形式的思考

当今书坛由于评审机制的局限、展览效应的追求和审美趣味的低下，书法在形式的追求上要远远大于对书法作品内涵的追求。评审只是一张作品定终生，谈不上对作者作价值上的判断；展览的形式迫使彰显视觉效果用以引起观展者的注目，经不起时间的检验；审美趣味的低级更是整体文化素养低下的标志，催生了书者、观者的浮躁心态，使当前的书法创作普遍呈现出只求形式而缺乏深刻的精神内涵。饶先生的书法充满着文化的品味，在尊重书法基本规律的同时，将厚重的学养表现在书法的点画、线条、章法和气息之中，在看似随意、率真的形式下，蕴含着深厚的文化内涵，其作品耐得住品味、经得起时间的考验。

（四）永恒与流行的思考

我们说饶宗颐先生的书法是永恒的，这不仅仅是书因人贵，因为他是一个举世公认的大学者，其艺术作品一定和他的学术成果一样流传百世。他从小打下了坚实、全面的书法基础，终生不辍、孜孜以求，具有深厚的功底；宏达的学术支撑，使他的书法具有了一般书家无法相比的文化积淀。我们环视当今书坛，普遍存在着快餐化、流行化的书法文化现象，一批批书家产生、一批批书家消失，能够被书坛承认、经得起时间考验的书家凤毛麟角，这是书法缺少内在精神、书坛文化素养普遍缺失造成的后果，饶宗颐先生书法的价值就是文化的价值、就是精神的价值，这是永恒和流行的差异。

我们认为，通过对饶宗颐这位世纪文化大家书法的阐述，一定会给我们的书坛带来极大的启示，对我们认识书法的文化性具有巨大的说服力，特别是对书法发展的审美自觉、艺术自觉迈向文化自觉带来一种探究视角。

（应邀为饶宗颐百岁华诞学术研讨会撰文，参加香港的纪念活动，
2015年8月）

姑苏美人

——简述瓦翁书法的文化意义

美人，现在多形容面容姣好的女性。然而，在中国先秦文献中美人恰恰多指男性，而"美"字的原意是指强壮的公羊，更突出男性武艺高强、德行高洁、具有忧患意识等优点，如诗经中"有美一人，硕大且俨"；屈原《离骚》中"惟草木之凋零兮，恐美人之迟暮"，这里不仅指男性也指代屈原自己。苏州著名书法家瓦翁先生在80岁高龄时，被一位女性名人称为"美人"，一时传为佳话。这里的美人当然不仅指其面容的俊俏，更重要的是从文化学的角度，对其气质、艺术、文采、人格作了在中国传统文化意义上最高的评价。

瓦翁，姓卫名东晨，江苏苏州人，生于1908年5月，卒于2008年5月，享年100岁。瓦翁以书法名世，缘于1989年以年届81岁高龄获得全国第四届书法篆刻展览第一名，从此名声大振、享誉书坛，实属大器晚成。瓦翁除书法、篆刻造诣深厚外，对诗词、文章、收藏均有所涉猎，达到相当的水平。

瓦翁的书法诸体皆擅，尤以小楷成就最高。其书风有三大特征。一是具有浓郁的书卷气息。如果将中国的艺术精神分为两段的话，中唐之上为"汉唐气象"，以粗犷豪迈为审美主流；而宋元之后书卷之气成为书画艺术精神追求的更高境界，内敛、沉净、消散。瓦翁的书法属于后者，气格高标、书卷之气弥漫，是其终生以书为伴，具有深厚人文底蕴所致。二是峻峭的点画结体。如果说书卷气是瓦翁书法审美风格特征的话，那么结体的清峭、瘦朗、简淡，则是缘于深厚的笔墨功夫。点画干净利落，线条铁画银钩、方圆兼施。圆势，温润如玉、笔画环抱，方势，特见筋骨、挺拔有力。更为难得的是他秉承古人写小字有如写大字的理念，结体中没有丝毫局促、臃肿之感，相反笔画之间阔绰、宽舒，彰显魏晋风韵。三是高超的用笔技巧。书法最基础的是笔法，最难的也是笔法，中锋用笔是基础。瓦翁小楷以唐楷建其骨，直接吸收了元人倪瓒爽劲的用笔方法，上追魏晋楷法，还自然地糅合了篆书、隶书和简牍的用笔方法。虽然瓦翁很少创作篆书和隶书，但是在其结体、用笔和气息中我们看到这些古老书体的胎息，是其小楷以魏晋人为根基，魏晋去古未远、书法有篆隶之遗意故。在其书写中作者有意强化了这种古意，所以作品高古质朴，有篆隶金石之气，笔法更为丰富、耐看。

中国的书法是强调"字外功"的，综观古代书家无不是饱读诗书的文化人，也要求具备综合人文修养，更没有专门的书家之职，即便画家到了宋元之后也以文人画为主流，这是中国文化的特征所决定的。艺术一词是舶来品，是对一切审美现象的总称，其实我们传统的审美现象实践是以"技进乎道"为哲学基础的，由技术直接达到道的境界，而缺少艺即美学这一环节；完整的审美应该是由技术到艺术（美学）再到道（哲学），所以在我们的文化中"有美无学"，但在艺术的实践中这个环节是不能缺的，就是美学内容的补充即是人文修养，这是我们在传统艺术史上始终对艺术家强调"艺外功"的原因，这是中国艺术区别于西方艺术最重要特征之一。瓦翁的书法之所以能有这样的高度，显然是其综合人文修养的体现。在他近一个世纪的人生历程中对传统文化有着全面的浸染。篆刻，印宗秦汉，造化于明清流派印之精髓；其印论，见解独到、一语中的，深知个中三昧，"（篆刻）其初应知有汉，后唯知有汉，至而悟，不知有汉"。其文骈散并用、旖旎焕彩，"周秦古玺，两汉印存，元明篆作，清季流派，彩霞满空，朱玉遍野，仙境神游，长生无极"。短短32个字不仅高度概括了印史，而且还是一段文采飞扬的短文。此外他于古体诗、新体诗均有所创作，到了90岁的高龄还在阅读西方哲学史和西方美术史。更让人感动的是，他在90岁诞辰之日，将自己数十年精心收藏的明代印谱和一批古籍善本无偿地捐献给苏州图书馆，填补了苏州图书馆在这方面的空白。

在中国的文化传统中，书法乃小道、砚边之余事，不是文人追求的更高目标。修身齐家治国平天下，追求人格完美、品德高尚、才华横溢，才是中国文化人的标杆，当然也是传统文化中真正"美人"的含义。我们纪念瓦翁先生，不仅仅是在阐述他为文为艺的高下，更不是回顾他的成长、成名的过程，而是在他的身上挖掘出一种"古气"，一种传统文化中永恒的精神：一是大器晚成，一个高度重视史学的民族，只有层累式地积淀才具有深厚的历史价值；二是综合的人文修养，唯有深厚的人文情怀才能创作出具有深度的艺术作品；三是耐得住寂寞，唯有宁静才能致远，才能走得更高、走得更深，才能比肩于古人，造就自己的艺术高峰。

瓦翁的一生，是多姿多彩的一生，是跌宕起伏的一生。不管人生如何风云际会，他始终恪守儒家为人之道：入世则宛如桃李落英缤纷，硕果累累；出世若幽兰自开，清香淡淡。这就是中国文人的最高境界，也是中国真正文化意义上的美人！

（应邀为瓦翁诞辰112周年撰文，入编论文集，2021年4月11日）

温润而泽

——陈方既先生的意义

从现代学科分类的角度来看，中国传统文化不强调做哲人，而是做理想中的圣人，因为在中国传统文化中只重视人伦社会问题，而缺乏对自然宇宙的观照。然而，圣人是至高的标准，常人是难以企及的，于是退而求其次以追求君子为做人之典范，所以孔子在《论语》中说："圣人，吾不得而见之矣，得见君子者，斯可以。"[1] 因此，自三代至明清，各种典籍中君子之声不绝于耳；也由此，在中国传统文化中君子就成了优秀传统文化所塑造和推崇的人格典范，是理想而现实、伟大而平凡、尊贵而亲民的人格形象。陈方既先生在我的眼中不管是为人、为学、为事，都是一位传统的正人君子形象，正所谓："君子比德于玉焉，温润而泽，仁也。"[2]

陈方老知识宏富、著作等身，其学涉及文艺的多个门类，但主要成就在书法研究领域，书法思想、书法理论、书法美学、书法史学、书法技法、古代书论译注等，无所不及，撰写了400余篇文章，获得过"中国书法兰亭奖·终身成就奖"。毫不夸张地说，我是看陈方老

---

[1]［春秋］孔子：《论语》，北京：中华书局，2006年，第58页。
[2] 张文修编著：《礼记》，北京：北京燕山出版社，1995年，467页。

的书长大的，他的几部书学专著和学术论文是我案头必备的书籍，我始终是仰望着陈方老的。后来在几次研讨会上与先生见面，但并没有交往，真正有所接触的是2015年在武汉召开的"陈方既书学研讨会"上，让我惊讶的是95岁高龄的他亲自到火车站迎接我们，而且一点架子也没有，让我们一行人非常感动。在研讨会期间，先生话不多但处处显得那么谦逊和平易近人，处处洋溢着一股君子之风。2020年，陈方老离开了我们，这不能不说是中国书坛的巨大损失，我想随着时间的推移，陈方老以及如陈方老一样的书法学者们渐渐离世，给书坛带来的影响将是难以估量的。

中国传统文化是一种农耕文化，其最大特点是泛血亲宗室社会文化，而非自然学学科文化，人文的修养和人格的塑造在其文化中起主导作用，以君子之道作为人文的典范在各阶层中均起到了极为重要的价值和意义。书画是典型的传统文化孕育出的审美艺术，因此，历代书法对君子文化的重视要远超过书法本身，所以才有了如此悠久、深厚以及一脉相承、从未间断的历史。改革开放40年来，书法得到了前所未有的发展，在诸多方面都取得了巨大的成就，然而也存在不少的问题，其中主要有：

一是书法的专业化割裂了固有的文化传统。书法有其特殊性，历史上从来没有专业的书家，因此整部书法史都建立在非专业的体系下演化而发展，它的综合性非常明显。而我们将它作为一种专业就偏离了传统文化的主体精神，迫使其不得不走向纯艺术之路，因此重造型、重构图、重视觉，强调技术、外在的形式就成为必然。

二是书法界缺少人文底蕴的现象越发严重。这个问题也是由第一个问题带来的，因为传统文化是典型的向内的集体文化方向，层累式的积淀是其文化的主要特征，这种积淀不是向外追求的"形"而是向内追求精神的"意"，因此它要求书家必须数十年甚至穷其一生地积累

"内修",所达到的综合修养通过笔墨书写出来。以"纯艺术"快餐式的创作来代替这个"修为"过程,必然导致精神内蕴的丧失和意味的缺乏。

三是书法越来越缺少了深度和厚度。没有了时间的积累和文化修养的熏陶,只有外在形式的构成,书法一定缺少深度和厚度,这种徒有外在形式的书法也恰恰是几千年书法史所不彰的,也是为什么所留存下来的经典书法作品可以欣赏几百上千年而不"审美疲劳",而现在那么多获奖作品才几十年甚至几年就无人问津。

此外,书法展陈形式、展赛机制、评审方式、人才标准等也是导致书坛诸多问题的因素。然而,其中最主要的原因是近现代以来在现代思想和审美思潮的影响下,中国传统人文君子文化的缺失所导致的书坛人文精神严重匮乏。像陈方老这样的人文学者在传统书法史中,正扮演着这种"君子"的角色,即便他们不以创作为擅长,只是这种人文的学识、思想和做人的标杆及书坛的君子之气息,在书坛就足以起到一种方向和旗帜作用。毕竟在传统文人眼里"书法乃小道",恰恰是这里的"小道"造就了书法在内涵上能反映出中国文化的"大道",这个大道的前提就是有深厚的人文学养的支撑、文化的浸染,因为,中国传统主流艺术是文人艺术。因此,像陈方老这样的人文学者在书坛上是不可或缺的,其作用也是不可估量的,正所谓"君子之德风,小人之德草,草上之风,必偃"。[1]他的"德风"会在书坛起到导向和压住阵脚的作用,可以毫不夸张地说,书坛真正的繁荣昌盛之日,正是君子之风回归之时。

陈方老离开我们一年了,他的长者之风、精神之态、温润之貌时常在我眼前萦绕,即便他有遗嘱:"我去世后我的遗体捐献给国家。"

(应邀为纪念陈方既先生活动而撰,多家新媒体刊发)

---

[1][春秋]孔子:《论语》,北京:中华书局,2006年,第110页。

"提笔四顾天地窄"

——简论萧娴的书法艺术及其现实意义

中国的20世纪，是一个波澜壮阔的伟大历史时期，中华民族在苦难中挣扎、在逆境中奋进，创造了无数辉煌的历史篇章和可歌可泣的动人诗篇。在这国家危难、岁月动荡的年代，书法作为最具传统文化特色的一门艺术也开放出绚丽灿烂的花朵，我们不能不对那些创造书法历史的大师们表示敬意，也不得不惊叹书法艺术的顽强生命力。萧娴就是生长在这个时代，在中国书法艺术上作出卓越成就的一位书法大家。

一、萧娴书法的特点

萧娴（1902—1997），字稚秋，号蜕阁，署枕琴室主，是当代著名的大书家。她师承康有为，得其亲授、栽培，曾得到章太炎、孙中山、章士钊、于右任等近现代政要、名人的指点，居宁后长期和林散之、高二适、刘海粟、傅抱石等交游、唱和，是其日后在书法艺术上取得巨大成就的重要因素。

萧老的书法以三代吉金为根，旁涉两汉篆隶，尤以《散氏盘》《石鼓文》《石门颂》《石门铭》，所谓"一盘三石"用力最深，独精《张迁》

《华山》《二爨》《郑文公》《褒斜道》等魏晋名碑，书风雄强、力能扛鼎、取法高古、雄深苍浑，有千里阵云、万马奔腾之势，达到了中国书法艺术的原始之美、深邃之境。

二、萧娴书法的成就

萧老擅长篆书、隶书、楷书和行书，她的篆书初学邓石如，上接《石鼓》和金文，承清代碑学之遗绪，避清人篆书"以石写篆"之主流传统，尚"婉而通"的审美追求，走何绍基、杨沂孙、吴大澂、李瑞清等"以金写篆"之另路，婉约多姿、圆劲遒美，其代表作有：毛泽东词《清平乐·六盘山》、八言联《左图模山》等。隶书以汉隶为宗，线条遒劲、简练，特别是章法和字法，不求巧媚、不作刻意安排，平实、端方，向内追求，以深厚功力，表现本真的深沉之美，如郭沫若《沁园春》、八言联《游山·进步》等。楷书以魏碑为主导，厚重、豪迈，笔墨酣畅，没有清代碑学家们的草率、狼藉之疾，代表作有《书酒风流》、五言联《读书·入世》等。行书，线条厚重、气势恢宏、映带流畅、呼应自然，如：四言联《鱼游飞龙》、七言联《无求·不饱》等。萧老的书法艺术很好地继承了康氏以来的碑学传统，但又能吸收帖派书法的诸多艺术元素，是晚清、民国以来实践"碑帖结合"书法创作理念的成功

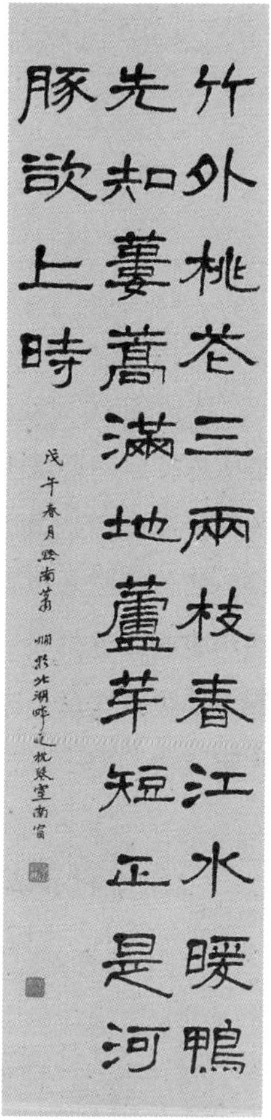

图6 萧娴《苏东坡诗一首》（隶书），南京萧娴纪念馆藏

典范。

萧老在近一个世纪的人生历程中，创造了独具个性的书法艺术珍品，为我们树立了优秀的艺术标杆，正如乃师康南海所赞："应惊长老咸避舍，卫管重来主坫坛"，成为了现代中国书法史上一位名副其实的书法大家。

三、萧娴书法的现代意义

以上我们简要地概括了萧娴先生书法艺术的特点和所取得的艺术成就。今天，我们纪念萧老，探讨她的书法艺术不应该只停留在这两点上，更要通过对她的研究总结其成功的规律，阐述对当今书坛、社会具有怎样的启示，整肃当下书坛的浮躁之气，为后学指明正确的学书路径。

萧老的书法有以下三个方面的意义：

一是书法理论意义。当今书坛经过30多年的发展，正从"纷乱期"走向"反思期"，这个"反思"不仅是对改革之初各种"现象"的反思，也是对"传统"的反思。我们已认识到，一个时代只要失去了"核心"就会造成混乱；当今书坛正从"破"走向"立"的过程，"立"什么，我们从萧老的书法中可以得到重要启示。萧老在书法艺术上的成功，得益于她的"一盘三石"，这看似她个人的艺术取向，其实更遵循了书法历史发展的规律。书法，不仅有其自身的艺术发展规律，社会的发展也会改变其发展方向。清代碑学的兴起，从表面上看是几个书家们的艺术倡导，其实有着深厚的历史根源，这就是明末清初"帖学式微"。然而"碑学"的矫枉过正，又走向了当初艺术主张的反面，因此，清代后期开始纠正并走向"碑帖结合"之路，不过，这一艺术发展规律被社会的历史进程中断。经过百年的书法发展，这一书学理论实践被萧娴等书家继承并得到发扬光大,并取得了巨大的成就,还出现了林散之、高二适、胡小石、萧娴"金陵四家"以及于右任等"碑帖结合"的书法大家,他们正是这一理论的实践者和成功者。这一发展规律正是我们"立"的核心,也是萧老书法创作的理论基础。

二是书法创作意义。我们知道书法是线条的艺术,线条的质量决定了书法水平的高低和境界的高下,书法的线条构成了书法的结体和章法,因此,线条是书法最小的单位,也是最为关键的艺术元素。中国书法的传统审美中"古质"是其极高的理想追求,而高质量的线条和"古质"的审美感受更多地蕴含于"篆隶"之中,同时,"篆隶"是中国书法之根、书法之源,没有根,书法如何能茁壮成长。萧老的书法从根上长出,顺应了书法发展的规律,由于她根深所以她叶茂,由于她根深所以她能触摸到书法的灵魂,由于她篆隶书之根扎实,所以她的楷、行、草等其他书体也同样达到了极高的艺术境界。由于当今书坛对篆隶书的认识不够,所以对中锋用笔理解不深,线条质量不高,浅薄甚至媚俗之态充斥其间,以迎合一般大众的娱乐需求,成为书法艺术中的"小美",完全忘记了艺术除欣赏之外,应该具有引领社会审美境界提升的重要社会责任和功能。当今书坛由于对书法认知功能的认识肤浅,又走向了"炫技"之路,在苍白、空洞的技术和形式追求下,热衷于外在的美丽和装帧的豪华,这和萧老书法相比何止天壤。

萧老的字是"长出来"的,而当下书坛很多名家的字是"仿出来"的,这一长一仿,高下便分。

三是社会意义。陆放翁在其《草书歌》中写道:"今朝醉眼烂岩电,提笔四顾天地窄。"萧老写字不仅常常有"提笔四顾天地窄"之慨,更有横扫千军、雄视千古之势,这不单单是走"碑帖结合"之路、自我审美的追求,也不仅仅是个性的天成,这是波澜壮阔的时代、生活的历练磨难,以及诗书印综合修养的造就和人格力量的写照。书法正是如此，它似一面镜子，不仅能照映出书家的成长历程，也能反映这个时代。我们的社会太需要对艺术规律的自觉，需要理性的思考，更要树立一种弘大昂扬的正大之气，这才是中华书法文化之魂。

今年是萧娴先生110周年华诞，这位貌不惊人的"黔南筭女"为我们创造了惊人魂魄的艺术精品，给我们带来了美好的艺术享受，同时也给当今书坛带来了诸多的启示和思考。

（原载《求雨山》2012年10月）

踵时代之大纛　书左笔而华章

——简论费新我的书法艺术以及带给我们的启示

费新我，学名斯恩，先字省吾，后字立千，1903年生于浙江吴兴，1992年卒于江苏苏州，享年90岁。费新我是我国现代著名的书画家，从小临书学画，早年专攻美术，对西方的素描、人体画均有专业的训练，出版有《水彩画册》《万叶铅笔画》《万叶水彩画》等大量的连环画、蜡笔画、插图等；国画作品《刺绣图》《草原图长卷》是其代表作，其中《刺绣图》入选《现代人物画选》，《草原图》得到丰子恺先生的赞誉，于1957年6月在《人民日报》上撰文介绍。1957年6月，鉴于费新我绘画的艺术成就和影响力，江苏省国画院聘其为画师。正当费新我准备进省级画院成为一名专业画师，在绘画艺术上有一番作为的时候，翌年，也就是1958年3月，右手得腕关节结核病，经多方治疗无果，致残，从此改左手作书习画，并转以书法作为艺术创作的专业重点。以顽强的意志和出众的才华克服了常人难以忍受的痛苦和困难，终于成为我国现代最著名的书法家之一，为书坛树立了典范，给我们带来了诸多的思考。

一、费新我书法艺术

虽然，费新我早年对书法有着浓厚的兴趣和一定的研习，但是其主要精力还是在美术方面，取得的成就也在绘画上。费新我真正开始从事书法学习、研究当是右手得病之后，他用左手创造了一片辉煌、灿烂的书法艺术世界，为我们在精神、艺术、人生等诸多方面树立了榜样。下面就费新我的书法艺术作简要的探讨。

（一）取法

费新我从小学习书法，主要从颜真卿、苏东坡入手，后又用大量的时间学习行草书，主要取法《祭侄文稿》《淳化阁帖》等帖派书法，60岁后临写了大量的周秦篆籀、两汉碑刻以及六朝造像，其中有石门颂、张迁碑、杨淮表纪、夏承碑、郑固碑、《龙门二十品》、《二爨》等，在好友的建议下又取法清末民初碑学大家沈曾植，也不废"二王"帖派书法。取法广泛、博采众长，碑帖结合，逐步形成自己独特的书法风格。

（二）风格

沈鹏先生在评价费新我书法时，用了一个"力"字。他说："但是给我的印象最深的还是费老爱看打铁。那是力度很强的动作，对照费老的字来看，下笔狠，落笔稳，起笔落笔之间行笔较快，节奏感鲜明，横势中配合竖势，点画错综变化，形成波澜起伏骏快跳跃之概。而作品的力度，则始终是一大特点。"这个"力"从何而来，就是汲取了清代碑学的营养，将其融入"二王"一路的帖派行草之中，给人以强劲的力量之感。"我们看着费老的书法有这样的感觉：他的起笔似乎有大篆的凝重，他的行笔似乎又在隶书中发挥波的笔势，率意之处虽有章草的笔数，却无其放纵。而是极其收敛。"（欧阳中石语）可见，费新我书法的成功正是"碑帖结合"的又一成功的范例。

（三）特点

一切都是安排的，只是没有痕迹。中国的书法创作虽然强调"无意于佳乃佳"，其实也是长期"刻意安排"后的"不安排"，只是我们一直没有"自觉的意识"罢了。近现代以来，书法作为一种艺术特别是受西方美学的影响，"形式感"被强化，这一点正是古人所忽视的。由于费新我有很好的西画训练基础并取得了很大的成绩，因此他在自觉和不自觉中将绘画的画面安排、章法布局和整体构思等巧妙地运用于书法创作之中，具有很强的"美术感"，这在他同时代的书法家中非常少见也很突出，就是现在也是非常新的，这是他书法艺术的一大特点。

二、费新我成功之钥

以上我们简单地分析了费新我书法的三大特征，那么他能够形成这样的艺术特色、取得书法艺术上的成功，被社会广泛认可，其原因是什么？下面我们略作简要的探讨。

（一）高超的书法技艺

我们知道，任何一项艺术要取得一定的成功，技艺锤炼是首要的，没有艰苦、长期的技法磨炼，再好的天赋、再全面的修养、再深的理论只能是"浮云"，书法作为一门艺术也是如此。费新我能在那个出大师、出众多优秀书家的年代独树一帜、出类拔萃、取得成功，显然和他具有极高的书法艺术技艺是分不开的。据《费新我年谱》介绍，他从小就在家庭的熏陶下学习书法，从唐楷入手，几乎临遍了古代各种优秀的书法碑帖；特别是右手得疾后，专攻书法，真可谓"日日临池、池水近墨"，为日后形成自己的书法面貌和书法成就打下了坚实的基础。

（二）坚忍不拔的毅力

坚忍不拔的艺术精神是任何一个成功艺术家的共同品格，费新我书法艺术的成功在这个方面表现得尤为突出。他在56岁之后用常人难以想象的毅力，以左手重新开始学习书法，并达到了很高的艺术造诣，这要经历一个极其艰苦的求索过程。在书法历史上用左手成为优秀书家的非常罕见，而先用右手后改为左手者取得很大艺术成就者就更是凤毛麟角了。费新我就是凭着这种坚忍不拔的顽强精神，一步一步走向了书法艺术的最高殿堂。

（三）良好的艺术修养和丰富的人生历练

书法不同于其他艺术，它没有很多的"元素"可以运用，它靠着一根线条编织书法艺术世界，它没有遮掩地映照着书写者的全部。你是一个写字匠就不可能有着深邃的艺术境界；你是一个文化人在你的笔下就会有浓浓的书卷之气；你丰富的人生历练和生活的坎坷也一定会在你的书法线条世界里映现，一定会增加你的艺术厚度和人文的深度，这是书法的高妙和伟大之处。

费新我生活在那个动荡不安的年代，为了生存、为了艺术、为了实现自己的人生理想，付出了艰辛的努力。他不仅有着多方面的人文修养，更因为人生的历练和磨难使他对书法、艺术、人生有着深刻的体验，特别是他右手的残疾，更比常人多了几分对艺术、对生活甚至对生命的深刻理解，而这些人生的阅历融入他的书法艺术之中，便多了几分"意味"，这个意味就是书法最可贵的生命所在。

（四）遵循书法艺术发展规律

艺术的发展一边有自己的发展规律，一边也受到社会发展的影响，作为一位艺术家只有将自己的艺术融进时代的洪流之中，才能成为主流精神价值下的书法家，才能被社会承认，才更有生命力。费新我生活在20世纪,这一时代正是中国书法艺术在清代"乾嘉"碑学启蒙下,经过清代中后期的实践发现其"矫枉过正"后正走向"碑帖结合"的艺术实践时代。费新我顺应时代的发展规律,不囿于碑,不排除帖,将行草帖派书法的流美,融进了碑派的力量、方折、厚重之中,形成了独特的艺术风格和高超的审美个性,这又是他书法成功的关键之一。

三、费新我书法带给我们的思考

我们对费新我的纪念、缅怀,不仅是阐述他的艺术精神、书法成就和坚忍不拔的成长历程,以之激励、鞭策我们的后学,更重要的是通过费新我的研究给我们当代书坛带来怎样的思考和启示,这不仅彰显了对费新我纪念的价值,也可以思考当今书法发展的方向。

(一)所谓"当代无大师"

"当代无大师",这不仅仅成为当今书坛的一种调侃,更是一种事实的存在,导致这一现象的原因是多方面的,有社会发展之故,也有书坛自身的问题。由于历史的原因,当代书家不管是在年龄上步入中老年,还是在书法创作较为成熟的一代,大多数人一方面没有像其前辈从小受到传统的"私塾"教育,也没有像后来年轻的一代受到良好的、系统的现代教育,中青年时又正好赶上改革开放"西学东渐"。因此,既没有深厚的国学功底、对传统文化的一种深厚修养,同时受西学艺术思潮的影响,对西方美学理论一知半解,所以很难在思想和实践上有自己的独到之处,而这正是成为大师的基础。书法,是一个极为东方式的文化艺术,没有深厚的技艺锤炼和深邃的艺术思想是很难触摸到它的灵魂的;用西方的美学思想改造书法更需要对东西方艺术的深入把握,我们这一代人在这两个方面做得都不够,所以"挖不出水来"怎能产生大师、怎能创造出属于我们这个时代又能比肩古人的书法艺术来？"当代无大师"就成为了一种文化前提，更不用说现代"更功利化"的因素。费新我那个时代的一批书法家们，不管是对传统的了解深度、感情，还是向西方文化学习的态度都远远超过我们，所以，他们具有成为大师的文化土壤。

（二）对书法深度的理解不够

当代书坛出不了大师还有一个内在的原因是对书法外延和内涵深度的认识不够，特别是书法成为了一种艺术、成为了一种专业之后，人们更关注的是书法的外在形式，将书法本质的内涵和内在的价值淡化甚至掏空，书法仅仅成为了一种"形式之美"。其实书法之所以成为一种东方独特的审美艺术，成为传统文化人中的"神物"，正是因为书写者的人文修养、思想深度以及人生历练的境界。它包括书法外在的笔墨纸砚的时代性对书法本体艺术性的影响，内在的是纯熟的技巧要融化在深厚的人文修养之中；这既是我们当代浮躁的心态无法做到，又很难在短时期能验证的"二律背反"，需要我们作严肃的思考和认真的研究。只有解决了这些问题，我们的作品才有思想的深度。在这些方面，费新我那一代人显然要远远超过我们，那是一个出了很多思想家的年代。

（三）有"贡献"才能成为"大师"

要成为一代大师只有一个标准，这就是"贡献"，也就是说你在前人的基础上，有没有向前迈进了一步？有没有自己的贡献？如果有你就有可能成为大师，否则，只是望洋兴叹。拿草书为例：王羲之将古质变为今妍，成为书圣；王献之将王羲之的内擫，改为外拓，成为草圣；"颠张狂素"创立了大草成为草圣；黄庭坚将宋代的金石学融入草书之中，成为一代草书大家；于右任将南北朝碑学融入草书之中，成为草书大家；林散之以汉隶的线条、长锋羊毫、生宣纸以及中国画的用墨，运之于草书之中，被誉为"当代草圣"；等等。你若想成为一代大家，必须要有新的元素渗入自己的创作之中，并被时代、历史认可。当代的书家们可以审视一下自己的创作，您有"贡献"吗？或者说你正在寻找自己的"贡献"吗？如果没有你就永远成不了大师。

　　随着书史的发展，要想在前人的基础上有所贡献会越来越难，但是，这并不是说书法发展已经"夸克禁闭"，没有拓展的空间了。费新我那个时代的一批书家已经给我们作出了很好的榜样，他们紧随时代的步伐，在前人的基础上有所拓展，为当代书法作出了自己的贡献。

　　20世纪前叶，虽然我们的民族处在风雨飘摇、历经磨难的时代，但是从那个时代走出了一大批大师级的优秀文化、艺术人才，他们的心紧紧随时代跳动，他们的血脉融入时代的洪流之中，他们为人生而艺术，为中华文化作出了自己的贡献。费新我就是其中的一位，他56岁后改用左手学习、创作书法，他的书法碑帖兼容，风格独特、形式新颖，奏响了属于自己的书法艺术篇章。

（应中国书协邀请为"纪念费新我诞辰110周年研讨会"撰文，2013年11月）

我看到了古今之别

——观黄异庵书法篆刻展有感

非常高兴受邀参加黄异庵先生诞辰110周年书法篆刻展座谈会，我真正体会到了主办方的真诚和眼光，以及对挖掘地方书法篆刻资源、传承中国书法篆刻文化的那一份奉献精神。说实话，书法展览特别是当代个人书法展览，要举办座谈会还是不容易的，主要原因是单调，缺少厚度和广度，没有丰富的内容可研讨。而今天，在这里举办已故苏州评弹大家黄异庵先生的书法篆刻展及座谈会，我认为还是有内容可谈的，还是很有意义和价值的。黄先生不仅有属于自己的评弹事业，还有丰富、坎坷的艺术人生，更有属于自己的传统书法篆刻，并达到了一定的艺术水平，特别是与当代书法篆刻所表现出来的诸多差异，给我们许多的启发。我们从黄先生的书法篆刻中看到了古今之别，看到了书法这百年来所发生的变化，看到了黄先生这一辈艺人的书画篆刻与我们这个时代的书画篆刻的差异。

需要说明的是，我想尽量客观、理性地将这种古与今的区别，真实、公正地表达出来，很想再引起大家的思考，去探讨黄先生书法的风格、价值的同时，给当代书法发展带来一些启示，为书法未来的发展寻找一个传统与现代转化的方向。当然，作这样的比较是要有典型意义的，显然，黄先生是具备的，不管是他的人生经历、个人身份、专业艺术水平，还是书法篆刻所达到的高度等，都具有可比较的典型意义。特别是黄先生生活在新旧交替之际，做这样的古今之别的比较，就更有了典型的历史和现实意义。

我认为主要有五个方面的区别。

一是业余和专业之别。黄先生那个年代的书法篆刻家大都是业余的，当时不但没有书法专业，更没有现代意义上的一级学科。他们学书法大多是为了实用，把字写好，相信字是人的另一张面孔。在写好字的基础上拜师、临帖，提升书法的水平，并旁涉诗词歌赋等传统文化知识，以便书法的创作和人文素养的提升，并相信这些人文因素对自己的专业、做人、及从事的评弹艺术有莫大的帮助。而当代已经不用毛笔，甚至已经不再写字了，从事书法篆刻的主流群体大多是为了书法而书法，有的则专业从事书法艺术这个行业，把书法看作自己的事业、专业。目前书法已经成为一级学科，全国有书法专业的高校已经超过100家。这种业余和专业之别是书法古今的最大区别之一。

二是传统与现代之别。黄先生书法不管是形式、材料、内容还是创作的理念等都是传统的，纸大多为白宣纸，形式也不外乎斗方、条幅、扇面、楹联、册页等，将更多的思想寄托于书写的本生和过程，以达到精神的寄托。而现代书法受到现代文化的影响，形式多样，色纸成为主流，为了入展、获奖，各种形式无所不用其极，拼贴、染色、设计等制作极为精美、手段多样，为引得评委、观众的关注，将更多的精力用于书写之外产生视觉的冲击，具有强烈的现代感。

三是形式与尺幅之别。当代书法为了能吸引大众的眼球，在书法形式上追求变化，在现代展示场地的引导下，作品尺寸越来越大，这样不但会占用更多的空间，而且更能引起大家的关注。我们看到黄先生的作品大尺幅的很少，都是小的扇面、斗方和条幅，基本上延续了几千年中国传统书画的尺幅，没有过多的形式感。这使作者和观者的精力和目光多关注于作品的本身，而不是作品的外在形式，从本质上也增强了作品的内在质量，使它具有了更大的可读性和时间性。不过，这样的作品样式往往显得陈旧、不够美观，甚至与周围的装饰、环境对比有寒俭、违和之感。

四是风格与流行之别。黄先生的书法取法传统主流书风，以"二王"帖派为主，虽然也旁涉篆书、隶书和楷书，但以行草书为主体，水平也最高。这是继承了千余年来中国书法的主脉，虽然不能说黄先生的书法已经形成了个人的风格，但他是继承了属于"二王"帖派的书法风格，其书法虽然已经过去了几十年，仍没有"过期"之感。而当代书法作品，特别是展览、比赛获奖之作，虽然过去的时间不长，不少作品已经有"过时"之感，他们虽然也是取法各种古代书家、书体，由于强调技巧、形式等外在因素，这类书法大多是当时流行书体、展览体的代表，所以，随着时间的流逝也就不再流行。

五是修养与功利之别。我们看到书法篆刻对于黄先生来说纯粹是为自己的主业评弹服务的，书法篆刻没有功利性。黄先生不仅是一位优秀的评弹表演艺术家，他还能自己撰写、改编剧本，并且达到相当的高度，这不能不说与他善写诗词、专研书画篆刻有关。再环顾当今书坛，大多书家从事书法创作，要么是为了考试加分，要么则是为了考学，为了比赛的入选、获奖，入协会，进入市场等。总之，学习书法的功利性很强，而黄先生他们学习书法篆刻大多为爱好，是为了自我修养的提升。

以上的古今之别，不知是中国书法之幸，还是中国书法之不幸，恐怕现在还难作定论，所论古、今之别的内容，都有存在的合理性和存在的价值，不过，我们相信中国几千年所积淀下来的优秀传统书法精神，应该不能在我们手中失去。在黄先生的身上和他的书法中所表现出来的传统精神特征，是一种向内的、为己的、自我精神的修为和熏陶，这应该正是中国优秀传统文化的基本精神之一。或许，千年的传统离我们已经很远，难以感觉到它在场的温暖，然而，在黄先生身上所表现出的优秀传统文化的精神，还没有完全褪去。在他生存之本的评弹之外，书法、篆刻、诗词、绘画等，或许才是一个真正传统艺术家最可寄托之地。

（应邀为黄异庵书法篆刻展座谈会撰文，并发表在多家新媒体）

言恭达书法的当代价值和意义

——兼论中国书法创新的独特性

言恭达先生是当代著名的书法家，有着深厚的笔墨功底、全面的艺术修养和广泛的艺术影响力。十年前，我写过几篇关于言先生书法的文章，我认为基本上将言先生书法的特点、风格以及艺术成就表达清楚了，那么今天我为什么又要写他的文章，如果就书法而论书法，我觉得也跳不出以往的核心内容。然而，随着这十年来书坛的发展，中国书法更加地融入现代化的环境之中，特别是新媒体的出现，书坛更加开放，手段更加丰富，思想更加活跃。近年来，中国文化界出现了一个非常好的思想倾向，就是对百年来我们的文化立场、现代思想发展的反思，这是重大的历史转向，将对未来文化的发展产生重要的影响。然而，书法界始终保持着一贯的"木讷"、滞后。其实，书法作为最具中国文化特色的审美现象，应该最为敏锐、最先反思、最需反思，也最具反思的价值。所以，今天我们再谈言先生的书法是想将其作为一个文化现象，放在现代思想的框架内进行较为深入的思考，这不仅可以真正地读懂言先生的书法，或许对看清中国艺术、中国书法的独特个性和未来的发展方向，有所裨益。

一、弁言

十年来，中国书法得到了迅猛的发展，各种活动异常地活跃，不同风格、流派、传统、现代等创作和思潮激烈碰撞，特别是随着互联网、手机的广泛运用，微博、微信、抖音等新媒体的使用，使书法的传播、学习、展示更加方便，使书法创作和思想的传播更加便捷，网络全球化的特点，使现代思想以前所未有的方式得到迅速传播，书坛来到了一个百年不遇的历史大变局时期。然而，我们也必须清楚地看到，书坛存在的问题也不容小觑：坚持传统者，由于长期以来当代书家对传统文化的瞙隔，对传统缺乏全面而深刻的了解；探索创新者，由于知识结构所限，对现代艺术的起源、美学思想的系统认识严重缺乏。因而，导致了当今书坛传统不够全面而深入，创新者肤浅而盲目，鱼龙混杂，价值观、审美标准混乱。

显然，言先生这辈书家是当今书坛的中流砥柱。可以这么说，当今书坛出现了一批学有所成、取得了相当成就的书法家，言先生是其中的佼佼者。他始终走在传统书法的大道上，是真正懂得传统书法，也真正懂得传统书法创新规律的清醒之人，这使得他在当今书坛孑然独立，喜爱者夥，而深知者稀。今天，我们就通过言先生书法这一个案，进行较为深入的分析和探究，阐释其对当今书坛的价值和意义，并从中探寻出中国书法乃至中国艺术的发展规律和创新特质。

在展开这一话题之前，我想有必要先谈一谈我们的文化立场问题，这样或许更能说清我们为什么觉得言先生的书法具有讨论的价值和意义，这不仅是书法艺术发展的方向问题，也是一个前提和导向。

百年来，我国从挨打、挨饿，到今天世界经济总量排名第二，审视我们所走过的文化之路，突然发现：百年来我们的思想被现代文化包裹，传统文化似乎被忘记，大到世界观和社会观，中到自然科学和

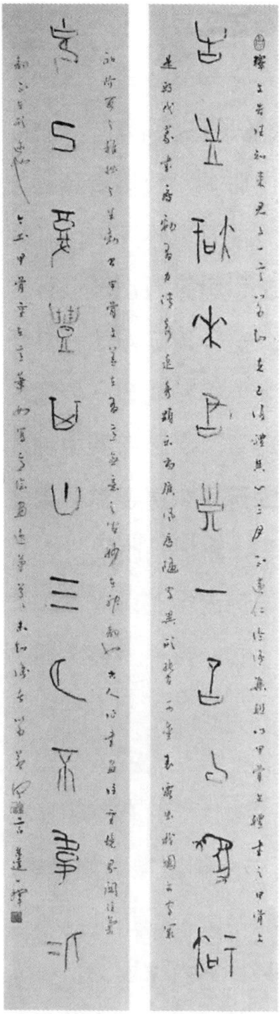

人文科学的分类,小到我们从小学到大学所学的课程,几乎和我们传统的文化关系不大,这种文化的丧失已经"集体无意识"。长期以来,我们对传统文化有一个认识上的误区:普遍认为,几千年的传统是在不断吸收、融合外来文化发展、创新而来,但仔细探究可以发现鸦片战争之前,我们面对的外来文化主要是"马背文化",其并没有对我们固有的文化构成并立、动摇、威胁甚至改变。唯有印度的佛教成为我们儒释道之一,但佛教不说它到唐代成为了中国化的禅宗,即便其原教和中国以儒、道为代表的文化精神,在总体和内在精神走向上是一致的,其本质都是一种农耕文化的产物,在此不再展开。其实,我们的文化和艺术是遵循着自我的内在规律,演化、发展而来的,是一套独立而完善的体系,虽然它有辉煌的一面也有欠缺和不足之处,但是,我们的独立性是非常明显的,也是不争的事实。在这样的文化立场上来谈言先生的书法,我想才具有了一种历史性、客观性和思想性。

图7 言恭达《告往克己联》(甲骨文),作者藏

二、言先生书法的当代价值

言先生书法的当代价值,简而言之,是一种"古典性"在当今的再现,进而言之,

是保留了传统书法的核心精神和这种精神指导下的创新方式。主要表现在以下三个方面：

一是独特的用笔方法。我们知道书法的核心之一是用笔，笔法决定了书法的专业程度和水平、境界的高下，以及风格的形成，当然，用笔也受到外在如毛笔、纸张、书体以及理念的影响。我们看到言先生的书法所具有的独特书风，与其独特的用笔方法是分不开的，在以中锋为主的用笔基础上，中、侧锋互用，并伴随着裹锋、涩行的互用，以适应长锋羊毫和生宣纸等工具、材料的特性。这种用笔方法在其正书如甲骨文、篆书和隶书中使用，难度不算很大或不甚明显，但运用于行草书特别是大草的创作，既要保持线条的质量，又要保持中锋的任意挥写；既要克服纯羊毫太软，又要保持中锋运用；更要借助生宣纸的晕化，使其裹锋、涩行的用笔方法，将这些矛盾一一化解。因此，独特的用笔，使他的正书不滞不板，他的草书宁静而纯正，既高古又有新意，从古远的篆籀而来，又连接起羊毫和生宣的特性，是古典书法用笔的当代创新。

二是一根"祖线"打通书法诸体。我们对书史中有成就的书家研究后可以发现，其多种书体间都能保持风格的一致性，并有着明显的内在关系，或线条或字形抑或气息等——尽管书体相差很大如楷书、篆书抑或行草书，但各体之间一定有着内在的联系，互相贯通、风格统一，而不是"各体为阵"、互不相干，这就是所谓的自家面貌。言先生用大篆这根"祖线"，建立起各种书体的联系，特别是他的大草不仅与当代书家相比有着不同的风格，即便放在整个草书史上，也具有非常独特的个性，这就是古老的篆籀之线，贯穿于各种书体之间，连缀成自己的书法风格，书写起这个时代书法艺术的华美篇章。更为典型的是不管是书写擘窠大字，还是惯常之细楷；不管是真草隶篆行诸体，还是署名之落款，都是同一支羊毫、同一根线贯于始终。他用这根篆籀之线——中国书法的"祖线"，将各种书体打通，既保持了古朴之气又呈现出各体之态，保持了整体书风的高古和遒美等统一的审美品质。

三是接续碑帖结合的创新之路。前面我们说过，中国书法、中国艺术是在自我文化系统中产生、发展、演化而来，有着稳定、自恰的内在规律。当"二王"帖派书法统治书坛1500年之后，到了明代末开始式微、衰败，于是碑学兴起。清代晚期随着碑学的矫枉过正，其局限性也日趋明显，有思想的书家开始走向变法，走向碑帖结合之路，并诞生了赵之谦、何绍基、吴昌硕、齐白石、黄宾虹和林散之等碑帖结合的书画大家。虽然，这一创新之路受到百年来的社会动荡干扰、不彰，但这股内在的书法演化创新之路始终存在，发挥着延续书法发展的重要作用，并决定了书法未来的发展方向。

言先生在其师沙曼翁先生的引领下，在苏州一带书法名家的影响下，在晚清以来书法大家的启示下，走向了碑帖结合之路；在扎实的甲金篆籀书法的基础上，在中国传统艺术思想特别是道家思想，如大巧若拙、大成若缺、计白当黑、反者道之动等艺术理念的指引下，融入了南宋以来金石学的成果，对清代碑学有着深刻的理解和颖悟，将碑的涩、厚、重、宽、博，融入帖的流畅、典雅、映带和圆劲之中，形成了既质朴凝练又典雅峻拔，书卷之气逸满楮纸的艺术风格。更加难得的是，他的碑帖结合已经摆脱了形的外在之貌，在如甲骨、金文、小篆中，不仅保留了碑学的残缺、高古和金石的自然风化之美，而且，还创造性地融入帖的自然书写性和审美的写意性，笔断意连、笔断势连、虚实相间、浓淡互用；其草书特别是大草将篆隶、碑版的金石元素融入书写之中，利用用笔、墨色、轻重、断连等变化产生碑派之态、金石之气，以篆籀之基筑就了自己的书法艺术，形成了独特的书法风格。其显著的特点是在注重"速度、压力、节奏"的前提下，强化艺术空间意识，实现从二维进入三维的布白创变。

以上三点，既是言先生书法的基本特质，也是其在当今书坛存在的价值。今天的书坛，已不是30年前的书坛，更不是百年前的书坛，不仅各种思想层出不穷、交流激荡，而且我们对现代化的认知更加深入，特别是随着经济实力的增强，使我们有必要也有物质基础去审视百年来我们走过的路，审视传统和现代的文化关系，审视我们曾经为民族存亡而奋斗，从而带来的对传统文化的陌生甚至偏见、对传统书法"古典性"认识的肤浅。所以，正如日本书坛领袖高木圣雨所说："言先生的书法，当代古典主义元素最浓，而不是表现主义。"这种"古典性"的存在，为我们阐释中国书法、中国艺术创新之路、未来走向，不仅具有重要的艺术价值还具有独特的现实意义。

三、言先生书法的当代意义

言先生书法的当代意义，主要表现在以下三个方面：

一是书法独特创新规律的显现。中国书法在三千多年的发展历史中，在没有受到外来文化的影响的情况下，自我发展、自行演变而来。唐代大草产生、成熟之后，千年来在书体上再没有产生新的书法样式，其不断地丰富和深刻主要来自文化思想的孕育和时代的变迁。直到1840年之后，随着西方文化的强行侵入，硬笔和计算机的使用和普及，在工具和理念上都产生了巨大的变化，百年来特别是近40年来，书坛在现代思想的引导下，进行了各式各样的创新和改造，成为书法创作、创新的主流，几乎整个书坛都笼罩在现代思想的氛围之下而不自知。然而，在这样的情形下，言先生恪守传统古典精神的精髓，坚守如一，其作品显得非常特别甚至格格不入。在当今书坛充斥着乖张、浅薄、冲击、视觉、构成等理念的形式下，言先生的作品，总给我们一种宁静、安详、典雅，而又不失宽博、宏大、厚重之态，这是传统中国书法、艺术精神，在这个时代的独特彰显。

二是中国书法向内性特征。为什么言先生的书法与当今其他书家的书法有别？为什么与当代主体书风有着不同的美学感受？为什么与当代书坛总体审美风格迥异？我们认为主要是其书法有着独特的"向内性"气质。现代文化具有典型的向外性特征，而中国传统文化具有向内性的特点，言先生的书法表现出强烈的向内特性。他的书法整体气息安静而内敛典雅，他的结构始终以甲金篆籀为旨归，不仅向内甚至向回走，他的章法很少追求现代的样式，仅仅以传统的几种形式呈现而并不觉单调，特别是他的线条，沉着、厚重且具有帖的流畅和碑的迟涩。正书灵活而多姿，行草流美而内收，正所谓不激不厉而风归自远，他秉承大笔写小字的思想，始终有一种力量积蓄于笔端，隐而待发，"内胜而外王"。这种向内的艺术审美感受、创新理路与"现代性"正好相反，是中国农耕文化的

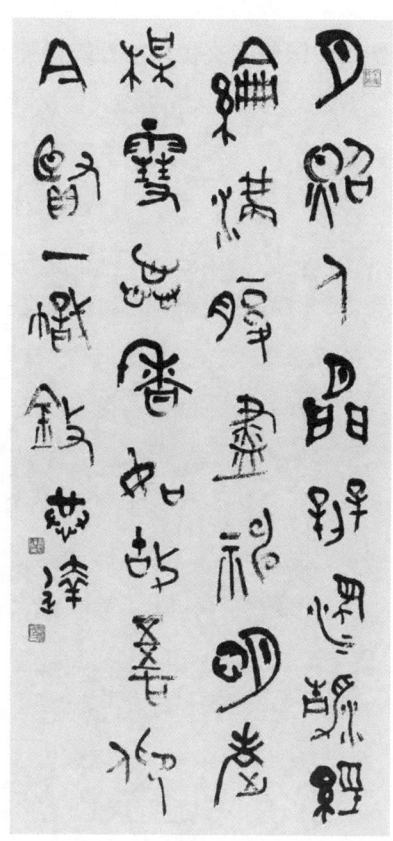

图8　言恭达《自作诗季翁赞》（大篆），作者藏

"技术体系"与西方工商业文化的"科学体系"的本质差异。我们认为这两种不同的思维方法所带来的艺术各有千秋、独成体系，这不仅不是一种"缺憾"，正是人类丰富精神活动的需求。我们应该深刻地认识到不是要缩小这种差异，而是要保持这种差异，甚至拉大这种差异才是未来艺术发展的理想。

三是艺术求异科学求同的思想。我们说，言先生的书法体现出典型的中国传统文化向内性的精神气质，在当下书坛追求"现代性"的思潮下，显得格外独特而宝贵，这正是言先生书法在当代书法、艺术乃至文化界，作为典型文化比较、研究的重要意义所在。

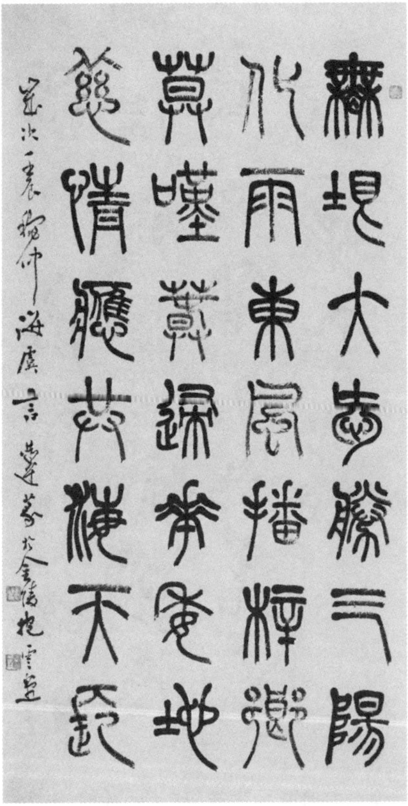

现代文化，主要启蒙于"文艺复兴"之后，是对古希腊理性精神的回归，是科学精神的彰显和发扬，科学精神贯穿于西方文化的各个方面，是现代文化的主要特质，可以这么说，抓住了科学思想就抓住了西方现代思想的龙头。与中国传统文化"非科学思想"相比，这种科学精神最显著的特质之一就是"向外性"，这一特性是对知识不断地丰富、不断地接近理念，因而必须不断创新的过程，所以创造了伟大的现代

图9 言恭达《自作诗善行天下赞》（小篆），作者藏

科学文明，与中国文化向内性特点形成明显的对比，中西文化这种互补、互应、互证的文化现象是非常可贵的，这是"自然律"伟大之处，我们不应该人为地改变，应该加以保护、延续和发扬。

百年来，中国文化由于缺乏现代科学思想而导致落后，被西方列强欺凌、侵略，民族生存受到挑战。在奋发图强思想的驱动下，科学进步成为我们奋斗的主要甚至是唯一目标，在这种思想的指导下产生了偏颇的看法：由于科学思想的落后，我们整个文化包括艺术也是落后的。殊不知文化与文明、艺术与科学有着不同的概念、运用和分工，如果从狭义的文化和文明来看，各民族之间的发展应该是文化求异，文明求同，从艺术和科学的不同学科来看，艺术应该求异而科学应该求同。前者是内在的精神活动追求丰富而深刻，更强调精神性；后者主要是外在的物质世界以改造自然为要，是生活的秩序和生活的方式，更强调物质性。言先生书法的创新理路是遵循了数千年来书法发展的内在规律，沿着晚清以来碑帖结合之路而来，是对传统经典书法的古典风格的延续，是一种向内追求的创新之路，走在了当今书坛"现代性"创新理念之外。60余年的书法淬炼，

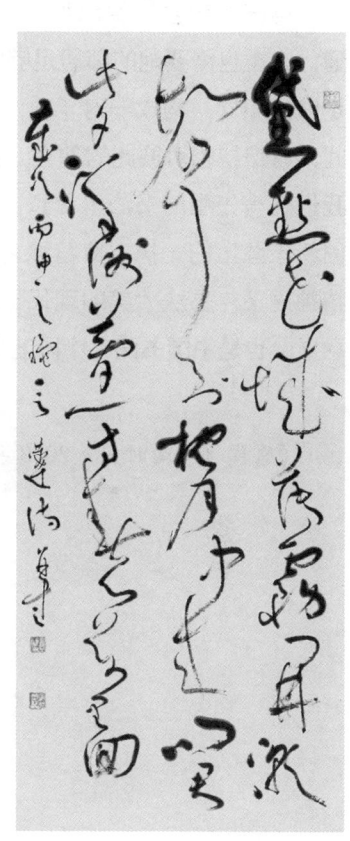

图10 言恭达《自作诗澳大利亚归吟之四》（大草），作者藏

使言先生从外而内都表现出传统古典书法的精神气象，这是书法发展的内在精神诉求，也是世界艺术、文化发展多样性的需要，是艺术求异、科学求同的具体体现。

四、结语

英国思想家怀德海说："人类需要她的邻居足够的相似，以便沟通；人类也需要她的邻居足够的不同，以便相互羡慕。"足够的相似和足够的不同，构成一对矛盾，深刻而充满智慧，是要求民族的文化之间只有保持相对彼此的独立，世界未来的文化才真正具有价值和意义。我们在言先生的书法里看到了中国古典艺术之美，看到了在现代思想创新下画出的一抹古典精神之光，看到了一种完全来自中国传统创新精神之下，书法大美的现代延续，这正是言先生书法对当代的价值和意义，也是中国书法、中国艺术创新的独特个性。

（原载《江南时报》2023 年 1 月 2 日；《书法导报》2023 年 1 月 18 日；《现代快报》2023 年 2 月 11 日）

花开一朵 但表两枝

——写在"江苏省八十年代书家精英探寻展——南京巡展"之后

在中国传统的章回小说中有一种叙事方式，也被说书人广泛采用，即所谓的"花开两朵，各表一枝"，意思是事情有两个或更多，但只能一个个地说。这里我想借用这句话，表述为：花开一朵，但表两枝。这里的一朵是指书法为中国独特的审美现象，而两枝就是在传统书法的派生下，受到现代美学思想的影响，开放出有别于传统书法样式和精神内涵的现代探索性书法。书法，虽然是在传统这棵树上生长出的一朵美丽的花朵，经过四十多年来改革开放现代思想的"洗礼"，已生长出另外一朵新花。这是当代书法的现状，也是我观看了由江苏省青年书法家协会等主办的"江苏省八十年代书家精英探寻展——南京巡展"（以下简称探寻展）后的一些思考。

应该说探寻展主办方是有想法的，也是有创意的，特别是以20世纪80年代青年书家这个群体为例证，更能体现出书法发展的态势和未来走向，当然也是当代青年书法的一个缩影和窗口。这个展览至少给我三个方面的启示：一是文化立场，二是传统书法的深度，三是书法现代性的探索。

一、文化立场

所谓的文化立场，就是书法这朵花是从传统文化土壤中生长出来的，但发展至今天，书法却要面对两个选择，一是"照着说"，即我注六经；二是"接着说"，即六经注我。前者是传统意义上的书法样式，后者是受现代思想，特别是受西方美学思潮的影响，所出现的一种或者说一类新的书法样式。有人会问，难道真的有如此大的差异吗？是的，这不仅是形式上的不同，更是精神走向的本质差异，真可谓"各奔东西"。当然，这一点在这次探寻展中表现得不是很突出，我想这和主办方的用心和理念有关，一定做了事先的考量和遴选。这里，我想借此契机谈谈传统书法和"探索性"书法的关系。如果用高度概括的语言来论述"这两朵花"的差异，则前者是向内追求，后者是向外追求。前者是在中国传统农耕文化的孕育下所诞生的技术实践体系，强调在技术实践的基础上，接近"心性"的整体文化系统，所体现出的是向内性；向外者源于古希腊工商业文化，发扬于"文艺复兴"之后的科学思想，即理念论对人类经验世界和理念世界的分离，从而追求一种不断接近理念的外在性。对于我们年轻书家来说，在你骨子里流淌着儒释道的血液，同时，脑子里又装满了现代思想。所以，当年轻的学书者要真正踏入艺术殿堂之前，就必须有一个文化立场的选择，这种选择决定你艺术的观念和将来的发展走向。

二、传统书法的深度

文化立场的选择是从事书法专业的起步，如果你选择了传统的文化立场，就必须知道这种艺术所达到的深度。在传统文化中文化立场是不存在的，是没有选择的，因为传统文化中只有天下观而没有世界观。书法至少已经具有3500余年的历史，在没有中断的文化发展中书法所具有的深度是不容小觑的，这点也正是被当下书坛忽视的。我们目前的评价体系过于低端，获奖、职称、职务似乎成为书家追求的目标和成功的标准，岂不知这些标准和书法文化本身没有任何关系。

我们所说的深度至少有两点：

一是笔墨的深度。上面说了，传统文化是一个技术实践体系，所有的行为、思想都建立在社会实践之上，任何给予非实践的思想都不被传统文化重视或认可，所以，技术的精湛在传统的艺术中是首要的，也是极为重要的。每当我们进入博物馆，往往会被所展出的古代文物的精湛技术折服，书法也是如此，古代书家对笔墨技巧所达到的深度是惊人的，更何况毛笔就是古人日常生活工作的基本工具。我这里所说的笔墨深度不只是书写技法的熟练程度，更不是当今为了展览、比赛而创作几件作品所达到的熟练程度，它包括对各种汉字结构的熟练掌控、对汉字的不同运用、对古今文字的识读、书写技巧的纯熟，以及水墨的运用等，都是现代人"以创作为目的者"难以企及的。

二是文化的深度。如果说笔墨技巧是成为书家的基础的话，唯有这种技巧是远远不够的，最多也就是个写字匠，更重要的是要有深厚而全面的文化修养，这是书法或者说是中国艺术所独有的文化现象。在中国传统语境中，只有技法的书家是留不下历史的，而具备深厚文化修养的书家才是现代意义上的艺术家。其原因，也是这个文化的性质决定的，因为我们的传统艺术是一套实践体系，其艺术的本身不包括知识部分，因此，如果要成为有成就的书法家就必须补上知识这个缺环，以提升书法整体的文化成分；而中国审美理想又以文化作为归属，它的文化价值、人文品格和书卷之气，决定了它的艺术高度。所以，中国古代有成就并能在历史上留名的书法家，毫无例外地都是有着综合人文修养者，这也是这种艺术极为可贵、难得，甚至伟大之处。

三、书法的探索性问题

这次展览冠之以探寻之名，可见主办方是有深意的，是希望年轻人多一些闯劲、多一些思考、多一些探索。确实也有少量的所谓"探索性书法"作品，但不是很多。探索性不够，当然也和江苏这块文化土壤有关。探索性书法有多种称呼，其概念也很难界定，至今没有统一称谓，其内容也极为复杂，在此不详细展开，总之是指有别于传统样式的书法。就所展出的少数几件"探寻性"作品来看，主要还是利用传统的笔墨和现代理念对书法进行创新。撇开这次探索性书法作品展，就当今探索性书法而言，其创作方式主要强调字形的夸张变形、空间的分割、块面的轻重对比，以及墨色的铺张和渲染，以追求一种视觉的张力，产生对感官的刺激与心理的震撼。在创作理念上，探索性书法强调"意识在先"，而不是传统书法的"实践在先"。传统书法着眼于作品的结构、汉字线条的反复锤炼，加之以心性之修养与笔墨所达成的一种契合，以符合传统的审美理想。

然而，如果你的文化立场是"现代的"，就必须运用现代的思想理念，创造出一种有别于传统的现代样式，在形式和精神上达到现代美学的需求。要想做到这些必然要求作者了解现代思想的来源，和西方"文艺复兴"之后科学与艺术的发展关系，研究而知晓透视、比例、色彩、力学、数学对西方艺术的影响，还要学习、了解和借鉴西方的现代艺术、后现代艺术、抽象艺术，甚至还要懂得一些最前沿的科学成就，如原子理论、相对论和量子理论，等等，因为这些都是我们传统文化中所没有的，而恰恰是西方或者说现代艺术的文化土壤和传统，如果没有这样的思想力就很难创作出属于真正现代意义上的"书法新花"，将流于非驴非马的浅薄之境。

这次探寻展显然以传统书法为主导，很多作品表现出深厚的书法传统功力，是非常可喜的，也表现出江苏书坛后继有人，以及深厚的书法文化传统。一些探索性书法，虽然还很不成熟，有的还很稚嫩，但表现出年轻人蓬勃的生气。书法是一个漫长的学习过程，古人把它作为一生的追求，所谓人书俱老。当然，现代书法的探索更需要我们不懈地努力，因为，这是一个迥异于我们文化传统的新路，是形式、思想、审美都缺少相应土壤的艺术创新，更需要我们加倍地努力和探寻。

（多家新媒体刊发）

书学即是人学

——相叙抱云堂书法活动的时代意义

10月13日,由常熟市人民政府主办,江苏言恭达文化基金会、常熟市文化广电新闻出版局等单位承办的"相叙抱云堂·2018书法艺术展开幕式暨言恭达艺术馆揭牌仪式"在常熟美术馆举行。开幕仪式结束后,举办了相叙抱云堂·茶叙会。开幕式上,言恭达教授将他近十年来出版的部分书法艺术刊物、学术著作以及主编的十八卷本《王羲之王献之书法全集》捐赠给常熟图书馆、常熟美术馆等8家单位和部门。该活动共展出言恭达先生携同门师友90余位书家的130余件书法精品。

相叙抱云堂活动的举办不仅在历史文化名城——常熟掀起了波澜,而且在江苏乃至全国书法界也产生了一定的影响,其价值和意义主要有以下四个方面。

一是丰富性。本次活动虽然以书法作品展为主体,但同时还举办了赠书活动、言恭达艺术馆揭牌仪式、茶叙交流会以及拜谒先贤,参观翁同龢故居等活动。参展人员也是一大亮点,他们有在全国多次获奖的专业书法家,也有具有相当书法功底的厅局级干部;有书法工作者,书学研究者,也有文化产业人士等。这种看似不可能相互融合在一起的展览被成功地整合到一起，成为了一个极为丰富、极具个性、极有内涵和极富观赏性的书法展示活动。

二是开放性。尽管本次是言恭达老师同门师友的艺术文化展示交流活动，但不唯门派、不讲流派、不讲书派。它是一个开放性的、包容性的书法艺术活动。其开放性表现在书家人数不定，书家的身份不同，书家艺术技巧不一，书家的年龄层次不等，书法风格多样。只要对书法有共同的爱好，有相当的艺术与文化造诣，就可以走到一起，以传统的书法艺术精神让大家相聚相叙、切磋书艺、陶冶情操，共同提高人文艺术修养。

三是公益性。这次活动不要国家投资，也不收参展人员的任何费用，全部由江苏言恭达文化基金会出资。包括印刷高档的作品集、作品装裱、作者交通接待等。展出结束后作品归还作者，也不要作者另外上交任何作品等。茶叙会上，来自全国各地的抱云堂同门师友，不仅对当代书法创作与研究、现状与理想、师承与交流进行了探讨，还对言恭达先生的艺术人生以及十年来所做的公益事业给予了高度的评价和由衷的敬佩。

四是示范性。近年来，由于书法展赛活动所呈现出的弊端越发显现，相关部门都在积极寻求一种新的展览模式，这次相叙抱云堂活动的举办就是一种新的、成功的尝试。它摒弃了门户之见，消解了竞技性，强调艺术的本体性与文化性。它将书法展示与研讨、捐赠、访学、传播等活动融为一体，为当代书法的社会化展示蹚出了一条新路，具有一定的示范意义。

值得关注的是，此次活动的策划组织者为我国当代著名的书法家、文化学者言恭达先生，他以高超的书法艺术造诣享誉中国书坛。多年来，他身体力行积极倡导公益活动，举办各类教育培训，讲学于全国各地，为海外中国文化传播四处奔走，成为当今书坛极为瞩目的文化人物。其书法艺术秉承清乾嘉以来金石学对书法的影响和渗入，赓续金石之学对碑帖的融入所产生的吴昌硕、齐白石、黄宾虹、于右任、林散之、沙曼翁等近现代书法大家之衣钵，形成了碑帖融合、气息高古、厚重宽博，独具个性的书法艺术风格。

纵观言恭达先生几十年的艺术生涯，一次次验证、践行了他"为人生而艺术"的创作理念。不管是年轻时期的苦难创业，中年时期的艰难探索，还是走上领导岗位后参与组织策划的各种大型项目，以及近年来举办的无数次大小艺术文化活动，都表现出超常的工作能力和丰富的人生经验，并将其融入书法的笔端、艺术的生命之中。从言先生的身上让我们再一次看到了中国艺术强调"人"的整体性的特质，是人综合修养的全面提升。如果说书法是一门艺术的话，那么真正的书法功夫就在书外了，这个书外功夫就是一门深奥的学问。作为中国艺术家仅仅有技法上的娴熟是远远不够的，他必须有极为丰富的人生历练、深厚的人文精神和强烈的历史担当，唯此才能创作出属于这个时代的艺术作品、产生这个时代的艺术大家！

（原载《现代快报》2018 年 10 月 27 日）

芳菲菲之缤纷兮，冀秋实之春华

——读"江苏青年书法篆刻'五书一印'（草书）展"有感

自"晋室南迁"以来，江苏始终是中国文化的重镇。优渥的地缘优势使之物产丰饶、文明昌盛、书法人才辈出。当今书坛，江苏书法也是独树一帜、书学大兴，特别是青年书家更是人才济济，繁花似锦、落英缤纷。多年来，江苏省青年书协为江苏青年书法的发展、人才的培养，搭建了不同的平台，举办了诸多的活动，为青年书家脱颖而出，创造了良好的条件。这次举办的"江苏青年书法篆刻'五书一印'展"，亦显示出主办方的用心和创意，也聚集和发现了一批青年书法才俊，促进了青年书家的创作和学习热情，在江苏乃至全国起到了积极的引领示范作用。

所谓"五书一印"即真、草、隶、篆、行五体及篆刻，主办方在全省青年书家中广泛征集、层层遴选、综合考量后，各推出十位入选代表，共60人。下面就草书的十位青年书家作简要的评析、赏鉴如下，求教于各位方家。

草书，乃中国书法皇冠上的明珠，因其技术的难度、艺术境界的高度，成为书法最具有表情达意的书体，故唯有"草圣"之誉。这次展出的十位青年草书家，章草、小草、大草齐备，风格多样、取法多端,尽显蓬勃生气、春花繁茂之态,让人美不胜收、目不暇接。现按公示之序,作简评于下。

赵振,作为专职的青年书家,对书法有着较全面的掌握,书法诸体都打下了良好的基础,其中草书更具个性特质,小草得益于当代名家和历代小草名帖,大草有王铎等明人的狂狷、奔放,风格多样、现代感强。时有学书之感言,可见临池之余的理性思考,是日后精进之阶梯,令人期盼。

宋志伟,对草书具有较好的把控能力,章法的空间分割、黑白的对比和整体的协调,都有不俗的表达,特别是对草书线质的关注,使作品的品质和境界达到了一定的高度。取法多元,既有魏晋"二王"的古质,又不乏唐宋大草的开张,更有现代书家的构成理念。我们可喜地看到,志伟对书法临摹、创作,以及书法审美的思考,是创作的理性升华和自觉。

闫增,对草书的理解有一定的深度,能在快速书写中保持线条的质量和相互的关系、呼应,以符合审美的要求。闫增的某些代表作如大草《前贤论书选》,显然浸淫唐人的草书特别是怀素的《自叙帖》尤深,在体会书写速度和线条挺拔的同时,又能利用宣纸的特性增加线条的圆润和墨色的变化,在怀素大草劲厉的基础上,多了几分圆润和蕴藉。

黄鑫,以章草示人,在取法皇象《急就章》、索靖《出师颂》和陆机《平复帖》的基础上,上追两汉简牍八分,下窥明人宋克、乡贤高二适,其书风古朴中有新意。章草贵在古而秘。古者,延篆隶之用笔,取横势;秘者,古文字所蕴含之"神性",反映出远古的文化和气息幽深之意,能兼其二者,当入高深之境。

郭洪豹,从中学就打下了良好的书法功底,早年以篆书和篆刻活跃于青年书坛，兼善书法诸体和绘画，有着全面的书画基础。其大草在宋明之间，势如纵横捭阖，态呈恣肆汪洋，结体大胆变形，追求狂放不羁的书法风格。令人可喜的是，在激励的狂放之中能保持结体的稳定和章法的贯通，当依赖于篆书的功底和绘画的造型。

刘孝龙，小草最为可人，有《十七帖》的古雅、《书谱》的曼妙，也有怀素《小草千字文》的凝练，特别是草书的气息，安静、典雅、不激不励，这在当下躁动的书风中甚为可贵。草，相较于正而言只是结构的解散、点画的映带、字与字的连属和行与行之间的变化，其文字符号和气息还是以正、静为贵，孝龙很好地抓住了这点，也是其过人之处。

张磊，明确碑帖兼融的艺术主张，其草书在明清大家中游走。既有徐渭用笔的率真，傅山字与字的紧密，又有何绍基线条的厚重，更强化了倪元璐行距的宽松，以整列的黑和整列的白产生强烈的对比，以达到独特的审美效果。这种字与字之间的紧密和行距的拉大，是考验作者对每个字和线质的良好素养，也正是他自信的表现，更是基于其碑帖结合主张的实践之果。

王海洋的小草还是很有几分特色的，可见怀素的《小草千字文》对其影响颇深，也用力甚勤，相比之下多了几许连属和映带。他在学书感言中强调了用心而写的重要性，也希望能写出走心的艺术作品。海洋还很年轻，已经能感悟到笔墨技巧和心的关系，只有心手双畅，才能抵达艺术的真谛。

常畅书法的写意性很强，不管是魏碑、行书、草书，甚至大篆都充满了写意色彩。其大草以明人的章法为圭臬，密密麻麻、不让风透，如狂风暴雨、电闪雷鸣；又以墨色的变化调节点画的关系和线条的节律。既能保持线条的质量、结体的稳定又能照顾到章法的完整，气息的连贯、和谐，实属不易，当得益于碑版、篆籀之根基。

吴顺乐是幸运的，自学书以来一直受到当代诸多名家的指点，始终行走在书学大道之上。草书，从汉隶中来是一种不错的选择，至少不会有很差的线条质量和不佳的气息。观其草书作品，既能书写蕴藉典雅的小草，也能创作狂放恣肆的大草，可见天生不缺艺术之才情，也不失书写的胆量。

综上所述，十位青年草书家各具所长、各呈姿态，有的取法魏晋古气盎然，有的汲取唐宋遒劲蕴藉，更有偏爱明清率真而质朴。令人可喜的是，在现代审美思想的影响下，他们对空间的构成、视觉的冲击、形式的制作、结体的夸张，在作品中多有表现。我们也注意到，这十位青年书家有多位是科班出身，有着良好的笔墨功底和较全面的文化修养，对艺术的创作有着不同的感悟和体会，对感性和理性的双重追求令人欣喜，让我们看到了江苏一批年轻的草书家正款款而来，未来可期。

然而，书法乃"人书俱老"之艺，更需要技术的锤炼、艺术的升华和人生的历练。细究他们的草书，未来的路还很长，存在的问题也不容小觑。主要表现在以下三个方面。

一是创作技法有待锤炼。中国文化总体来看属于"技术体系"，没有技术的支撑便无可论艺，书法更是如此。这十位青年草书家的有些作品对线条和结体的把握还很稚嫩，内蕴浅、变化少、浮于表面，线质经不起推敲。要知道书法特别是草书是线条的艺术，高质量的线条乃草书之要务，否则，将难登大境，更经不住时间的检验。此外，对字法、章法和墨法的运用过于简单粗糙，草法不够严谨有失规范，大草不纯多有小草、行草代之，这是大草创作之大忌，必须着力用功避免。

二是对碑帖融合的理解深度不够。晚清以来，书法的碑帖结合乃书坛之主流，是一种融帖之流美、碑之壮阔之长的创作理念。我们看到这十位书家大多有所感悟，但实践和有效者不多。碑帖结合绝不是简单的碑刻和"二王"帖派的表面嫁接，更不是方笔和圆笔的相互使用，它是自南宋以来的金石之学至清代"乾嘉学派"思想在书法中的运用，有着极为深刻的思想学术基础和高超的技术要求，需要我们潜心探究和终生打磨。

三是人文素养有待提升。我们认为，从某种程度上来说，书法是中国人的图腾和信仰，需要深厚的人文关怀和综合艺术素养的滋润，才能真正地触摸到她的灵魂。一个书家文化的高下基本上决定了他书法水平的高低（现代探索性书法除外），纵观几千年的书法史无一例外。所以，在研读了这十位青年书家的作品、文字之后，感觉到他们对艺术、书法、人生的感悟还很浅，甚至遣词造句还多有舛误，综合修养亟待提高，这是必须补上的重要一课。

毋庸置疑，这十位青年书家的成绩是喜人的，也是值得肯定的，希望他们能够立足江苏放眼全国，更要看到未来。在浩如烟海的书法传统里，在群星璀璨的草书家的灿烂星河中，努力找到自己的位置，耐得住寂寞，树立与古人争一席之地的志气。我们正面临着百年未有之大变局时期，现代思想毫无疑问对我们有着全面的浸染，现代审美思想、创作理念、科学精神无疑在影响和推动着我们。书法的现代性需要我们思考，更需要我们摸索，在青年的书法群体里鼓励他们的探索、创新、尝试等，是协会组织不可回避的职责。新时代的江苏青年书家们正在成长，我们从这十位草书家的身上看到了江苏书坛的希望，江苏书法事业后继有人。

（原载《江苏青年书法篆刻"五书一印"（草书）展作品集》，2023年版）

一个展览机制创新的成功范例

——"得意之作"书法艺术展的意义

当代书法艺术经过30多年的启蒙、普及、提高、发展,取得了巨大的成就,其主要原因之一应该归功于现代展览机制的建立。然而,目前这一"展览机制"已经出现了瓶颈,甚至起到了阻碍书法艺术向更深入发展的作用,也是难以产生艺术大家、难以诞生经典之作,难以出现艺术高峰的原因之一。因此,多年来各级文化单位、艺术团体都在积极思考、探索、践行有效的创新展览机制,但收效甚微。由苏州市文联、苏州市书法家协会共同主办的"得意之作"书法邀请展,自2005年创办以来,不仅受到了书法界的广泛关注和认同,而且其别开生面的独特策划、展览方式、展出形式,成为了当代一个有效创新展览机制的成功范例,对新的展览机制的建立起到了积极的推动作用。

主要表现在以下几个方面。

一是立意高。通过对本次活动的名称、宗旨、邀请艺术家,以及展览形式的研究我们可以看出,主办方不仅对当下书坛极为了解,对存在的问题也十分清楚。因此,本次展览,在"得意之作"这一主题上,从艺术和学术的立意上就显示出主办方的眼光和深刻之处。该活动首先强调对展览文化的学术思考,这一点就高人一筹,很少有将一个展览提升至"文化"的范畴；在邀请艺术家的筛选上有自己的标准，这就是充分尊重专家的遴选标准，不但邀请的都是全国具有代表性的书家，而且邀请的对象极少、极严，书写的形式、内容极宽、极松，没有任何的条条框框，给邀请的书家极为自由的创作空间，按照艺术的创作规律和艺术家个人创作理念创作，完全尊重艺术家的创作选择和自由，最大可能地创作出能反映自己水平的艺术作品；此外，他们在展览的同时还邀请当代著名的艺术家举办高端学术讲座，将艺术和学术有机地结合，用学术引领艺术的创作，扩大展览和观众的艺术视野，使展览具有了一定的厚度和深度；更有价值的是，他们还组织苏州地区中青年书法家的作品同时展出，引导本地区的后学"放开视野，立定脚跟，找出差距，不跟风、少浮躁、多探索、多思考"，对提高本地区的书法水平起到了积极的推动作用。通过以上的阐述我们可以看出，这项活动完全不同于时下一般的书法展览，它将创作、学术、评审、展出、引领等融为一体，尽可能地剔除展览以外的不利因素，遵循艺术的创作规律，是对当下书法展览机制的一次创新和突破。

二是催生书法艺术大家的产生。综观历史上艺术大家的产生，其重要原因就是有相对独立的创作自由，遵循艺术继承、创新的基本规律，同时，还要在当时的社会中产生一定的影响，得到专家和社会的普遍认可。然而，当下艺术创作过多受到市场、评审、展出、内容等艺术以外的条件限制，难以按照艺术家自己的个性、特点、审美风格和个人爱好创作，因此难以产生优秀作品，没有扛鼎之作就不能产生艺术大家。"得意之作"展览活动所邀请的对象已经是国内一流的名家，在技巧、风格、水平等方面已经有了相当的高度，基本具备了艺术大家的条件；还有在活动经费、展出、出书等方面都不要创作者考虑，艺术家只管创作。通过这样的平台，作者可以拿出最好的作品、最成熟的风格、最适合自己的形式、最擅长的体裁等，总之是最"得意之作"，请专家检阅、同人交流并得到社会的认可。该项活动通过多次的举办，不仅能成为苏州地区的一个文化艺术品牌，同时也为催生艺术大家的诞生作出积极的贡献。

　　三是产生经典之作。一位艺术家的立身之本是要创作出优秀的，能代表自己最高水平，能表现这个时代的优秀作品。数千年的艺术史告诉我们，优秀的艺术家一定要创作出优秀的艺术作品甚至是不朽的作品，奠定其在历史上的地位，确立这个时代的艺术高度。多年来我们一直在呼唤经典之作、代表之作的出现，然而，受到时代的局限，始终不尽如人意。这主要是缺少更加符合艺术创作规律的科学展览、展评机制。功成名就者，不愿意参加目前展览机制下的活动，中青年作者正处于上升期还不够成熟，因此，书法界难以产生经典、有代表性的作品，即使有也不为社会所知，淹没在历史长河之中。所以，本次活动，所邀请的都是具有当代代表性的书家，不受人为的影响，可以自由地创作，为推出精品力作创造了条件，为经典、代表作的产生提供了良好的平台。

　　四是具有示范意义。改革开放以来，书法展览活动极为繁盛，对推动书法艺术的普及提高起到了积极的推动作用。然而，随着书法艺术向深度发展，这一形式也渐渐地显露出它的不足和弊端。如：参加人员没有代表性，尺寸、内容的限制，特别是评选标准难以确立等，所以各级部门也作出了积极的探索和创新，然而至今没有根本的突破。"得意之作"展览的举办，在策划理念、展览机制、展出形式等方面，都有一定的创新价值和代表意义，值得推广，具有引领示范作用。

　　通过以上的分析我们可以看到，"得意之作"的主办方不仅深谙当下展览机制，对展览这种形式在当下所起的作用、存在的弊端也有深入的研究。因此,"得意之作"活动从策划的理念上进行了深度的思考,在运作的具体举措、形式上也进行了改革,是一个在当代展览机制上有所创新的成功范例。

(原载《中国艺术报》,2017年4月26日)

书法，我们继承什么样的传统

　　文艺创作谈的最多的话题之一是继承与创新，这里的继承一定是对过往的继承，通俗一点说就是对传统的继承。当然这个传统不仅指中国的传统，它也包括世界一切的传统。其实，不仅如何继承与创新是一个非常大的课题，就是单单的这个传统就极为复杂、丰富，如果不搞清楚传统这个概念，特别是它的内容、演变规律，那是很难做到真正的继承，更奢谈创新了。这里，我们就以书法艺术为例，谈谈传统以及应该继承什么样的传统。

　　所谓传统是指历史遗存下来的物质和精神产物的总和，有先进的传统和落后的传统。当然，我们所继承的传统一定是先进的而且往往是最经典、最优秀的，即便如此，这个传统也是非常复杂、丰富的。就拿书法艺术为例，有延续了近1500年的"二王"帖派书法传统，有在它之前的殷商甲骨文、两周金文、两汉隶书简牍帛书传统，有南北朝碑刻传统，也有清代初期兴起的碑派传统，更有清代末期民国时期的碑帖结合的传统，这些传统不仅书体多样、形式异彩纷呈，而且还蕴含着极为深厚、多样的艺术精神。如此丰富、复杂、多元的书法传统，理论上来说都是可以继承的，但是，这个庞大的传统是有主次之分的，如果分不清主次，虽然继承了，即便是最优秀的、最经典的传统,你花再大的力气去继承也是很难产生经典之作的,更难比肩于古人。例如:"二王"帖派传统,如果你还是按照古人的取法、风格、美学等范畴去继承、创作,我想肯定很难产生能代表我们这个时代的经典之作;同样,如果还是按照清代阮元、包世臣、康有为等碑派书家的创作理念和方法继承碑派传统,也肯定不可能开宗立派,取得更大的历史成就。因为前者已经创造过辉煌并逐渐衰退了,后者也被书法历史证明有矫枉过正之疾,所以,这两条路已经很难走出困境,必须走第三条路。

没有帖派书法的式微就没有碑派书法的兴起,没有碑派的局限就不会有到晚清对碑派书法的反思,从而走向碑帖结合之路,有碑帖结合之路才出现了像吴昌硕、齐白石、黄宾虹、于右任、林散之等这样的书画大家。

因此,清末民初书坛对碑派的反思和向帖派的回归,走碑帖结合之路正是当代书法传统继承的核心,当然今天的碑帖结合概念和内涵已不同于百年前,其形式和内涵更为丰富、深厚,这一传统才是我们书法真正需要接续的核心传统,在这个核心传统的基础之上进行继承和创作才有可能创造出时代的经典,才有可能与历史上的艺术高峰比肩。

那么其理由在哪里?我们觉得有以下三个方面:

一是帖派书法的式微其原因是多方面的,其中最重要的原因是书法作为艺术其语言的贫乏与枯竭,没有技术上的突破和新的内容上的融入。在技法上唐代几乎做到极致,不仅在楷书上,草书也是如此;宋代文人书法占主角,强调书写之意趣,突破了书法以法为重心的藩篱,创造了新的艺术形式和审美精神;明代在用笔上的率意,过于强调恣肆、放纵,虽然在形式上更加开张和旷达,但缺少蕴藉和内涵,终于将帖派书法走向了衰败。

二是碑派书法，是在更大的情况下对帖派书法在形上的矫正，是纠正结构过于工整、线条过于孱弱的弊端，但忽略了刚与柔、流与涩的辩证关系，甚至碑学的提出具有政治的目的而不是艺术的主张。因此，在最能表达艺术感受的行草书上碑学显得力不从心，毫无建树，到了清代晚期，那些碑派书家不得不转向帖派，补碑派之不足。

三是碑帖融合的中断。中国书法历史的演变、繁荣和发展有其自身的规律，有自我调节的功能，但是也会受到社会发展、变迁的影响，使其改变发展方向甚至中断，清末民初碑帖结合之路就因历史的演进而中断。帝制的覆灭、五四新文化运动、"文化大革命"、西方美学思潮的影响，不仅书坛无力整理、检讨旧故，在某个阶段书法的存在都成为了问题。改革开放后期，书法艺术开始复苏、繁荣、发展，经过近四十年"书法热"的准备，以及当代对传统文化的重视，才有可能探讨如此深刻、严谨、细致的问题。

民国晚期碑帖结合的书法创作思想和方法，其价值与意义不仅在于结合了帖派和碑派的形式，还在于技术上的难度和审美层次的深度。这种结合不是简单的方笔、圆笔、颤笔等的运用，而是在宋代建立的金石学的基础上，从理念和形式对1500年"二王"帖派书法传统的突破。主要表现在以下三个方面：

一是将帖派书法的二维平面的书写流畅之美，融入金石之气追求三维的立体之美，是向四周运动的同时，有意识地向纸里穿透，产生向四周延展的立体线条和结构，不仅在技法上增加了难度，也在审美意味上增加了深度和厚度。

二是在帖派流美书法形式的基础上，表现出碑版、金石的斧凿侵蚀之美，以及岁月在这些遗存上所赋予的时间古雅之美。这种美是书法特有的艺术形式对中华民族深厚文化精神的激活，从而建立了有别于阳刚和阴柔自然之美之外的独特的古雅之美。

三是碑帖结合之路，在保留帖派书法的韵律、法度、书意，以及碑学的刚健、质朴之美的同时，转向了古雅、厚重、沉雄之美，这不仅在于挖掘了原始之美与人工之美，更在于这种审美思想和华夏文化的向内、尚古、质朴之大美追求的契合。文、艺相通相融，才能生发出伟大的艺术精神和艺术形式。

如此丰富的书法内涵，在以往的帖派或碑派书法中是很被难容纳的，是对传统书法的推进，这种内容的增加不仅在技术上是全新的，其难度也是超过传统的。特别是其理念、审美思想以及表现形式与中华最深厚、最优秀的传统文化相融合，因此，当代书法只有沿着这个传统的脉络继承，才有可能创作出比肩古人或超越传统的代表这个时代的经典之作。

（原载《美术报》2018年8月4日，原题《漫说继承传统——以书法艺术为例》；《繁荣》以《书法，我们继承什么样的传统》为题转载，2018年8月20日）

书法的深度

书法，作为有着数千年历史的独特的审美艺术，引发了无数中国人对它的兴趣和爱好，在传统的社会里，几乎各类精英无不对其投入大量的精力，因此产生了庞大的书法家群体、涌现出了无数的精品力作。经过数千年的文化积淀，书法俨然成为了中国人的一种文化基因，甚至被誉为"中国文化核心的核心"。其原因当然是多方面的，但最重要的是书法具有相当的深度，这种深度被当代人忽视、遗忘，而轻言创新。这个深度主要表现为文化的深度、审美的深度和笔墨的深度。下面，就从这三个方面作简要的论述。

书法是书写汉字的艺术，汉字是中国文化最重要的载体，所以书法和汉字、文化有着天然的联系，也是中国文化精神的物化。中国文化是有精神深度的，而书法能以艺术创作的形式反映这样的深度，以适应不同的书法文化需求，所以，书法和文化精神紧密相依、互为深浅。说书法有文化上的深度，主要包括两个方面的含义：一是中国文化本身有深浅之别，是有核心层和外层之别的，它的不同文化类型满足不同的社会需要，显然，书法是能反映这种不同层面的；二是书法在强调文化深度的同时，也强调文化的广度，有了广度才能丰富，具有丰富性才有厚度、才有意味、才有深度、才经得起推敲、才更有艺术价值和生命力。因此，作为书法创作主体的人而言，具有文化上的深度才有可能理解和创作出具有深度的书法，因此书法自其诞生之日起，不仅和文化紧紧相连，也是在文化不断走向深度的推动下得到发展和深化。

书法作为一种艺术、一种审美现象，是和中国的哲学思想互为表里，共同演进、发展的，优秀的书法作品不仅能够表现中国哲学的基本精神，也在不同的时期随着哲学思想的嬗变、交融、碰撞，不断地变化、发展、提升，与之相契合。总体上来说，老庄的无为散淡、儒家的中庸厚德、禅宗的涤除挂碍等哲学思想，深深地影响了中国书法的审美境界。最早的甲骨文，是人神沟通之媒介，有着明显的神秘宗教性；魏晋之后文化人对书法的主动参与使其审美功能开始自觉，特别是玄学思想对文人的影响，更是将这种精神渗入书法的书写之中，才有了晋人的尚韵书风；儒家的中庸理想深深地影响了唐人书法，其法度完备、森严，造就了唐人尚法书风；禅，似一把切玉刀，禅意对宋代书法的影响使宋人摆脱了唐法而尚意；明代书法恣肆纵横，显然在阳明心学的影响下摆脱程朱理学的羁绊，体验一种心性的感受，以达到知行合一；再看看清人，他们反溯三代，在篆籀碑版尚质之风盛行下创一代碑学，挽明人后期过于孱弱之疾，等等，这些无不是中国哲学精神的深度，带来审美的变化而同时走向审美意境的深度。

书法作为一门有着非常悠久历史的艺术，已形成一套完整、成熟、精湛的笔墨系统。不管你有多少文化，有多么深的文化精神，审美认识有多高、意境有多远，但如果没有长期的锤炼并掌握这套笔墨系统，肯定成为不了书法家，如果你的笔墨技巧没有相当的深度就不会成为优秀的书法家。所以，书法的笔墨是成为书家的第一要义，而笔墨的深度也决定了一个书家的高度。书法的笔墨深度表现在两个方面，一是对书法技巧的掌握。在正确的笔法基础上，没有退笔如山、成竹在胸、庖丁解牛的书法功夫和用笔技巧，是不可能成为一名优秀书法家的。二是对笔墨的理解运用。在书法技巧掌握的基础上，通过深厚的文化传统修养对笔墨深度理解，即在创作中感悟到千里阵云、万岁枯藤、力透纸背等意象思维的笔墨深度，并反映在自己的创作之中。因此，笔墨的深度必须通过书法技巧来实现；而技巧只有经过相当的锤炼才会升华，才能达到笔墨的深度。

书法艺术和文化的基本价值取向是一致的，应该是从浅到深，从俗到雅，从白到文，一步步、不断地走向深刻，只有沿着这条路向的书法发展轨迹，书法才能稳定、才能不断走向深邃，而不是表面上的形式构成和炫技。如果我们理解了书法文化、审美、笔墨的深度，就可以明了传统书法的基本精神、掌握书法创新的基本规则，也就不会人云亦云，更不会在外界的影响下，面对继承和创新、现代和传统的矛盾冲突彷徨。

（原载《繁荣》，2019年1月14日；《中国艺术报》
2019年2月1日）

书法就是书法，不必称书法艺术

也不知道从什么时候开始书法被称为艺术了，这似乎抬举书法了，因为书法虽然在中国传统文化中具有特殊的地位，但是随着实用性的消失而渐渐式微。所以，书法被称为艺术不仅是对书法的认可，更是将书法纳入现代艺术的学科体系。一种实用的文字，怎么就成为了一种艺术？从表面上看，写字变成一种艺术似如"化蝶"，若作深究其实不然。书法，称为书法艺术，不但没有拓展其外延使其含义更为丰富，也没有深究其内涵使其更加深厚，甚至还是产生诸多纷争的原因。

下面做具体的分析、研究、证明如下。

从书法历史文献沿用来看：纵观整个书法史，书法的称谓很多。据记载，汉以前作书写字不称书法，汉之后，在正式的书论中多称书法，简称书，偶尔称法书。如汉赵壹《非草书》、西晋卫恒《四体书势》、东晋王羲之《题卫夫人笔阵图》以及南朝羊欣《采古来能书人名》、虞和《论书表》、萧衍《观钟繇书法十二意》等书论中，都称书或书法。到了唐代如李世民《笔法诀》、孙过庭《书谱》，宋代苏轼《论书》、米芾《海岳名言》，明代项穆《书法雅言》、董其昌《画禅室随笔》，清代阮元《南北书派论》等文章中也一概称之为书法、书或法书。可见"书法"一词或简称书这一名称的使用，贯穿于整个书法史，已约定俗成。

从书法研究范围来看：观览历代书法文献，书法所关乎的领域涉及文化的各个方面。如形而上者，书法与哲学的关系。书法与儒家的中和之美，与道家的自然之道，与禅家的悟机定慧。形而中者，书法与心的关系。书法强调心手双畅，心令手动、手随心走，所谓"文则数言乃成其意，书则一字已见其心，可谓简易之道（张怀瓘《文字论》）"。形而下者，书法的技法。这方面内容就更多了，这是书法学习的基础，各种字法、结构、章法、笔法、墨法等古代文献极为详备。还有书法美学方面的内容也是其研究的重点，特别是书法与自然相类比的审美思想更是历代书论家重墨之处。可见，书法所关注的范围，几乎涉及传统文化的方方面面。

从书法的概念来看，书法的法有多种含义，由法律、法规引申为公平、准则、规律等，和书连用为书法的法，多指书写的规律、方法、技法、效法、法度等，目前，我们一般的认知在这个层面上。通过以上"从书法研究范围来看"，书法的研究范围完全超出了这个字面的含义。此外，法还有另一层含义即佛教文化中法的概念。佛教自东汉初年由印度传入我国，对我国传统文化产生了极大的影响，特别在文字上影响巨大，其中法的一层含义是：万事万物，即世间物质和精神的总和。如《金刚经》："一切有为法，如梦幻泡影，如露亦如电。"[1]"若菩萨心住于法，而行布施，如人入暗，即无所见。"[2]这里的法就是指世间万物。如果这样来解释书法的话，书为书写，法指世间一切有形无形的存在，世间一切现象和精神思想的总和，书法一词含量之大就很显然了。当然，古人是不是将法作如是观，我们难以考证，不过，通

---

[1] 赖永海编：《金刚经·心经》，陈秋平译注，北京：中华书局，2010年，第112页。
[2] 赖永海编：《金刚经·心经》，陈秋平译注，北京：中华书局，2010年，第63页。

过以上的印证我们可以发现汉之后书法一词一直未变沿用至今，应该是有其原因的。

从语义学来看，我们知道，如果在表述同类事件中，越长的句子其概念越窄，相反，越短的句子其内涵越长。如"宇宙"一词包罗万象，其意最大，而"宇宙银河系"就小了很多，"宇宙银河系太阳系"其范围又递减了，所以，书法一词一定比书法艺术一词其意来得大。关键是书法一词的运用已经约定俗成，沿用了几千年，而且词义和研究范围也大大覆盖书法艺术一词。

此外，书法冠之以艺术还会带来很多矛盾。首先我们会将其看作一种艺术，艺术的功能不外乎这四种：审美、认识、教育和娱乐，显然其概念范围要远比书法概念小得多。艺术是一外来词，而书法所表现的对象是汉字，汉字是我们所独有的，始终与其实用交合在一起，因此就会产生不必要的麻烦，如书法与书法艺术的界定，书法从实用中派生出的审美现象如何匹配，大量的书写与现代意义上的艺术是怎样的关系，等等。

综上所述，书法被称为艺术更多的是表达了它作为艺术的基本功能，而消解、模糊了书法更深厚的文化含义，特别是消解了它与文字共生共存所表达的中国文化最底层的原始宗教性、历史性、文献性和历史痕迹性。书法一词的本身含义极为丰富、内涵极为深远，称之为艺术并没有强化它的功能，而恰恰是弱化了它更深厚的含义。因此，书法就是书法，没有必要称为书法艺术。

（原载《美术报》2019年10月19日；《现代快报》2019年11月23日）

书法演变中的遮蔽现象

一种文化的存在总伴随着孕育、发生、发展和演化的过程,其延展性、扩充性、丰富性容易被我们所关注和认识,而其遮蔽性和封闭性往往容易被人们忽略。有时延展、扩充、丰富是自然的,是文化内部的规定性,是不随人的意志为转移的,而恰恰遮蔽性才是从古到今,从旧到新,从少到多,从简单到复杂的节点,是文化发展的关键,也是一种艺术现象得以创变的前提,书法艺术的发展也是如此。

书法有其自身的发展规律,并在每个时期形成自我系统,每个系统一旦形成就按照自身的规律演变和发展,如篆书系统、隶书系统、楷书系统、行书系统以及帖学系统、碑学系统、碑帖结合系统等。各自的系统在不断演化、丰富的同时,也在不断地衰减、式微、封闭,衰减、式微的结果就形成遮蔽,遮蔽被打破便形成新的系统,循环往复,不断地演化发展。书法发展的遮蔽现象从有文字产生的那天起就开始孕育、规定、形成,并贯穿于整个书法史。

遮蔽现象有小遮蔽和大遮蔽之分。

我们先来谈谈小遮蔽现象。所谓的小遮蔽就是在一段的历史时期内,书法在一种书体内产生的遮蔽现象。如篆书系统,大篆到小篆,其中有金文、籀文、六国文字和秦篆等,这个系统主要以实用作为演变的驱动力，以适应社会日益发展的交流需要，最终以小篆装饰性强，过于整饬而封闭；如隶书系统，隶书脱胎于草篆，至东汉为盛，以唐隶为衰极而封闭；楷书系统，从晋人小楷到南北朝碑刻、唐楷的鼎盛，宋元之后楷书逐渐衰败，明清馆阁书体的出现，昭示着封闭现象的到来；帖学系统也是如此，以"二王"为滥觞，产生了尚韵的魏晋、尚意的宋元和尚姿的明代书风，这个系统主要以行草书体为主，在审美和实用双重力量的驱使下，以明代晚期孱弱的帖派书风出现开始式微，随之碑学兴起。以上是小的遮蔽，小遮蔽孕育了大遮蔽，也寓于大遮蔽之中。

  我们再来谈谈大遮蔽现象。如果拉大历史的长度来看，我们会发现，随着三千多年书法史的演进，各种书体越来越多，书写技巧也越来越丰富，如篆隶楷行草以及介乎各书体之间的书法样式，各个朝代书法名家辈出，精品力作不断涌现，其笔墨技巧越来越难，艺术语言也越来越丰富。然而，其中两个元素在不断地衰减、弱化，一个是古质气息在衰减，一个是宗教神秘性在淡化，前者因简单的原始文化所致，后者与文字"事神"有关，这两点是汉字成为书法的重要基础，是在书法的源头篆书系统中孕育、生发。古质，是用笔和结体的简约带来的，神秘性是文化背景造成的，这种古质和宗教性看似无影无踪、捉摸不定，但对于书法，以文字成为一种文化、一种审美现象非常重要，因为书法的根和魂在其中，如果失去了就和一般的文字符号没有本质的差异（例如现在的简化字、美术字）。所以，清代碑学的兴起从形式上看是对三代碑碣的模仿、挖掘、往回走，其实质是对悠远古质的追寻和对"巫觋文化"的回望。

  遮蔽现象有其积极的一面，在遮蔽现象形成之初是为了形成自我系统并保护和完善该系统，但发展到后期就必然导致封闭、僵化，走到了事物的反面。遮蔽现象是必须要打破的，只有打破这种遮蔽，文化、艺术才能不断丰富、演进甚至创变。打破遮蔽现象的唯一方法是碰撞和交流，这个碰撞与交流是有条件的，必须在两个不同的但又是有一定关联的系统间发生，一个系统的遮蔽肯定不会在本系统中被打破。例如：篆书系统的遮蔽不能靠篆书系统的本身，楷书系统的遮蔽也不能靠楷书系统来打破，这是小遮蔽的情况。如果是大的遮蔽，如整个书法历史所发生的遮蔽现象是不能靠书法本身来打破的，她需要姊妹艺术、大文化的滋养以及外来文化的碰撞。

令人深思的是文化艺术的遮蔽现象往往是不自觉的、自然而然的，但一旦形成就非常牢固。遮蔽现象一般在较短的时段内或没有文化参照系的情况下很难被发现，所以，我们不能只低头创作，而不去思考与反思。遮蔽是客观存在的、是无法摆脱的，但可以延缓、可以自我避免，是可以转化的。同时，遮蔽有时也是文化艺术发展的动因，正是在遮蔽不断被打破又不断形成的演变中得到发展和丰富。更应该看到的是：遮蔽现象的初衷是积极的，是为了不被"侵犯"而逐步形成的自我保护系统。

思想史证明：谁在自觉或不自觉中发现并打破这种遮蔽，谁就能创造历史。

（原载《美术报》2020年2月29日）

书法是开在汉字上的一朵花

——谈谈书法的独特文化价值

我觉得万事万物都会开花，只是我们不能仅仅把花定义为牡丹花、月季花那样的花，因为花的本质是事物演化的一种结果，万事万物都在演化，所以万事万物都会开花，只是花的形式千姿百态、形态各异。文字也在不断地演化，所以文字也会开花，它开的花就是书法。

同样，万事万物也有生命，只是我们不能仅仅把生命定义为人或动物这样的生命，因为生命就是一个过程，万事万物都有过程，所以万事万物都有生命。

生命是什么？现代生物学表明，生命是一种分子编码，由各种分子结构构成，其本质是化学。化学是什么？化学是各分子间力的关系，其本质是物理。物理是什么？物理是建立在数学上的模型，其本质是数学。数学是什么？数学是一种语言，是描述世界的数的语言，当然，这不是严格的科学定义，只是简要的比喻。那么语言是什么？海德格尔说："语言是存在的家。"也就是说一切存在都在语言之中，人类使用什么样的语言，就生活在什么样的世界里。使用什么样的语言就是什么样的世界，什么样的文化使用什么样的语言，说什么样的语言就产生什么样的文化。语言的最高形式是文字，文字是表达存在的符号，对于其他民族的文字而言演化到此就已经结束，因为文字、语言是存在的归属，而对于汉文化来说汉字之上还有书法，书法是开在汉字上的一朵花。

黑格尔说：一朵盛开的鲜花，它的全部内涵都包含在那粒微小的种子里。对书法而言这粒种子就是汉字，就是语言，就是存在的家。所以，什么样的花结什么样的种子，相反，有什么样的种子就会开什么样的花。从这个关系上我们可以发现，书法之于汉文化是多么重要，对于世界文化而言其一枝独秀，又是多么珍贵而独特。

花是有生命的，生命是要结种子的，种子又将孕育生命，这就是物种发芽、生长、开花和结果的过程，这也像中国传统文化发生、发展、不断演化的过程。汉字，开出了书法这朵花，似乎让我们看到了种子与花的关系，汉字和书法的关系，语言和存在的关系。中国的文字与书法一体，文字的特性就是书法的特性，书文字的特性造就了它成为书法的特性。这种特性至少表现在以下四个方面。

一是生成性。中国文化在经历了采猎时代之后至1840年之前始终是农业文明，这个时代的文化和农植物生长一样表现出"生成性"，这种生成性和古希腊文化派生出的"近现代文明"的"构成性"有着本质的差异，甚至处处表现出相反的特征。这种生成性的文化和生物种子的孕育、发芽、生长和开花有着诸多的相似之处，其主要特征就是有个原点"根"的存在，不管如何地生发、演变、发展，始终有回归、往后的保守性和崇古性。这种特性在书法文化中表现得尤为明显，看清这种现象就不难理解书法史上帖学的魏晋情结和碑学的兴起，以及为什么要碑帖结合了。

二是整体性。"那粒种子蕴藏着鲜花的全部内涵。"从某种意义上来说种子、花、植物都是一个整体，谁也离不开谁，谁也不是谁的部分，谁也不能独立存在，是一个有机的整体。然而，种子是离不开大地的，大地、种子、生长、开花这是一个生命活动的整体，大地犹如大海，而花朵只是大海上掀起的浪花，大海有上万米的深度而再大的浪花最多也就几百米，不过通过浪花能寻找到大海的存在，只是我们有时看不到大海或以为浪花就是大海，说到这里似乎也有一点点明白书法为什么离不开文化这个大海了。

三是原始性。我们看到在世界四大古代文明中，唯有中国文化一脉相承，3000多年没有中断，保持了诸多原始的文化特性。这种原始性一方面作为世界文化的比较而言，另一方面其自身文化也在起源、演变中存在原始和非原始之别。书法作为早期的文字符号，直到西方文化传入后才改变了它象形文字的特征，因此，书法里一直保存着中国文化最古老的原始性。按照现代心理学研究表明，越原始的文化存在越具有稳定性、奠基性和决定性。因此，书法这朵花虽然开在文字上，但它是由最原始的文字演化而来，文字虽然简化了，但书法还保持了最原始的形式和所蕴藏的内涵。这似乎使我们明白了一点，为什么在传统文化中文人对书法如此青睐而重要。

四是宗教性。中国人从本质上来看是没有宗教观的，没有宗教就不可能分离出现代意义上的哲学，没有现代意义上的哲学就不可能产生现代意义上的科学。但是，人又必须有宗教情怀，要不然人存在就失去了意义，所以传统的我们崇拜自然，或将儒家、道家变成儒教、道教，但它终究不是真正的宗教，因为它没有人格神的存在。鸦片战争之后现代思想的传入冲垮了传统意义上对自然、祖先的信仰，所以才有了百年前蔡元培提出以美育代宗教，甚至在临终前提出美育救国的理想。这看上去有点奇怪的思想其实是有根据的，从某种角度来看中国的美育介入宗教的现象其实一直存在，因为文字诞生之初其主要功能就是"筮神",这是我们对文字书法崇拜之源,因为书法里已蕴藏了中国人最原始的独特审美思想,这就是书法具有的宗教性,说到这里也似乎告知我们传统文化中为什么有文字崇拜和敬惜字纸的习俗。

近现代以来,书法成为了一种艺术,如果从艺术的范畴来看,什么样的艺术能有以上这些特性,什么样的艺术能具有如此深厚的历史和蕴藏着如此产生一切可能的审美因素,什么样的艺术形式简约得只有一根线?说到这里,我们似乎略能领悟到书法为什么对中国人如此重要,又如此特殊了吧!

(原载《新华日报·文艺评论周刊》2020年第7期;《书法报》2021年2月)

书法的演化过程就是残化过程

世界上有很多事物的演化过程，其实质就是一个残化过程。大到宇宙从奇点的大爆炸开始，科学家所发现的红移现象；小到一块裸露在外的石块，从风化到腐蚀再到成为沙粒；等等，都是不断的演化、残化过程。这是存在于自然界的现象，很多文化现象也是如此，如消失了的文化遗产、正在被保护的"物质文化遗产"和"非物质文化遗产"，也基本遵循这样的规律。作为中国独特的汉字审美现象——书法，也概莫能外。

中国书法的演化过程，其实质也是不断的残化、弱化的过程，最终走向解体。那么，为什么具有三四千年历史的书法，我们非但没有感受到它的残化、弱化，更没有解体，反而演化成具有强劲的现代生命力的一种艺术？其中原委当然是多方面的，笔者认为有两个重要的因素起到了主要作用，一是实用，二是崇古。实用，使汉字不断地便于使用而规范，保证了书法形态的相对稳定；崇古，是往回走的倾向，这种看似保守甚至倒退的审美现象，恰恰维护、拯救了汉字成为东方独特的一种艺术，也起到了稳定书法独特审美价值的重要作用。当然，书法的审美还有其他的因素，如汉字的结构美、笔画的丰富性、独特的书写工具以及产生汉字的相关文化现象，等等，但这些大多是围绕实用和崇古这两种文化活动所衍生的，它们并不是书法的核心内容。

下面就来证明这个观点。

我们说书法的演化过程就是从最早的甲骨文、金文开始，到后来所演变出的各种书体，其实质就是一个不断的残化过程。残化有两条线，一条是外在形式的残化，即从大篆到大草（又称狂草）；一条是内在审美的残化，即原始古意的一路衰减。

首先我们来谈谈外在形式上的残化。这一残化的结果是出现了篆、草、隶、行、楷各种书体，便捷、快速等实用要求导致了书法形式的演变，书体的演变实质是草化。如果我们将书法分成篆书系统、楷书系统和草书系统，你会发现每个系统内的演化都是残化的过程。大篆系统：如果将甲骨文也算入大篆系统的话，随着书写工具和文字载体的改变，甲骨文的方直笔画转化为金文的圆转笔画，商周时期的金文由规整，演化为春秋战国时期的草篆，是对甲金文字的草化、残化；楷书系统：是带有篆隶用笔和结体的魏晋小楷，向南北朝魏碑、隋唐楷书的演化，直至今天的简化字、印刷体（日本的假名，也可以算作这种残化的结果)，曾经还有人呼吁汉字的"拉丁化"；草书系统，是带有先秦草篆、隶书特点的章草向今草以及大草的演化等等。这些外在形式的演变过程，其基本规律和方向是具象向抽象演化，正体向草体演化，整体向碎片演化，封闭向开放演化，规范向凌乱演化。总之，其方向是不断地简化，而实质就是一种残化。

再来谈谈精神审美上的残化。这种残化的具体表现是汉字中所蕴含的宗教神性和原始古意，在不断地淡化和弱化。作为汉字源头的甲骨文、金文书体中的宗教属性、悠远的原始性，我们统称为"古意"。随着文字的使用和演化，也就是残化，我们发现这种"古意"在逐渐地淡化和消失，而书史中向篆隶回归的现象，我们称之为"崇古现象"。我们知道，甲骨文、金文是祀神的工具。虽然，汉字从刻画符号逐渐演变为成熟的文字，至今还没有完全弄清它的形成过程，但有一点是肯定的，早期的甲骨文、金文，不管是掌握文字的人还是使用的过程、目的，都和神灵、宗教有着直接的关系。因此，汉字中不管是文字本身，还是围绕文字的文化活动，都具有浓厚的神性和神秘的远古之意。随着汉字的演化，文字从"神"走向"人"，蕴含在文字中的远古的神秘之意逐渐衰落、淡化，甚至消失。如甲骨文到金文，金文到小篆，小篆到隶书，隶书到楷书，这是正书系列；大篆到先秦六国文字的草篆，草篆到汉简，汉简到章草，章草到今草，今草再到大草，这是草书系列。以上的演化过程其文字本身和文字所赋予的神性、古意逐渐淡化，逐渐向纯文字符号发展、演化，实质就是残化。

甲骨文、金文中所具有的神性、远古之意属于审美感受，很难用语言具体表达。正如宗白华所言："中国古代商周铜器铭文里所表现章法的美，今人相信仓颉四目窥见了宇宙的神奇，获得自然界最神妙的形式的秘密。"但是，它也一定是通过外在的形式来表现的。如古文字中的象形性，增强了符号的形象化；异体字较多表现出文字形体的不确定性；装饰性浓郁具有文字的神秘感，特别是金文中的"族徽"更有远古图腾的意味。加上龟甲、青铜器皿的特殊材料，以及占卜、筮神所包含的神秘文化活动，使这个时期的文字具有了某种不可言说的、超越人为、无我的精神内涵和神秘的美学特色。

如果以甲骨和金文作为书法文字的开端，至今也有3300多年的历史，为什么我们没有感觉到残化、中断，甚至解体？其主要原因是实用的社会性和崇古的审美性。

实用，保证了书法在形式上的稳定。上面我们说过，从形式上来看，书法的残化过程就是从规整到松散、从封闭到解构、从约束到自由、从独立到连属等过程，这是几千年书法发展史的基本规律。书法不仅仅是一种审美现象，在传统社会中书法的主要功能是实用，实用一方面促进了残化的进程，另一方面由于实用的规范性，使书法在残化中又能放慢演化和残化的速度。因为实用在快捷、简便的演化中又必须经历从不规范到规范，从草率到严格，从碎片到整体的逆向进程，所以，书法的实用性减缓了文字残化的速度，是制止其滑向解体的外部力量，也是书法作为文字实用和艺术审美丰富的形式因素。所以，在汉字的发展历史上"隶定"是一个重大的文化现象，这不仅标志着古文字向今文字的过渡，更是对汉字残化中保证文字的规范使用。

崇古，是书法作为审美现象的内在精神。如果说，在各种书体的演变中其实用性是阻止书法走向解体的外在因素的话，那么，中国书法中的崇古现象就是阻止书法不断残化、弱化，走向解体的内在精神力量。我们知道在中国书法的审美范畴中，虽然有很多美学因素，如汉字结体之美、墨色变化之美、书写笔法之美、线条简练之美，等等，都属于外在的美学范畴，而崇古是最重要、最核心、最底层的美学思想来源，也就是往回走，找回最初汉字所具有的原始宗教文化精神。篆书高古而神秘，隶书要有篆籀之气，楷书贵有隶意，行书、草书均复如是，而不是相反。所以，在书法史中常常有复古思潮，这看似是书家个人的审美取向，却恰恰是阻止书法演化、残化，而走向解体的内在需求。颜真卿、黄庭坚、米芾、赵孟頫、王铎，不仅书法创作具有强烈的崇古现象，而且还有深刻、丰富的崇古理论思想。特别是到了清代，受到"乾嘉学派"的影响，书法的复古倾向不再是明清之前几个书家的个人偏好，而成为了一种学术思潮，被称之为碑学，碑学的核心就是崇古即往回走的思想，不仅挽救了明代书法的式微，也成就了清代碑学书法新的高峰。之后在碑学思想的基础上又出现了"碑帖结合"的新路，影响至今，造就了一批碑帖结合的书法大家。

更具有学术价值的是，在"崇古"美学思想的影响下，清代"乾嘉学派"的学者们发现了"残缺之美"，与书法一路演变、弱化即残化有相同和相异之处，这种残缺之美与滥觞于宋代的金石之学相结合，将残缺赋予了一种美感，摆脱了书法演变的实用因素，将残化的内涵扩大到金石学的范畴，成为了一种残缺之美，将古意的审美元素扩大，由原来原始的文化、悠久的时间所赋予文字的远古之意、神秘之感，加上了自然造化所赋予的残破、残缺、不完美之美的"金石之气"，大大丰富了书法的审美内涵，也客观上延缓了书法由于演化而走向残化、美化（美术化）、人工化的倾向，阻止其弱化、残化，滑向解体的进程。在书法形式、崇古之意等之外增加了一种自然之趣、古雅之美，与神性、古意接续而贯通，大大丰富了书法的审美范畴。

通过以上的论证我们重申，书法的演化过程就是不断的残化过程，这是世界万事万物的基本演化规律之一。阻止书法残化、弱化并走向解体的重要力量主要有两个即实用和崇古，在这两种力量牵引的同时，中国书法又生发出太深、太厚、太悠久的文化，与中国传统文化互相渗透、相互影响，不断走向丰富而深邃。崇古，其实质也是中华文化的重要特质之一，书法的崇古思想是顺应了中国文化的崇古思想。可以说四大文明古国之所以唯有中华文化没有中断，和其"崇古"思想有着很大的关系。因此，只要汉字存在、中华文化存在，中国书法就能存在，甚至还能创造书法的新高峰。

（多家新媒体刊发）

老干弥坚更著花

——简论书法本体与书法装饰的关系

近十多年来，书法创作对书法形式、装饰、色彩等视觉效果的追求要远远超过对书法本体的追求，所以有人将我们这个时代称为"尚形时代"，是有一定道理的。这一现象已引起了书坛各界人士的关注。对于中国书协举办的各种展览，由于"入会"等因素的诱惑，这一现象尤为严重。虽然这一现象普遍存在，也引起了大家的重视，但是对其研究的人较少，即使有所关注也往往停留于表象，缺乏深刻的探讨，并没有触摸到这一问题的实质。本文将从历史的角度，研究传统书法的不同载体、形式与书法审美的关系，联系现代书法追求装饰效果，与书法美学追求的关系。

一、传统书法的载体与审美感受的关系

长期以来，我们对传统书法的研究往往重视对书法本体的研究，忽视了对书法载体的观照。所谓书法载体，是指书写（铸、刻）汉字的各种材质、工艺，包括颜色等，如甲骨文的龟甲、金文的青铜器，墨迹的宣纸等。毋庸置疑，相同的书体、内容写在不同的载体上其审美效果一定是不一样的，不同时代的书体书写在不同的材料上其审美

感受也是有很大差异的。书写的材料是书法的重要组成部分，紧密地影响着书法本体的审美感受，这一点长期以来被我们忽视。下面我们作简要的分析。

（一）甲骨文

甲骨文是诞生于殷商时代的我国最古老的文字。虽然我们对其起源、释读、文化等研究还很有限，但是它所呈现出来的独特的审美价值是非常高的，郭沫若曾经说："其契刻之精而字之美，每令吾辈数千载后人神往。"它带给我们的神秘、幽远、深邃的审美感受，绝不仅仅是文字的本身所体现出来的，它的龟甲材料、宗教的仪式以及数千年后出土的历史印迹，甚至围绕它的神秘未解之文化背景等，都会对我们欣赏甲骨文产生重要的影响。

（二）金文

西周是我国青铜器最发达的时期，这个时期铸刻在青铜器上的文字也是成就最大，最为典型。它的大篆结构、铸造工艺、青铜器的独特材料和造型，特别是埋在地下经过泥水腐蚀，所呈现出的锈蚀感共同构成了金文的独特审美感受。正如美学大师宗白华所言：金文，似乎窥见了宇宙的秘密。同样，金文深邃、古远、厚重的艺术审美感受也不仅仅是金文书法本体的文字所带来的，和它的载体密不可分。

（三）摩崖石刻

我国历代都有摩崖石刻书法，这是石头和铁器碰撞的产物，温暖的文字、冰冷的石料以及风雨的侵蚀，共同构成了独特的石刻书法艺术。它的宽博、恣肆、庄重是摩崖石刻书法美学的公共特征，这种审美特质也是石材、凿刻、风雨侵蚀等共同作用的结果。对摩崖石刻的捶拓所带来的黑、白对比，以及自然流露出来的石花，更是这种审美效果的衍生。

（四）简牍帛书

如果说以上三种不同载体的书法样式即甲骨文、金文、石刻，是人间接书写而成的话，那么，简牍帛书是人们用笔直接书写的远古笔迹。它一改以上三种材料的坚硬、珍贵、神秘，随之而来的是质地的柔软、取材的便捷和低廉。毛笔的直接书写，产生了流美、光洁、顺畅的艺术效果，它的简、牍、帛的装帧形式是现代"书"的原始样式，是产生"书卷气"的基础，表现出从质走向文，从自然美走向人文之美。这种质地、装帧与书写形式的文字，共同构成了简牍帛书的审美效果。

（五）拓片

拓片，这是中国书法艺术的独特表现形式，它从原来的"复制"功能，转变成具有独立审美价值的书法艺术的"二度创作"。它的白字黑底的独特色彩，不仅给我们带来了别样的审美感受，也和中国传统的艺术精神相契合，是"计白当黑"哲学追求的具体体现。它抹平了黑与白之间的界限，将传统哲学的简约在色彩上推向了极致，甚至，这种艺术形式消除了书法本体和书法载体的区别，从色彩学上证明了我国传统哲学思想的"整体性"。

（六）墨迹

自从纸发明之后，书法的主要载体就被各种性质的纸取代，我们一般也将书写在各种纸质上的书法称为墨迹。随着造纸术的不断发展，特别是宣纸的产生对书法艺术的创作产生了重大影响，也为书法艺术的发展作出了巨大的贡献。之后，书法载体的宣纸的白色作为书写的重要色彩被固定，书法艺术以白色的宣纸和黑色的墨汁，一黑一白成为了中国艺术中最简练、最典型的艺术形式，被誉为"文化核心的核心"。这种白色的宣纸将大大增加书法作品的书卷气息，同时，"书卷气"也成为书法艺术创作境界追求的最高标准之一。

二、现代书法装饰研究

改革开放 30 年来，特别是近十几年来，书法热在中国持续不减，书法作为一种艺术得到了巨大的发展，在很多方面都取得了长足的进步，其中"形式追求"是其重要的成果之一，是对传统书法"载体"的一种突破。主要表现在以下几个方面。

（一）形式

书法称为一种艺术，时间并不很长，为了适应艺术、展览、家居装饰，特别是各种比赛的需要，书法在形式上和传统相比有了大大的拓展，真可谓丰富多彩、异彩纷呈，完全打破了传统的书写形式，成为了一种"形式主义"的创作理念，有的甚至"本末倒置"把形式、材料、技巧作为书法"根本"来追求，造成"形式至上"之态，对视觉产生了污染，引起了书坛的广泛关注。

（二）色彩

当前的书法创作，一改传统书法多以白色宣纸作为创作的主要用纸，大多喜用"色纸"，吸引眼球，在比赛、展览中引起评委、观众的注意。色纸不仅能在短暂的时间里引起观者的注意，迎合现代人的审美和家居装饰的需要，而且和白色的生宣纸相比能掩盖书法创作的功力不足。但书法的艺术效果大大降低，宣纸的晕染变化、层次的丰富，特别是"墨分五色"的艺术效果淡化，削弱了书法艺术的感染力，使书法的线条走向平面、肤浅和简单。

（三）材料

随着现代科技的发展，各种书写材料异常丰富，为书法的创作带来了广阔的空间。为了符合书法作为"现代艺术"的审美需要，创作于各种不同书写材料并进行拼凑已成为一种时尚，打破了书法创作的时间特性，成为了一种拼贴艺术。每当各种大展，你步入书法展厅真可谓琳琅满目、姹紫嫣红，非常热闹，这一状况成为当代书法创作审美追求的重要特征。

以上对现代书法创作载体的形成作了简要的分析和阐述，由此我们可以看到，不管是书法的形式、颜色、装饰，还是装饰材料的运用都是书法的外在追求，和书法的本体关系不大。

三、书法载体与书法审美追求的关系

以上我们对传统和现代书法的载体、装饰和书法的关系做了简要的分析和概述，使我们清晰地认识到，书法艺术不仅仅是书写文字，它和书写载体直接关联，也深深地影响到书法作品的审美感受和美学境界，对这一现象的研究是一个非常有价值的课题，也是一个深刻的命题，至今对它的研究还很不够，被大家忽视。书法的形式、载体、装饰以及材料的不同不仅影响着人们的审美，而且现代和传统的"载体"也有着不同的价值和意义，下面我们略做分析。

（一）传统意义

通过以上的介绍我们知道，古代的书法在不同历史时期、不同书体有其不同的载体，各种载体的选择是非自觉的，是被动的。甲骨文的龟甲，金文的青铜器，摩崖石刻的石块，简牍书的竹木，墨迹的纸张等，都是不同时期的自然选择，而不是自觉的、有目的的安排，每一种书写载体的背后都蕴含深厚的历史文化。更重要的是，我们所看到的各种载体的书法原作，已经不是当时的原样，它多了一层"历史"的面纱，使它具有了一种深厚的历史感，而这种感受是我们的文化所认同的，它一直存在着，深深地影响着我们的认知和审美，这是"现代意义"上的书法装饰所不具备的。

（二）现代意义

现代书法所追求的书法本体以外的外在语言，如作品的形式、色彩、材料等运用显然是为了适应现代书法审美的需求的自觉的选择，这种选择是一种简单的运用和点缀，它不仅没有文化内涵的支撑，更缺少一种历史的积淀，因此它是外在的、形式的。它和书法本体之间构不成一种深刻的文化关系，因此很难在更深的层面上融入厚重的书法艺术之中。

四、理由

现代意义上的书法形式、材料、色彩等追求显然是符合现代人的感官审美需求的，对书法的普及、大众的接受起到了很大的作用，特别是在目前人们对书法欣赏水平较低，书法的外在装饰起到了普及书法欣赏的作用。但是它不能触摸到书法艺术的核心精神，其理由如下。

一是现代书法的形式追求是从雅走向俗，由外在的简走向繁的方向，它将深厚的书法精神追求的路向改变。传统艺术的发展方向始终贯彻于从俗走向雅，从外在的繁走向简，其内在精神又要不断丰富、不断融合、不断走向深邃的方向。

二是现代的书法创作的追求是"形式至上"，是外在的丰富，它和传统书法形式崇尚"简约"相抵牾。中国艺术精神追求于一种简约的外在形式蕴藏丰富的本质内容，因此，现代书法的形式追求是表面的、浅显的、外在的，必定是不能走远的。

三是"内圣外王"的哲学精神要求我们，书法的创新必须是书法本体的创新，在书体不再"出新"而相对固定之后，书法的"内圣"只能是一种书法语言的不断丰富、书家内在文化的积淀和人文精神的熏陶，否则只能走向肤浅和低俗。

　　现代装饰材料的运用对提升书法的现代性是有一定意义的，至少对走进现代人居的家庭装饰，走向大众书法的普及具有很大的推进作用，但是它只能是外在的形式需求，不是书法艺术发展的本体要求，更不能作为书法创作的终极追求。

　　传统的书法载体的形式和现代意义上的外在形式有着本质的差异，我们只有理清书法核心的追求方向、价值、目的和意义，才能正确对待书法的形式追求，从而创造出具有我们这个时代的特色，又能比肩于传统的真正的书法艺术作品，对书法作出我们的贡献。

[应中国书协邀请为"国际书法研讨会（上海）"撰文，
2013年10月]

成于外而疏于内

——试论当代行草书取得的成就与不足及其对策

改革开放30多年来，我国的书法艺术得到了前所未有的发展，真草隶篆行各种书体群芳斗艳、异彩纷呈，其中，行草书体创作的人数最多，取得的成就也最大。那么，它为什么会在当下流行，为什么会得到更多书法创作者的青睐，行草书体取得的成就主要表现在哪里，同时又存在哪些方面的不足，我们应该采取怎样的对策等，都是书坛需要冷静思考，学术界亟待探讨、研究的课题。

本文就以上问题谈谈自己的看法。

一、行草书在当下的流行

回顾中国书法史，从书法艺术的角度来看，行草书特别是草书在历史上的创作群体应该是比较小的，这在很大程度上与其"不实用"有关。然而到了近现代，特别是近30年来行草书创作群体大大增加，在各种书展、大赛中，行草书所占的比例是最大的，获奖和入选比例也占绝对的优势，这已是不争的事实；如果包括取法草隶、草篆以及部分较为草化的简牍帛书，那么其书写的人群就更大。造成这一现象显然是有一定的根源的，是需要我们认真思考、仔细分析的，正所谓：

"岂惟观乐，于焉识礼"。对其流行的根本原因进行探讨研究，不仅对行草书自身发展有利，也对整个书法艺术的发展大有裨益，甚至对认清当代文化特质和人们的心理状态都有很大帮助。

二、行草书和其他书体的比较

真草隶篆行五种书体，通常我们把真、隶、篆这三种相对规整、规范的书体称为正书，其他的书体如行书（包括行草、行楷）、草书（包括今草、大草、章草）我们称为行草书，如果从宽泛的角度来看，写得比较草率的正书如草篆、草隶等都应该属于"行草"的范畴。正书从字形上看比较规范、严谨、易识，所以通常用于政府的公文，儿童的启蒙以及庄严、庄重之处，所以古代大多数经典"碑刻"都是用正书写刻而成；而行草书由于书写的快速、便捷、简约，成为人们日常生活中使用最为广泛的书体。

从艺术的角度来看，正书似乎很难成为真正意义上的艺术，因为艺术最重要的功能是：用一定的手段来表现自然、社会和人的情感，显然，正书相对于行草书而言这种表现力薄弱得多。由于正书外在形式的局限，它的艺术语言和手段相对较少，特别是在表达人们情感的变化、起伏上就显得力不从心；相对于正书而言，行草书在字形、结构、章法、墨法等方面极为丰富、方便，可以任意发挥，这是正书和行草书在艺术表达上的最大区别。

三、行草书流行之因

行草书在当下的流行主要表现在三个方面，一是书法被称为艺术，二是社会的快速发展，三是人们的心理状态。分述如下。

（一）书法被称为艺术

我们知道，书法作为审美现象的自觉是从魏晋时期开始的。由于文人的主动参与，书法在实用的基础上其审美功能越发显现，自始书法的实用、审美功能并存。书法被称为艺术的时间并不长，而实用和艺术的分途更是近现代的事。由于硬笔以及计算机技术的广泛使用，书法的纯艺术化成为必然，传统的书写状态被"信息化"强行改变也是大势所趋、不可阻挡。书法作为一种艺术，行草书在表情达意上显示出更大的优势，特别是草书的"抽象性""符号化"，更是重要的艺术表现手段和元素。

（二）社会发展因素

社会发展因素主要包括两个方面，一方面由于社会日常实用文字还没有完全"信息化"，实用性还在一定范围内发挥着很大的作用，特别是年纪较大的阶层，他们在日常生活中，不管是文字的交流、运用，还是识读和欣赏，行草书（特别是行书）都是最为方便、快捷的，相对于正书（特别是篆、隶已经不普遍使用）离自己的生活较近；另一方面，自工业化、信息化以来，人们的生产、生活方式异常快速和迅猛，中国传统的农耕文化被迫适应这样的节奏，因此，节奏较快的行草书体显然更符合这样的社会发展现状，也是整个社会的主流。真草隶篆行各种书体，行草书的书写速度显然要快于其他字体，这种较快的书写速度和当下的社会发展节律更合拍。

（三）人们的心理状态

行草书在当下的流行还有一个因素就是书者的心理因素。毋庸讳言，当今社会人心浮躁、不安，对财富、功利的追求非常突出，在这样的社会背景下，创作者很难保持一种平和、舒缓的心态创作出相对于行草书在形式上比较安详、宁静的正书书体，特别是当代书法艺术的评选机制、展览形式以及笔会等，对行草书的创作和发展起到了推波助澜的作用。几万件的国展作品，很难在几天的时间里评选出以气息、精致、内涵、功力见长的正书；目前以展览为主要展示的形式，行草书也更容易夺人眼球，引起观者的注意，从而获得人们的认可；现代大多数的笔会更接近于书法的表演，这一书法创作形式更适应行草书的发挥。因此，当代社会人们的心理结构、状态，更适应行草书的存在和发展。

四、行草书"最艺术"

"艺术"一词是舶来品。从传统意义上来说，不管是"艺"，还是"术"，还是"艺术"，都和现代我们所理解的艺术概念相差很大。所以，强以书法称之为艺术就会出现很多问题，就会发现传统的书法在很多地方是不符合"艺术"这个概念的。首先，它是从实用演化而来，这点是和现代的其他艺术区别最大的地方；其次，上面已经说过作为现代意义上的艺术表现，人类丰富的情感是最重要的功能之一，书法似乎很难做到；再者，就一般的艺术而言形式和内容是一致的，什么样的内容决定什么样的形式，但是书法的形式和内容似乎没有太大的关系，特别是正书，更是无法确定书写的内容是舒缓的还是激越的，是喜悦的还是悲伤的，是传统的还是现代的，等等。

然而，如果硬要从艺术的角度去对照书法的话，显然行草书就更贴近艺术。

第一，行草书特别是草书已经脱离了实用成为一种抽象的符号，可以称为一种纯艺术了，这点是正书无法做到的；第二，行草书也是情感表达最为方便的，喜怒哀乐通过行草书的艺术手法是可以达到的，而正书就勉为其难了（当然书法并不以此作为终极追求，但是作为现代意义上的艺术应该是这样的表达，这正是书法与艺术相区别的独特和深刻之处）；第三，创作内容和形式的一致性可以通过行草书更恰当地表达出来，它可以通过速度的快慢、字形的大小、墨色的浓淡、字与字之间的断连以及内容选择等手法，来表现情感的诉求。所以说，行草书比正书更加接近艺术，而正书更接近于美术化和装饰性。

我们这里探讨的是书法作为现代意义上的艺术，也是按照现代艺术的标准来看待书法的。其实书法更和文化贴近，书法在传统文化中有如此高的地位，是因文而贵，而不是因艺而贵。所以，书法的最终归属不是将它看成艺术，而应该是看作一种文化现象中所具有的审美功能，而不是单纯地追求其审美价值。

五、当代行草书成就的评价

书法称为一种艺术的时间并不长，但是在艺术的范畴下，书法得到了前所未有的发展。在毛笔已经退出我们的日常生活，硬笔普遍使用，甚至在信息化时代到来之际，计算机的敲击逐步代替传统的书写的趋势下，书法热潮还始终不减，这是一件非常特别和了不起的事情，这和汉字的独特性、各级书法组织以及书家的共同努力分不开。

从书法艺术的角度来看，行草书的发展并取得的最大成就主要在形式构成和书写技巧上，特别是在形式创新上更是对传统书法的最大突破。当代行草书的书家个性的张扬，视觉效果的达成，书法的技法、章法、墨法的运用，作品的装潢，以及新材料的使用，都远远超出了古人，这是当代行草书取得最大成就之处。书法的外在形式是作品的重要内容，外在形式是第一视觉接触，也是我们解读作品的第一步，当今"书法形式"所取得的成就，是我们对书法发展作出的历史性的贡献，应该给予充分的肯定。

然而，书法的本质存在是书法线条、结体、章法、装帧以及作品所散发出来的气息和境界的综合产物，书法形式的构成是初级的、是较为低层次的基础范畴，我们只有把握书法本质，才能真正实现书法的提升，写出富有高水平、高质量、高境界的书法作品；我们只有提升作者的文化内涵和艺术思想，才能写出富有书卷气息和深邃意境的作品。显然，从这些方面来考量当代行草书法还存在着很大的缺失，需要我们冷静地思考和认真地分析。具体表现在很多作品格调不高、气息不正，经不起推敲，更经不起时间的检验。当我们重新审视过往的在一些大展、大赛中获奖、入选的作品时，我们会发现很多当时认为优秀的作品，现在还有多少是站得住的，多少作品还能使我们怦然心动？

中国的书法是文化的载体（它不是我们所说的宽泛的文化概念——一切都可以说是文化），因为中国历史上经典的文化都是通过书写承传下来的，中国传统的文化人都是以书写作为最初的学习文化的入门和一种技能，这是和其他艺术根本区别之处。上面我们已经说过，我们的书法不是因为技、艺而贵，而是因书写者和书写内容的文化性的含量和价值而被尊重，所以，中国历史上没有单独的书法家的存在，更没有书法家这个职业，在传统的文化中和书法家概念相近的是工匠、艺人，显然和书法的地位是有差异的。从这些意义上来看当代的行草书作品严重地缺少文化的内涵，书家缺少相当的文化修养，作品已不是一种文化的载体，已经成为单纯的审美和技巧的展现。在我们中国人的文化基因里，缺少文化的书法是没有很高的文化价值的，更不可能成为历史的经典遗存。

当代行草书在形式上所取得的发展和突破，只是书法艺术创作的表面和初步，提高书法作品的内涵才是最为重要的根本。自魏晋书法艺术自觉以来，书法取得了辉煌的历史成就，成为世界艺术之林的一朵奇葩。当前，我们又来到了一个自觉书法时代，这种自觉目前我们只停留在表层上，我们只有将书法的外在形式和内部品质共同推进才是自觉书法的全部内容。

六、行草书发展之关钥

要成为一个优秀的书法家，应该具备两个方面的能力，一个是对书法本体语言的把握，另一个是书家的文化修养。前者是技术的要求，后者是为了提升书法作品的境界和气息的精神追求。对文化修养的要求是老生常谈，我不想在这里再谈，因为我们已经讲得太多了，大家也能意识到这个问题的存在。书家如果不是一个文化人，那他就是一个写字匠，写字匠是书法的低层次，这是毋庸置疑的。中国书法的伟大之处在于数千年来，它始终和"人"联系在一起，它将人的素养和作品紧紧联系在一起，强调什么样的人会写出什么样的字。书法是裸性的，它没有遮掩，这正是书法最独特之处。

我们在这里想探讨在书法"本体语言"上，当代行草书的创作存在什么样的问题。

我们将书法分为正书和行草书，这是为了表达的需要，其实书法内在关系是很难区分的，是一个模糊的概念，它们之间没有本质的区别，各书体之间不仅是相通的而且还具有互补性。我们说当代行草书的成就主要在外在形式上的创新和突破，而本质并没有取得实质性的推进，其根本原因是不知道书法各书体之间的关联。或许我们不会想到，其实当今行草书没有本质的突破正是"篆隶书"不振所导致的，这个看似悖论的问题，其中蕴藏着深刻的道理。

我们知道，书法可以说是线条的艺术，线条的质量决定了书法基本水平的高低。所谓的耐看、经得起推敲，气息古雅、形质古朴，在很大程度上取决于作品线条的质量和书法的气息，而线条的质量和气息就书法本体语言来说主要源于"篆隶"而不是其他。

下面我们略举几例说明这个问题。

首先我们拿"二王"为例，"二王"是魏晋行草书之集大成者，他们的成就完全得益于篆隶书的内在气质，他们那个时代就是篆隶向行楷转变的时代，其行草书中既有今妍创新的部分又保存了古质的传统，他们那个时代"去古未远"，这个古就是篆隶。我们再来看看近现代的行草书大家，林散之、于右任、沈鹏、言恭达等，他们在草书上取得的成就可以说都得益于深厚的篆隶书的功底。林散之被誉为当代草圣，他曾说：我是在写了20多年的汉隶之后开始写草书的。他厚重、迟涩、古雅、高质量的大草线条完全来源于汉隶线条的特质，正可谓"以汉隶写草"。草书大家于右任，其草书更多地融合了汉隶和南朝碑刻（南北朝碑刻在用笔、结体、线条、气息等方面保留了诸多的隶意）的结体和线条，其中锋用笔圆润、结构秀美，正可谓"以南碑入草"。当代草书名家沈鹏更多地取法于汉隶和北碑，貌似荒率，但线条老辣、结体生拙，一扫当下巧媚、艳俗之疾，正所谓"以北碑入草"。言恭达的大草，完全由篆而来，线条遒劲、气息古雅，在当代戛然不群，超越同侪，正所谓"以篆籀写草"。

中国文化有其"生成性"的特点，书法也不例外，这个特性决定了它必须有一个生长点，一个内核，不能无根无基。书法的根就是篆隶，同样，行草书的根也是篆隶，没有篆隶书的深厚基础很难写好行草书。

七、结语

书法作为中国文化中特有的审美现象,在漫长的历史发展长河中,形成了特有的相对固定的审美体系,这是一种文化成熟的标志。然而,传统书法由于历史条件所限也存在某些局限性,如装帧变化、材料运用、形式构成等方面缺少现代感等。当代行草书所取得的成就正弥补了这方面的不足,是对书法形式的历史性的贡献。然而,行草书在形式上的突破只是书法艺术的外在需求,我们的书家只有打下扎实的篆隶书功底,提高书法本体的艺术语言,加强书家的自身修养,提升作品的艺术境界,才能真正将书法艺术推向新的高度。

(原载《全国第三届行草展学术研讨会论文集》,安徽美术出版社 2012年10月)

明清米芾书法刻帖及墨迹与刻帖之比较研究

米芾是我国历史上最伟大的书画艺术家之一，他的书法是宋代尚意书风之代表，自"二王"之后又树立了一座艺术丰碑，其影响自宋、元、明、清直至当代经久不衰，为书法艺术的发展作出了历史性的贡献。他的书法墨迹存世量很多，刻帖也非常丰富，是"二王"之外最多的书家。米芾的刻帖存世究竟有多少，明清时的刻帖又是怎样，墨迹和刻帖各自有何特点，以及米芾的刻帖又呈现出怎样的独特审美风格等，本文试作分析探讨。

一、米芾书法墨迹

近几年来，米芾书法研究有了比较大的推进，除曹宝麟作为米芾的专业研究者之外，学术界先后又推出了一批研究成果，如水赉佑的《米芾书法史料集》，罗勇来、衡正安的《米芾研究》，这是两部全面系统地研究米芾的专著。特别是故宫博物院和镇江市丹徒区人民政府合作出版的《米芾书法全集》（共33卷册），收集了世界各地米芾书法的重要作品，不仅最大限度地收全了米芾的书法墨迹，而且也将南宋、明代的米芾专刻帖和丛刻帖裒集刊梓，是至今历史上收集最全、最珍贵的第一手米芾书法资料，为米芾书法的深入研究打下了重要基础。

（一）数量、收藏

从现有的资料来看，米芾存世的书法墨迹为80件左右，大部分收藏于故宫博物院和台北故宫博物院，其余分布于日本、美国及我国香港、上海等地的博物馆和私家收藏。

（二）内容、书体

米芾书法墨迹书写的内容主要为诗文、序跋和往来的书信，从这些内容来看，有自己所作的山水、论书和朋友之间的唱和之诗，还有对古代书作的题赞，以及别人的诗词歌赋文章等，反映出米芾深厚的文化修养和广博的学问知识。由此可以看出，当代书坛在文化和书法之间的严重分离，导致了当代书家文化修养的减弱，提示我们当代书法价值取向正从文化性降低为技术性。

米芾墨迹书法的书体主要以行书、行草书为主体，少数为今草和小楷，隶书、篆书、大草不见墨迹流传，这也印证了古人对其书法的评价。虽然米芾不是诸体皆擅，但是各种书体都有所涉猎，这从刻帖中有全面的反映。

米芾是一位典型的传统意义上的书法大家，他在书法艺术上所取得的成就是毋庸赘言的，我们对他所流传下来的墨迹书法的数量、内容、所擅长书体等的研究，会对当代书法的发展、书家所具有的文化结构等具有一定的现实意义。

二、米芾书法刻帖

关于米芾的刻帖，关注的人并不多，一是认为米芾所留下来的墨迹较多，无须再去研究临习刻帖或碑刻；二是米芾的刻帖也很少面世，对其详细的情况知之甚少；三是一般人认为，墨迹要优于刻帖，刻帖要优于碑刻。其实不然，随着米芾书法刻帖从"深宫"走出，让我们真正感受到米芾的书法刻帖的又一个丰富的艺术世界，其数量之多，艺术水平之高，文化历史价值之珍贵，实属罕见。特别是明清以来，米芾的各种私家刻帖极为昌盛，为我们全面地认识米芾的书法艺术，为研究中国书法刻帖史，提供了宝贵的文献资料。

（一）专刻帖

米芾书法刻帖分为专门刻录米芾书法作品的专刻帖和收录米芾作品的丛刻帖。非常难得的是米芾是北宋人，但是其作品的专刻帖从南宋时就已经开始，并保存到现在，而且历代均有，其中南宋有6部，明代有1部，清代有4部，特别是南宋的米芾专刻帖非常具有研究价值，如《绍兴米帖》《松桂堂帖》《英光堂帖》《宝晋斋法帖》等，不仅历史悠久、刻拓精良，而且历代跋序丰富、珍贵，是研究米芾书法乃至刻帖书法文化、流传历史的重要文献。

（二）丛刻帖

米芾的丛刻帖数量之多也非常惊人，南宋有4部，明代有18部，清代有64部，大多为江南私家所摹刻，这不仅反映出米芾书法在明清两代流传之广，也从这一侧面反映了这段时期我国古代刻帖的繁荣昌盛。

三、米芾书法墨迹和刻帖之比较

通过以上介绍我们知道，米芾作为我国古代书法大家不仅墨迹存世量较多，而且刻帖也流传甚广、数量甚丰，历史悠久、具有深厚的文化艺术价值，给我们研究米芾墨迹、刻帖以及墨迹和刻帖的比较研究带来了可能。下面就作简要的分析和探讨。

（一）墨迹

书法墨迹是书家亲笔所书，是最直接反映作者书法艺术的真迹，这是无法比拟，最为难得的。然而任何事物都有两面性，它和刻帖相比也是互有利弊，试作比较如下：

1. 墨迹所长

从书法艺术的角度来看墨迹最能反映作者的书法艺术原貌，作者的用笔、用墨、用笔的过程，都能非常清楚、真实地表现出来，是了解和掌握作者的书写状态和艺术风格最直接的一手资料。从文化历史价值来看，墨迹的纸张、用墨、用印以及流传有序的记载，具有十分重要的研究价值，是那个时代的文化印记。

2. 墨迹所短

我们都知道墨迹一般只有一件，如果有两件完全一样的肯定有一件是赝品，因此其传播就非常具有局限性，特别是像米芾这样的书法大家更是被拥有者藏于深宫，秘不示人，这对学习者来说就非常难睹真容，只有极为少数的人能窥见庐山真面目，更不要说一般作者。另外，由于真迹对于一般人来说过于稀缺，所以造假大多针对墨迹，很少有刻帖作假的。由于墨迹书法载体大多为绢本或纸质，很难收藏保管，历史上大多墨迹都毁于水和火，无法挽回。

（二）刻帖

刻帖，顾名思义就是把墨迹原件摹刻到木头或石头上，然后进行印拓，它能化身千万，这是我国古代最原始的印刷术。它是对墨迹的"复制"。历来我们一般对书法的关注主要在墨迹上，对米芾的书法也是如此，而且在一般书家眼里，墨迹要好于刻帖，其实这种观点也不尽然，刻帖和墨迹相比仍然有其两面性。

1. 刻帖所长

刻帖不仅可以化身千万、流布天下，成为天下人学习、临摹的范本，而且不管是木刻还是石刻都非常易于保存，它不受时间、地点和数量的影响，可以随时印拓，满足对该帖的需求。另外，一般珍贵、优良的刻帖都非常考究，首先会选书法名家之作作为摹刻的对象，由深谙书法之道者摹勒上石，并请优秀的刻工手工刻成，这不仅尽可能地保留原帖之原貌，而且还是一种二度创作，由于木质和刻石所特有的质地，使刻帖呈现出独特的审美感受。

米芾的刻帖和墨迹相比还有一个重要的内容是，刻帖保留了米芾墨迹所没有的其他书体，如篆书、隶书、楷书等。虽然米芾最擅长、取得最高成就的是行草书，但是通过刻帖，我们不仅了解了米芾书法各体的情况，而且也知道那个时代其他书体的形式。另外，通过对米芾书法刻帖的研究我们可以看到米芾存有大量的临摹作品，特别是对"二王"魏晋书法的取法，例如：临王羲之《王略帖》《暴疾》，王献之《十二月割帖》，谢安《八月五日帖》等，也印证了米芾自谓："草书不入晋人格，徒成下品"，让我们对米芾书法的学习历史和演变过程以及书体情况有了"实证"。

2. 刻帖所短

刻帖所短是显而易见的，首先，它是"下真迹一等"，它只能尽量靠近原迹，在刻拓过程中一定对原貌有所改变，特别是它对墨色的变化就无法表现；其次，由于摹刻较为方便，会导致良莠不分，如果遇到低劣的刻帖不仅失去原貌的风神而且会误导临习者；再者，当代印刷术的高度发达，传统意义上的刻帖功能已基本失去，以这种摹拓的方法获取学习书法的范本已完全被现代印刷术取代。

总之，传统意义上的墨迹和刻帖都有弊有利，特别是现代科技的高度发展，墨迹和刻帖的很多功能被转变。然而，不管时代如何变迁，墨迹、刻帖都永远具有独特的书法艺术和历史文化价值。

四、米芾书法墨迹与刻帖艺术审美风格之比较

从一般的书法艺术审美角度来看，墨迹显然要优于刻帖，刻帖再怎样近似墨迹都无法替代墨迹，它最真实地展现了墨迹作者的艺术原貌，所以，对于书法艺术来说墨迹当然是第一选择的对象。

墨迹所呈现出的审美特质我们很好理解，也容易被表述，但是，刻帖所表现出来的独特的审美感受往往被大家忽视。虽然，刻帖是对原作墨迹的"重复"，但是中国的刻帖文化已经成为了一种新的创作，成为了一种独特的文化现象，它在尽量尊重原迹的前提下又有了独自的审美个性，由于质地的改变（由纸转变为木、石等），它的笔法、线条、结体以及章法都被赋予了全新的艺术语言，特别是它从原来墨迹的黑字白底（少数色纸）变成白字黑底，表现和强化了中国人对白、黑哲学思想在书法艺术中的运用，打破了黑与白的界限，牢固地将书法黑白两色固定下来，千年没有改变，这不能不说是刻帖对书法艺术的贡献。

刻帖不仅保存了米芾多姿多彩的书法艺术，而且通过研究比较，我们发现米芾刻帖正弥补了米芾书法艺术上的某些不足，这给刻帖书法赋予了新的艺术生命。

米芾书法艺术在历史上所占有的重要地位、艺术高度、取得的艺术成就以及产生的影响是毫无疑问的，但是，由于过于追求强烈的艺术个性也带来了一定的负面评价。如"余尝评米元章书，如快剑阵，强弩射千里，所当穿彻。书家笔力亦穷于此，然似仲由未见孔子时风

气耳"[1] "至米元章始变其法，超规越矩，虽有生气而笔法悉绝矣"[2] "米奇健而佻达，庄不足也"[3]等等对米芾书法的负面批评，大多源于其用笔所谓的"八面出锋"，由于用力过于猛劲、结体过于倚侧，使人有剑拔弩张、气力殆尽之感。相反，由于刻帖的二次创作，米芾的书法作品几乎没有了这些"毛病"，和米芾的墨迹书法相比显得内敛而平和，没有了太多的火气，别有一番艺术审美感受。

我们过去更多地关注于米芾所留下来的墨迹作品，随着他刻帖的全面展示，为我们对其刻帖以及刻帖与墨迹的比较研究提供了方便，也让我们认识到这位伟大书法家的整体风貌，为米芾书法的深入研究打下了基础。

（原载《明清江南刻帖研讨会（江苏无锡）论文集》，河北美术出版社2012年版）

---

1 [宋]黄庭坚：《山谷集》，《影印文渊阁四库全书 第1113册》，[清]纪昀、永瑢，台北：台湾商务印书馆，2008年，第310页。
2 [元]陆友：《研北杂志》，《影印文渊阁四库全书 第1113册》，[清]纪昀、永瑢，台北：台湾商务印书馆，2008年，第577页。
3 徐渤编著：《宋蔡忠惠公别纪补遗》，上海：上海古籍出版社，1996年，第847页。

书法活动如何践行"走在前,做示范"

——"米芾杯"国际青少年书法大会的启示

习近平总书记在江苏考察时强调,江苏拥有产业基础坚实、科教资源丰富、营商环境优良、市场规模巨大等优势,有能力也有责任在推进中国式现代化中走在前,做示范。[1] 那么对于举办书法活动,如何实现"走在前,做示范",这是我们书法活动组织者必须思考的课题。"米芾杯"国际青少年书法大会(以下简称"米芾杯书法大会")六届以来的成功实践、探索、创新,给我们带来了诸多的思考和启示,是"走在前,做示范"的成功范例,值得研究、挖掘和推广。

米芾杯书法大会已经成功地举办了六届,从第一届单纯举办书法展赛到今天提升为书法大会,从原来江苏镇江丹徒区的项目成为镇江市的文化品牌项目,主承办方在升级、举办形式在不断地变化、活动内容在不断地丰富、参加人员在不断地增加,但举办的宗旨始终不变,则是以书法这一优秀传统文化为主体,全面推动青少年美育和人文素质的提升。他们具体的做法主要有以下六个方面。

一是以展为体,普及为用。米芾杯书法大会的主体、核心是展赛,

---

[1] 《习近平在江苏考察时强调在推进中国式现代化中走在前,做示范谱写"强富美高"新江苏现代化建设新篇章》,《人民日报》2023 年 7 月 8 日第一版。

是以青少年这一书法群体为主导的书法竞赛和展览，每年一届，目前已经举办了六届。六年来，这项活动共吸引了近50万青少年书法爱好者的参与，动员了近千个书法培训机构。从第二届开始，为了提高参选者的艺术水平，他们还义务地举办了参会团体书法指导教师培训班，讲创作、授理论、谈欣赏。从第五届开始他们还举办了青少年书法教师作品展，以赛促学、以师促教，形成了师生共同参与、共同提高进步的良性循环。特别是在比赛奖次的设立上，更是煞费苦心，以点带面，以奖促创，达到书法艺术普及推广的目的。六届以来，共评出最高奖米芾奖49位，每届8位左右，但其他奖项按比例设置，以鼓励为主，以奖励为辅，真正做到了书法的提高与普及相结合的办展理念，推动了书法艺术对青少年技法的普及与心灵的熏陶。此外，每届还将获奖、入选作品结集成册，分别在北京、安阳、镇江、澳门及东京等地展出，和当地青少年书法爱好者交流、切磋。

二是名家点评，取法乎上。值得大赞的是，这项展赛不仅有在米芾公园现场书写的环节，而且还邀请了数十位在全国书法界有相当造诣的书家，作为现场评委，对每件作品在家长、老师的陪伴下进行现场点评，不仅对现场书写作品作成功与不足的讲解，而且对将来书法的学习、方法和提高，提出建议和指导。这不仅对评委是一个考验，而且对小选手未来的发展至关重要，特别是一些边远、师资不足的地区的孩子，更是对孩子今后进一步提高具有重要的指导价值。这一举措，受到家长和老师们的高度肯定和赞扬，纷纷拿出手机录像、录音，以便回去后消化参考。目前，还陆续将点评的视频上传到视频号，普惠于更多的书法爱好者。

三是提高修养，文化是根。米芾杯书法大会受到欢迎的另一个亮点是，它不仅仅是一个书法展赛活动，更是一个文化嘉年华，主办方紧紧抓住书法、汉字文化这个主动脉，不断扩展其文化内容。六届以来，每届都将传统文化的学习贯穿其中，先后举办了《心怀感恩·励志成才》《舞动的汉字》《立报国之志，做有为少年》《志大于道，成就人生》《甲骨文里的人生智慧》等系列文化讲座。教育同学们学习书法不仅仅要写好字，还要明白书法的来处、文字之根，更要从小树立报国之志、感恩之心，立志做一个栋梁之材。同时，承办方还鼓励选手撰写参加活动的感悟、认识、收获、游记等，在公众号上刊发，既提高了选手们的写作水平，又起到了鼓励他们的作用，受到家长们的高度肯定。

四是知行合一，游学自然。"纸上得来终觉浅，绝知此事要躬行。"青少年是长身体、健心智的关键时期，不仅要在课堂里勤奋好学，读课本之书，还要走进自然，读自然之书，做到知行合一。镇江是一个历史极为悠久的文化名城，水漫金山、刘备招亲、昭明太子读书处，家喻户晓、口口相传，焦山的《瘗鹤铭》，更是书法爱好者的圣迹。同学们走出课堂、离开赛场、暂别繁华的都市，领略祖国的大好河山、赞叹厚重的镇江历史文化。同学们既要从书本中积累知识，在赛场上紧张角逐，又能在自然人文中陶冶情操、放飞自我、融入社会，体验了一次健康难忘的成长之旅，这也是一次青少年、家长和书法指导教师共同参与的美育的人文熏陶。

五是体验传统，文化自信。在同学们紧张、激烈的竞赛书写之隙，还安排了他们现场对传统技艺的亲身体验。碑帖拓印，了解临摹古代法帖的来历；雕版印刷，体验古代书本传承的方法；文房制作，告诫同学们珍惜字纸，来之不易；陶艺手工，体会悠久历史的文明曙光；等等。这些每届的活动不仅受到同学们的喜爱，也得到了家长和老师们的高度肯定和赞扬。他们纷纷表示，米芾杯书法大会放在暑期举办，对孩子包括他们自己，都是一次难得的对优秀传统文化的亲身体验。平日都在课本、媒体中间接获得的知识，今天通过亲身的感受，了解到我国悠久灿烂的历史文化、体验工匠精神，对璀璨的中华文明充满了自信。

六是以我为主，辐射海外。书法是我国独有的审美艺术，千余年来这一文化传到了周边民族，以及海外各国。为了将书法艺术推广到更多的国家，米芾杯书法大会遵循公益性、人文性与国际性的办展原则，还向海外延伸，将这一活动传播到世界各地，用书法的方式讲好中国故事。六届以来，共收到中国香港、澳门、台湾地区，以及日本、澳大利亚、新加坡、印尼、马来西亚等上万件青少年书法作品，他们有华人，也有外国人。主办方还将获得米芾奖的选手，组织到海外交流，打开了孩子们的视野，扩大了书法的影响力，增强了中华文化的传播力。

此外，书法大会还有诸多可圈可点之处。在三年的疫情期间活动从未中断，以线上线下"互联网＋"的形式坚持了下来。活动形式丰富多彩，颁奖典礼与文艺演出相融合，将中华传统义化与镇江地方文化结合起来，将课堂课本和社会自然结合起来，为嘉宾们奉上一台精美的中华艺术盛宴。评委阵容的强大是同类活动中少有的，特别是终审评委一般都由一位中国书协副主席挂帅，中国书协理事或各专业委员会委员担任，真所谓"大家评小家"，保证了评审工作的专业性、权威性。

一段时期以来，社会活动将艺术展赛的中心，集中在名次、奖项的获取上，选手们为了争取几个有限的名次，各种不正之风时有发生，社会反应激烈。艺术活动特别是青少年书法活动，绝不能仅仅选拔出几个书法获奖者，他们的人生才刚刚开始，应该有更多的选择，有更大的知识世界。应该以书法作为一个窗口,将美育、德育以及人文关怀,普惠给更多的孩子和受众,只有这样才能将家长、孩子的目光转移到奖项之外来,使孩子能得到比奖项更好更多的价值。米芾杯书法大会能每年坚持成功举办,正如该活动总顾问言恭达在第六届米芾杯书法大会颁奖典礼上,总结的六个字"情怀、创新、引领",更是镇江市委书记马明龙指出的是一种责任。情怀,是让青少年了解中华文化的博大精深,增强文化自信的家国情怀;创新,是保持品牌活动丰富性、延续性、影响力的动力;引领,是具有前瞻性、创新性的关键。总之,米芾杯书法大会,体现出主办方传承发展中华优秀传统文化,建设中国式现代化的责任担当。米芾杯书法大会举办的宗旨、形式、内容和方法,是探索当下文化艺术活动的新途径,是一项"创造性转化、创新性发展"的成功范例,是江苏"走在前,做示范"的典型范例。

(原载《江南时报》2023年8月14日)

不应只将书法看成艺术，而要将它还原为文化

——《中国艺术报》访谈

文艺创作与理论评论，被誉为车之双轮、鸟之双翼。但在艺术领域，一个人能够兼擅二者是不多见的，衡正安是其中一位。

衡正安，中国文艺评论家协会理事，中国文艺志愿者协会理事，江苏省有突出贡献的中青年专家，江苏省委宣传部首批紫金文化艺术英才。衡正安工作于江苏省文艺评论家协会，长期从事文艺评论、书法理论研究，曾获第九届中国文联文艺评论奖、第二届江苏文艺评论奖，首届江苏紫金文艺评论奖，其25万字的著作《镇江古代书家研究》获第二届中国书法兰亭奖。同时衡正安又是一级美术师，从事书法学习近40年，他是中国高等书法教育协会理事，中国书法家协会会员。在从事书法研究的同时，衡正安始终坚持书法的创作实践，下了大量的临帖功夫，在他看来，从事中国艺术的研究必须有深厚的创作基础，是由技进乎道的实践体验过程，没有技的实践无法达到艺术境界的感悟，没有对艺术的技术锤炼很难体会到艺术的真谛。

一、书法是和中华文化无法分割的一种审美现象

《中国艺术报》：您走上书法评论与创作的道路，有什么机缘？

衡正安： 我从小喜欢书法，工作后业余时间也在不断地自习，不过真正开始系统学习还是在我20多岁时认识了南京大学丁灏教授之后，当时他承担了我们单位的一个课题，题目大概是《寻找长江文化的源头》，我有幸参与其中。他是学历史出身，研究生转学水文专业，后来又转向考古学的研究。更重要的是他还是一位书法家、书法理论家，曾经参与了"兰亭论辩"。此后，在其指导下我一边学习书法一边专研书法理论。现在想想，对书法的学习也近40年了。在书法临摹创作学习的同时，我对书法的研究主要以考证为主，对书法的历史问题、书家个案、书体演变等文化现象比较感兴趣，例如书体中"蹁扁体"蹁字的考证、《淳化阁帖》中书家的籍贯问题、米芾的卒葬地考、王珣旧宅考，还有古代一些书法遗存、碑刻的研究与考证等。后来发现这方面的学问虽然很重要，也很见学术功力，但受众面较窄解决不了现实问题，于是开始转向书法评论。主要方向有当代书法文化现象的研究，写了一些文章如《北大，你为什么离书法那么远？》《书法（文字）在国家文化战略中的重要意义》等。最近开始转向书法思想方面的研究，创作了如《书法演变中的遮蔽现象》《书法就是书法没有必要称为书法艺术》《书法的碑帖融合问题》《书法是开在汉字上的一朵花》等文章。我个人认为当今书画界不缺考证和理论文章，而是缺少有见地、有思考、有深度，又能关注当下的评论性文章。

《中国艺术报》： 您和当代的许多书画名家多有接触，交往中有哪些印象深刻的故事？对您的创作、评论有什么影响？

衡正安： 回想自己的学习过程还是感受很深的，在此要感谢一路走来对我有所帮助的老师、同道和朋友。在我求学中对我影响最早、最大，最能打开我视野的还是丁灏先生，他使我从以往只知道学习书法为写字的认知，认识到书法只不过是中国文化的一个小小分支，是和中国文化无法分割的一种审美现象，所以从那个时候起我一边学习书法一边读书法史、中国历史、中国哲学，读萨特、尼采、康定斯基等人的文章，甚至读有关田野考古方面的书，虽然当时大多都一知半解，但开阔了我的眼界和艺术视野。此外，我有个习惯，喜欢拜访老学者，向他们请教，听他们的讲座和报告，例如南京的梁伯泉先生、张道一先生、孙洵先生，北京的庞朴先生、李学勤先生、王玉池先生等，我都听过他们的讲座、拜访过他们。记得有一次乘绿皮火车从北京回老家镇江，没有买到座位，就在地上坐了一整夜，现在想想当时的经历，虽然很辛苦但蛮幸福的。这些大家的讲座、与他们的交往真的让我受益终身，使我的知识更加丰富、眼界更高，涉及面也更广，为我日后一边创作，一边专研书法理论和书法评论打下了良好的基础。

《中国艺术报》：您的书法评论中有很多是对当代书法名家个案的研究，比如饶宗颐先生等，这些分析对于书法研究有何重要意义？

衡正安：对古代、现代大家个案的研究是一个做学问的好方法，不但可以领略到这些大家的艺术成就，而且还能从中找到他们成长的经历、学习方法，更能避免很多弯路，还能升拓眼界，知道自己专注的领域之外有多大的天地。因为这些名家离我们不远，他们的很多经验可以给我们参照，特别是再大学问的人都有自己的长处和不足，有的开疆拓土、有的戍边垦耕。饶宗颐先生就属于前者，他的学问之大让人震惊，通过对这些真正大家的了解，你会更加谦虚、收敛、踏实，还可以从中吸取经验，调整做学问的方向，拓展自己的研究空间。此外，通过对这些当代不同领域大家的研究你还会从多种角度看待书法，有更多的维度去观照书法，会更加深刻地理解中国书法的深度。例如，书法所具有的文化属性，中国艺术家为什么要强调综合修养，书法家的字和学问家的字为什么不同、哪个的价值更高、他们之间是什么关系，为什么我们要强调文人书法等等，这些都能从个案研究中得到答案。

此外，我还参与了由故宫博物院主编的《米芾书法全集》《王羲之王献之书法全集》，为我打开广阔的视野，深刻认识到了书法经典的价值和意义。

二、一个艺术家的成功离不开时代

《中国艺术报》：当代书法家中您非常推崇林散之先生，林先生的书法精髓在什么地方？

衡正安：一个艺术家的成功离不开时代，林老也不例外，没有中日邦交、没有文化界对他的认可、没有书法演变的历史进程，就不会有林老如此高的艺术成就和"当代草圣"之美誉。当然，与他个人对传统文化、书法笔墨的深厚功力也有着重大的关系。林老的出名是典型的大器晚成，他70多岁才真正走出书斋、走出南京、走出江苏、走向国际。林老有这么大的知名度和认可度其实是很奇怪的，不管是书法本身还是他所擅长的草书在文化领域都是小众，也不太好懂，即便到今天能真正读懂林老书法的人也不是很多。我们说在中国书法历史上要成为大师级的人物一定要对书法史有所贡献，例如"二王"是所谓的古质今妍，将篆隶之古转变为行楷之妍，代表了晋书之韵；唐朝楷书大家建立了严谨的法度规范，张旭、怀素将今草解散，创立了大草，将草书推到了极致而成为一种纯文字符号；黄庭坚的草书吸取了《瘗鹤铭》等碑版的金石之气，形成独特的面貌；还有宋代的苏、米等都有自己的贡献，元明清时代的大家也无不如此。林老被誉为"当代草圣"应该说是非常高的荣誉了，而且历史证明这一称呼当之无愧。

我认为林老在草书上至少有四个方面的贡献：一是长锋羊毫、生宣纸的运用。我们知道长锋羊毫和生宣纸的使用比较迟，大概要到明代晚期才出现，它的出现起初是用于写意绘画。长锋羊毫的特性是蓄墨多、柔性好，蘸一次墨可以写很多字甚至一幅作品，线条的变化也更加丰富。生宣纸晕化效果好，墨色的层次变化丰富，表现力强，但这种笔和纸很难控制，驾驭难度大。二是将中国画的水墨法用于书法的创作。林老是个有相当高造诣的中国画家，他将水墨画中用水、用墨的方法，以及新墨、宿墨和水的调和用于书法的创作之中，使书法的墨色有了前所未有的丰富变化，而且还能清晰地看到运笔的轨迹和用笔的痕迹。三是碑帖结合。这点非常重要，因为这是清代碑学兴起对中国书法历史发展的巨大贡献。简单一点说就是林散之先生继承了晚清以来的碑帖结合之路，他说他写了 30 年的汉碑才开始写草书。所以，我们在他的草书线条里看到了多种元素，其中和前人最大不同的是融入碑的用笔方法，呈现出他之前所没有的金石之气，他是晚清民国以来碑帖结合之集大成者。四是他的草书真正实现了中国传统书法的审美理想。我们经常形容好的书法作品如锥画沙、屋漏痕、印印泥、折钗股，在传统的书法里我们也能看到这样的审美效果，但由于书写工具和材料的限制很难充分表现，使用硬毫毛笔和熟宣纸很难充分表现这些审美理想。然而，由于林老的长锋羊毫和生宣纸以及水墨的运用，加上他有着坚实的汉碑功夫，所以在他的笔下中国传统书法审美理想得以淋漓尽致的展现，虚处不空，实处生动，虚实相间，墨彩丰富，富有金石之气。综观历代前贤书法，既具有深厚传统书法功力，还能有这四大贡献者极为罕见，林老被誉为"当代草圣"实不为过。

《中国艺术报》：林老取得的突破对当下书法发展有什么启示？

衡正安：林老的成功给我们三大启发：一是传统书法的演变并没有穷尽，只要符合书法发展的基本规律、个人的努力和抓住时代的脉搏就能创造历史。二是书法的演变虽然受时代的影响但有其自身的规律，具有自我演化、调整和修补的能力，作为书家必须有敏锐的洞察力和深厚的传统功力。三是林老书法成功的关键之一是碑帖结合，这是晚清以来开始探索由于社会的变迁而没有走完的一条路，在林散之这里被继承并完美地作出了诠释。他是接续了何绍基、赵之谦、吴昌硕、齐白石、黄宾虹、于右任、谢无量、胡小石等碑帖结合之遗绪，是碑帖结合之集大成者。

三、书法里蕴藏着中国人的"集体无意识"

《中国艺术报》：文字是中华文化最基本的单位和基因，书法和文字息息相关，在您看来，书法在中华文化中有怎样特殊的地位？从传承、复兴传统文化的角度看，书法承担着怎样的特殊功能？

衡正安：我们将书法称为艺术，从表面上看是抬高了书法的地位，其实不然，恰恰是缩小了它的外延，降低了它的文化属性，如果说它是一种艺术的话也是一种很特殊的艺术，因为它和实用汉字息息相关、水乳交融、难以割舍，而在整个传统文化中最重要的文献是通过书写也就是书法传承下来的，所以，我们要真正复兴书法不应该将它看成一种艺术而要将它还原为一种文化。如果将它视为文化，那就不仅仅是把字写好看了，要知道书法里蕴藏着中国人很多独特的世界观、宇宙观、时间观、空间观、历史观，等等，是我们的"集体无意识"。1840年之后，我们在追求现代的道路上已经对传统的东西丢掉了很多很多，满脑子都是"现代意识"，这不是坏事，也是不可逆转的，但是传统中超现代性也是存在的，我们必须继承和发扬，而从书法切入恰恰是很好的入口。我们已经来到了一个与古人完全不同的时代，可以站在更高的位置上看待不同的文化，思考文化发展的未来，从长远的时间跨度来看，民族之间的文化价值不在于相同而在于不同，拉大文化之间的差异各自丰富、欣赏、交流是其文化生态的最好方式，而书法是最具东方典型意义的文化和审美现象，如果能够保护好、发展好、利用好，不使之衰落、不要遗失，我想意义非常重大。特别是我们过去是一个"跟跑者"，接下来我们要成为"领跑者"，这就需要我们用自己的文化对世界作出贡献。我认为几千年的文化背景正是我们不可多得的思想力量，如何挖掘和利用正是我们急需思考的问题，而书法这个最具东方特色的文化现象，应该是最具价值的载体之一。

四、书法不仅仅是纯艺术

《中国艺术报》：书法作为一门艺术，在当代以展览、比赛等为主要形式，已经和传统书法的创作环境、功能有了根本的不同。在您看来，当代书法发展取得了怎样的成就？存在哪些问题？

衡正安：改革开放以来，中国的书法艺术取得了巨大的成就，这是毋庸置疑的，这些成就的取得与当代的展览设立和比赛形式分不开，这些机制的建立对书法艺术的恢复、普及和发展起到了非常重要的作用。可以说在书法教育、书法创作、展览展示、理论研究等诸多方面取得了前所未有的成就，都是这些具体机制的产物。然而经过40余年的实践可以发现这种机制也存在着一定的不足，需要我们有新的探索，特别是顶尖的优秀人才很难通过这样的机制被选拔出来，需要创新和探索新的评选机制。一件作品定终身，在非常短的时间内决定作品的高低是很难选出真正有品位、有价值的作品的，也不利于高峰人才的选拔。艺术，特别是书法艺术的高低是一个时间的淬炼和综合修养的体现，目前的机制往往会引导书家走捷径，强调形式而忽视作品内涵和书家个人综合素养。文艺高峰人才的选拔，应该从作品的评审转变为对人的综合选拔，建立一套属于"人"的评价体系，这恐怕更利于高峰的出现。

《中国艺术报》：在当下写硬笔字的远多于写毛笔字的，使用电脑录入的远多于手写的，书法艺术是否正面临前所未有的危机？如何看待书法实用功能与艺术功能之间的辩证关系？

衡正安：当代社会已经不再是传统的"书写社会"，不是不写毛笔字，是几乎不写字了，大部分改为敲键盘了，即便手机有手写功能也不是传统意义上的书写了，所以书写、书法面临着前所未有的危机是不争的事实。在这样的情形下，书法被迫成为了一种纯艺术，从艺术的角度来看当然是好事，但是从几千年所形成的全民书写行为来看这就比较复杂了，因为日常的书写不仅仅是实用的书写行为，它还伴随着丰富的文化内涵，这种内涵是几千年文字书写作为我们主流文化的产物，对我们的主体文化的形成有着极为重要的作用，短时间或许不能看出有什么影响，如果从长远看，它一定会给我们带来重大影响，这不仅仅是提笔忘字或把字写好看的事，是汉文化在书写过程中所形成的特有的文化形态被现代敲击代替而消释。因为，我们书法如果变成了少数人的艺术创作，大部分人不再书写，对汉字特有的符号性、象形性、节奏感、提按感，以及线条的生命感和丰富性就难以体会，这才是最为重要的，要比能不能产生几个书法艺术家意义大得多。

《中国艺术报》：这些年书法在高等教育、中小学教育中逐渐普及，这方面您是否有所关注？这对于未来书法的发展会带来根本性的转变吗？

衡正安：我对书法教育还是很关注的，曾经也参与编撰过中小学书法教材，应该说近年来国家对书法的高等教育、中小学教育是非常重视的，有识之士也在不停呼吁书法进课堂。有什么根本性的改变这很难说，因为有的事情是需要时间的，只有拉长尺度才会发现其中的变化和规律。但有一点是肯定的，我们提倡书法教育并不是要成为书法家，其实也不可能，社会也不需要那么多书法家，其目的是要书写汉字，是要恢复书写这种状态，而不是只会刷手机和敲键盘。中国的书法和其他艺术相比是非常特殊的，它和文字相生相伴难以分割，在传统的文化中不仅文化和文字在起源上是同步的，而核心的文化和重要的典籍都是通过书写承传下来的，这种文字的诸多特征和毛笔书写的行为深深地影响了我们这个民族。如果书写的方法被改变了，也就抹平了某些传统和现代的差异，这不仅是书法的损失，也是一个具有几千年历史曾经造就了璀璨文化的民族的损失和遗憾。因此，恢复和提倡中小学书法文字的书写，保持和延续毛笔书写状态其意义是巨大的，毛笔书法进课堂这是一个很有前瞻性和独特眼光的决策。

五、每个时代都有自己的艺术高峰

《中国艺术报》：在当代条件下，中国书法有没有可能超越传统？比如在笔法、结体等方面，如何超越传统？

衡正安：超越传统那是肯定的，而我们这代人能不能超越又另当别论。打开3000多年的书法史可以看到，每一个时代都创造了属于自己的艺术高峰，为什么现在就不行了呢？我们的视野更加开阔，可以站在全球的角度看待文化；我们的知识结构更加完整，可以从东西方文化的角度审视艺术；我们的信息更加丰富迅捷，现代科技提供了前所未有的学习、研究的方便；我们的思想更加深邃，借助现代科技和研究成果可以触摸到深层次的精神世界；我们已经越来越意识到交叉学科的重要性，可以打破学科间的认知壁垒；等等。然而，黑格尔说：博学绝不是真理。我们要透过复杂、纷繁的表象，借助思想的力量，去认清中国艺术和中国书法的本质和传统道路，在"文化自觉"的思想高度上去看待我们的艺术、我们的书法。总的来看，西方文化是一种"哲科文化"，是产生近代文明的一种文化，是目前全球的主流文化形态；中国文化属于"技艺文化"，是1840年之前一直没有中断的农业文化形态。前者擅长于理性逻辑，而后者更强调直觉和诗性，所以从艺术的本质来看我们的文化更接近于艺术的基本特性。又因为农业文明是"泛血亲"宗室社会文化形态，相对而言较为保守、压抑，所以艺术精神更为内敛、厚重、不事张扬，其总体精神是向内追求以达到"内圣外王"，这一点和现代的艺术精神正好相反。在中国书法里要求藏锋起笔、回锋收笔，欲上先下、欲左先右，还有强调大笔写小字、中锋用笔，等等，都是这种文化精神的具体体现。书法之外其他艺术也是如此，例如京剧，所谓的高拉低唱、压着嗓子唱等都是这种文化精神的需要。只有将传统与现代的文化精神路向搞清楚，才有利于创新和文化的融合，这样的创新和融合才是大道、才有意义、才有核心价值。

六、评论与创作是个整体

《中国艺术报》：作为江苏省文艺评论家协会的负责人，您觉得评论在引导书法创作方面可以发挥什么作用？在这方面江苏省文艺评论家协会做过哪些工作？

衡正安：文艺评论家协会是一个综合性的协会，服务对象是众多的艺术门类，所以，其工作的范围远超过书法专业的评论，几乎涉及艺术的每一个领域，而且作为评论家协会的负责人其工作的中心是评论的组织工作，其次才是个人的专业研究。我们每年要出全省的文艺评论集，召开作品研讨会等，还会举办几个较大规模的文艺研讨会，目前已经举办过美术、电视、戏剧、杂技、书法等领域的。实践证明，自己专业的好坏直接影响到评论工作的深度、广度和高度，对评论事业有很大促进作用。评论对创作一定是有帮助的，甚至是不可缺少的。现在有些创作者不太重视评论，甚至公开说评论对创作没有用，有人说古代没有评论也不影响创作，也是大家辈出。其实，传统文化中是有评论的，只是名称不同，而且更重要的是他们忽略了古今之别。一来传统的学术体系是一个整体，没有分科化，评论以注疏、眉批等形式出现；二来古代较大的书画家一定是理论家或评论家，不是我们现代意义上的专门创作家，现在的创作家自我修复、提高、鉴赏的能力已经很弱，只是他们看不到或没有意识到，所以这也是文艺界难出高峰的重要原因之一。

（原载《中国艺术报》2021年5月10日）

当你的对立面出现后,你才更加清晰起来

——《书法导报》访谈

《书法导报》： 你长期从事文艺评论、书法理论和书法创作三个方面的研究，并取得了丰硕的成果。作为一名书法艺术工作者，你认为三者之间该如何贯通？同时，也请谈谈你的"书法人生"。

衡正安： 我曾经在一次青年书法评论人才的讲座上提出，作为当代书法评论者，要努力具备四史三论二思一技的知识结构和实践能力。所谓四史是指中国历史、中国书法史、中国古代思想史、西方现代思想史；三论是指书论、画论、美论；二思是指传统思维和现代思维；一技是指书法临摹和创作。当然了，这是一个很高的要求，也并不是说只有完全具备了以上的知识、技能，才能从事书法评论工作，这是一个不断学习、不断从事评论创作，进而逐步提高的过程。在这些要掌握的知识、能力中，显然包括了您所说的评论、理论和创作三个方面的内容。要写好一篇书法评论文章，要具备深厚的理论知识、缜密的逻辑推理，其中理论知识会使你的评论更具有学理性和专业性，做到言之有物、言之有据；逻辑推理，会使你的评论具有严密性和可读性，使之易于理解、便于传播。在理论的学习、创作中，最好能做一段时间的考证工作，这一点非常重要，考证会使你的评论更全面扎实、

更有根有据、更能站得住脚。至于创作与评论、理论的关系，当前学术界有两种观点，一种观点认为做文艺评论不需要创作，只要具备其中的专业知识，掌握艺术发展规律就可以了；还有一种观点认为文艺评论必须要能创作，否则只是隔靴搔痒、评不到要处。我赞成第二种观点。宗白华说："不通一技莫谈艺。"特别是中国艺术，当你真正了解中国艺术的独特精神之后，你就知道文艺评论者为什么要有实践经验了。在东西方文化日益交融的今天，在西方艺术精神的映衬下，中国文化是一种技艺文化，是在技术的前提下走向艺的形而上过程，即技进乎道，是一种写心的实践并不断感悟的心性过程（不是知性过程），如果没有创作的切身体验，便不能体悟、触摸到中国艺术的灵魂。所以，我们经常注意到只要没有艺术创作经验的评论家，如果涉及书画作品如线条质感、深度等审美感受，往往就会出错或只能泛泛而论。所以，作为书法评论者不仅应该具有评论、理论和考证的学术功力，还一定要动手临摹、创作，只有这样才能成为一个优秀的中国式的文艺评论家，才能对指导创作、提升审美、引领风尚起到真正的推动作用。

　　至于您让我谈谈书法人生，这个题目太大了，我想稍微谈一点我的感悟。我们这一代人，基本上是随着改革开放以来中国书法的复苏、发展、普及而成长起来的，我们既是这段历史的见证者也是参与者。上面我说了中国文化是一个心性文化，是艺术实践随着人生的体悟，通过笔墨对世界、社会和生命的体验，不断达到艺术境界的过程，所以，有心手双畅、大器晚成，从而做到"通会之际，人书俱老"等艺术思想。对于传统书家来说，人生就是书法，书法就是人生，所谓"人也磨墨，墨磨人。"知道了这个道理，你才真正理解了中国艺术的核心精神。

《书法导报》：作为江苏省文艺评论家协会副主席兼秘书长，请你介绍一下江苏省书法评论的现状。

衡正安：江苏历来是文化大省，也是书法大省。江苏书法的评论现状也是全国的评论现状。我们应该看到，书法作为喜闻乐见的艺术门类之一，有着深厚的文化和群众基础，也是改革开放之初，比较早普及、发展、繁荣起来的。但新时代以来，一方面由于文艺的大繁荣大发展，其他领域如文学、影视、戏曲、音乐等学科化程度高、基础好，再加上更贴近民生和现代手段的加持，显得这些艺术更加专业、成熟，成绩斐然，使书法评论和研究相对有些滞后；另一方面，由于文艺成果评判体系，评论很难真正进入学术评价体系之中，甚至有的专业单位认为评论不属于学术，这在高校系统中尤为明显，从而失去了非常重要的一股评论力量。由于这一评价体系的导向，使书法研究重史论、理论，轻评论的现象比较明显，书法评论群体也在不断地式微，即便一些评论文章质量也不高，普遍缺少学理的深入和思辨的力量，这是书法评论界明显的缺陷，也是书坛普遍感觉到评论没有对书法创作起到引领、提升和引导等作用的主要原因。

《书法导报》：人工智能（AI）已经介入我们的工作和生活之中，特别是ChatGPT的快速发展，更是令人惊诧。你写过这方面的评论，能否谈谈和艺术的关系？

衡正安：所谓人工智能（AI），是指用科技手段对人智力的仿生，以达到人脑智力的延伸和超越。显然这一技术是现代科学技术发展的成果，它源于古希腊，是文艺复兴以来科学精神的张扬。而中国文化是一种心性文化，相比之下是一种非智力、非逻辑的直觉技艺文化系统，强调实践体验下的感知过程。前者，智的文化起源于惊异、怀疑，从而引发人的思考和追问；后者，心的文化起源于忧患、恻隐，从而产生同情、感悟。就艺术而言，如果不论艺术研究，以 AI（人工智能）进行创作（生产）的艺术作品，能不能表达心性文化所产生的艺术精神，是一个有待深度探究、实践和广泛交流的问题。如中国书画的笔墨技巧、虚实关系、点线面的审美精神，以及所达到的美学意境等，通过 AI 的创作是不是还能表达原有的书画艺术精神，如果能，它是怎样实现的，如果不能，我们又将如何面对等等，这些都是需要我们的思想界、文化界，以及人工智能专家共同面对、思考的课题。这关系到在下一轮世界文化发展的转型中，如何建立我们的话语体系、叙事体系和评价体系的大问题，更是我们文化复兴的重要内容。

《书法导报》：那么，在书法艺术方面，你认为人工智能（AI）将扮演何种角色？其能否完全或部分替代书法家的创作？

衡正安：这个问题非常前沿，也是一个需要深入探究、多学科交叉介入的话题。我没有深入和系统地研究过，只是抛砖引玉，谈一点感性认识。上面我们说道，相比之下中国文化其实质是一个技艺文化，这里的技是指的技术，这里的艺和现代艺术的艺还不完全相合。传统里的艺是一种手艺、园艺，其本质还是属于技术范畴，只有将这种技上升到文化及道的高度，才是我们现代意义上的艺术。这就是为什么传统书法强调文化的滋养，所谓文人书画其实也可以说是人文书画，只有深厚的人文修养，才和现代意义上的艺术在某些方面相合，否则均属于工艺、手艺的范畴。由此看来，作为书法艺术创作来看，大部分属于技术层面，将来的 AI 完全可以代替，甚至比人做得更好、更准确、更精密。然而，中国书法是心性文化下的一种审美现象，它是通过书法这一形式的实践，通过诗词歌赋等传统人文素养的滋润，并在作品中反映出主体人对宇宙、世界和以儒释道为核心精神的生命体悟的迹化。它和生命的感悟同生同成，主体生命感悟有多深、多高，书法就有多深、多高，其精神气象就有多精彩、多丰富，也就具有多大气度、品格和审美价值。真正传统书法精品之作，不是图一时之快，快餐式的存在，而应该是能够经得起千年历史的检验，甚至日久弥新。中国艺术不是通过智力的知识系统，用外在的形式安排达到表层感官、视觉的愉悦和冲击，而是对心性的生命感悟，不断在精神上的超越，可见，这一部分，对于智的技术即AI来说很难做到，也是我们的艺术非智性而是心性的独特之处。

《书法导报》：我们关注到，近年来你聚焦于东西方文化方面的比较研究，写了一些评论文章，在新媒体上刊发后阅读量都过百万。我们想请你谈谈你在这样视角下研究的初衷和目的，并且谈谈在东西方文化的视野下，中国书法的精神特质是什么？

衡正安：一个事物，当它的对立面出现的时候，它才真正地清晰起来。文化是如此，艺术也是这样。自1840年后我国步入现代社会以来，随着科学技术的昌明，特别是互联网技术的发展，我们对西方文化的浸染、探究和切身体验也越来越深入。在这样的前提下也就是在西方文化的对照下，中国文化的精神核心、特征、个性就越发清晰起来，从而更能看清楚我们的艺术、看清楚我们的书法所具有的独特个性。需要说明的是，我对西方思想、科学的学习和理解，并不是用它来解释我们的艺术，更不是要解构我们的书法，而是要以它作为参照系，以便更好地看清自己的文化、艺术，从而明白如何阐释、发展我们自己的文化，建立属于我们自己的话语体系、叙事体系和评价体系。

至于说中国书法的特点，这也是一个很大的题目，不可能用这样的方式和篇幅加以阐述，只是简要地谈一点自己的感想。通过东西方文化的学习和比较，我们清楚地看到，这两种文化有着本质的差异。就普遍意义来说，西方文化是起源于古希腊，昌盛于文艺复兴之后的一种科学精神，这种精神造就了伟大的现代文明，科学精神不仅渗透于自然科学，而且影响了整个社会，并流布于世界。现代科学思想，在我们的传统文化中是比较欠缺的，上面我们说过，中国文化相比之下是一套技艺系统。如果你站在中国看中国，中国什么都不缺，如果你站在世界看中国，中国是一个以农耕文化为主体的技艺文化。拼音之父周有光曾经说过：（我们）要从世界看中国。今天，我们不仅要用世界的眼光看中国，同时也应该用中国的眼光看世界，因为我们曾经创造了辉煌的文明，有着独特的文化和灿烂的艺术，只有这样才有可能较为客观地看清两种文化各自的特点，从而认清我们自己的文化、艺术，走好未来文艺发展之路。

  两种不同的文化导致了不同的文化发展路向，近现代以来的科学精神其主要特征是向外性，它是建立在现代物理学基础之上的，而物理性需要外在的物质和形式的构建。中国文化是一种心性文化，最大的特征是向内性，向心追求，所以它不太强调外在的物理特征，而是内在精神的丰富和升华。书法的创新对外在形式的过度追求，是受到现代科学思想的影响和推动，因为科学的基本精神是创新，文艺过度强调创新是跟着科学思想这一路走了。显然，这不是中国艺术、中国书法的核心价值取向。过分强调外在形式、视觉、构成的书法探索，它离外在的形式、物质近了，而离心就远了。当然，书法的现代性创新、探索不是没有意义和价值的，它可以是中国书法作为一种现代艺术意义上的补充，但一定不是中国传统艺术精神的核心和路向，不属于传统书法艺术的审美范畴，它需要重新构建一套新的评判体系。

（原载《书法导报》2023 年 6 月 21 日）

贰 书画篆刻篇

为什么说当代名人书画没有价值？

在中国书画界有一种独特的文化现象，即名人书画。所谓的名人书画至少有两层含义，一是自身是书画家，在书画界比较知名，是书画界的名人，他们的作品被称作名人书画；另一种是原本不是书画家，更不以书画为职业，在自己的领域里取得了相当的成就，在社会上有一定的知名度，同时，又喜欢"舞文弄墨"，有时还鬻书卖画，甚至名气超过一般的书画家，如影视界、商界，以及文化界等知名人士。前者强调的是书画，后者强调的是名人，本文所讨论的是后者。

我们认为名人书画这个概念有其独特的时代性、文化性和艺术性，仅局限于传统文化背景下成立，在当代这个概念已经不复存在。1840年之后，中国的国门被打开，近现代学校教育逐步代替了私塾、科举，国民的文化教育从传统走向现代，传统文化的社会教育背景已逐渐消失，随之而来的是名人书画这一传统文化概念也在改变，其内质也发生了根本性的变化，即使当代仍然有此一说，被经常引用、沿用，只是"集体无意识"，其实质已经不复存在。

那么原因是什么呢？我们认为主要有以下两点。

一是书写汉字的方式被改变。我们看到，在传统的社会里如果在某个行业有所作为者，成名成家者，即所谓的名人、名家，从小都接受过传统的"私塾"教育，接受的是一套旧式的教育方法和人文熏陶。其中书法不仅被读书人视为脸面，更是隋唐以来科举考试中极为重要的内容，是每一个传统的读书人想获得功名、立身于世的基本技能。在历史上因书法不好而科场不第者屡见不鲜，可见书法的好坏对传统的读书人是极为重要的，每个断文识字之人，步入社会之初就必须临帖、摹字、挥毫弄翰，他们从小就打下了使用毛笔的基础，即所谓的童子功。更为重要的是，毛笔作为传统社会唯一的书写工具，有一些文化人拿着毛笔书写成为终生不移的基本技能，更有甚者，由于古代印刷术不发达，很多读书人用毛笔抄书是寻常之事，可见其使用毛笔的熟练程度。然而，近现代以来，随着现代教育的普及，毛笔被硬笔、电脑等取代，书写方式被彻底改变，整个社会失去了毛笔书写的普遍基础。对于绘画，宋元之后以文人画为主流画种，而文人画的基础是书法，可以说书法不擅者肯定画不好中国画。我们所说的名人书画的画，大抵也是指的文人画。

　　二是书画赖以生存的人文素养被改变。书法以汉字为表现对象。魏晋之后，书法的审美自觉使之成为了一门现代意义上的艺术，经过千余年的演化、发展和历代书家的共同努力，现在它不仅需要书写技巧的锤炼，更需要人文修养的熏陶。其主要内容是传统文化中的四书五经和诗词歌赋，这既是书画家必备的人文内在修养，也是书画形式的主要表现内容。现代教育体系，完全改变了传统人文素养的教育内容，除了极少数专业人员之外，全民教育中已经很少再有从小就接受系统的、完整的传统文化方面的知识。相反，作为传统的书画名人，其文化背景都受到以儒释道为核心的传统文化思想的熏陶，他们虽然不是专业的书画家，但中国书画在品评中所表现出的人文精神、艺术境界，往往与这些人文熏陶有关，也是滋养书画家达到一定境界的重要途径。更为重要的是传统书画名人在其他领域的出色成就，会反过来影响并表现在书画作品中，将专业书画家所不具有的格局气度、人生阅历、人文情怀和独特的精神气质融入书画之中，具有了一种厚重的文化内涵，其价值就不言而喻了。

通过以上内外两点的分析可以看到，名人书画赖以生存的笔墨技巧和传统人文素养在当代已经不复存在，当代名人书画已经失去了存在的社会条件。从小打下使用毛笔的基本技能，用毛笔作为日常书写、交流的工具被硬笔、电脑取代，使用毛笔已经成为专业书画家的事。此外还应该看到，传统社会的一般文化人，使用毛笔的熟练程度也远远高于现代的有些书画家。这个使用技巧非常重要，因为总的来看，中国文化、艺术是一种"技术体系"，书画是技术支撑下的一种艺术现象，有了大量的书写（文人画也是写出来的）、技术锤炼，才有可能抵达书画艺术的真谛。其次，决定书画家、书画作品价值的内在传统人文素养也不复存在。这就很好理解，为什么说当代有传统和现代人文修养的教授、博导，即便他们学富五车也成不了书画家，当然他们的书画更不是名人书画，因为作为基础的"笔墨技巧"已不具备，PPT、粉笔、硬笔和电脑等代替了毛笔书写。自现代学校教育代替了科举取士以来，我们的教育背景大到世界观、宇宙观，中到各学科的分类、设置，小到我们所学习、运用的内容，传统文化的占比很小。除极少数专业从事研究的人员之外，全民教育中只涉及少量的古文和诗词歌赋，其中汉字是简化字，读写顺序、语法、标点等都是西式的。要清楚地看到中国书画文化背景的唯一来源是以古文、诗词歌赋为核心的传统文化，这一审美现象的土壤都不复存在，那么这种艺术如何生长，这种文化下的名人书画如何存在，价值如何体现？

由此观之，虽然当代名人书画的概念、群体仍然在使用、存在，但其内质从艺术和文化的范畴来考量，与传统意义上的名人书画比已经发生了本质变化。当代名人书画，如果失去了外在的技术表达和内在的人文滋养，那么这样的所谓名人书画的艺术性和文化价值有多大，也就不言而喻了。他们的书法也就成了毛笔字，至多成为一个时代的历史印记，与汉字以外的文字作为记录、交流等工具无异，汉字所具有的独特审美和文化价值被消解。没有书写汉字技巧支撑的书法、文人画，大多也就沦为"信手涂鸦"，其艺术、文化含量有限，就更无名人书画之实了。

那么这种现象的出现是不是很遗憾呢？当然遗憾，但也不必忧虑，因为社会的演进总是以一种缺憾为代价的，甚至有科学观点认为，世界就是在缺憾中产生、演化、发展而来。不过，这一缺憾带给我们怎样的思考，会产生怎样的后果，从而引起怎样的反思，我们应该怎样地应对，这才是最为紧要和有价值的。

鉴于此，我们有以下三点启发。

一是提升传统人文素养迫在眉睫。毋庸置疑，自百年前国门被打开，面对世界列强的欺凌，我们迫切地认识到现代科学的落后，从而对自然科学的重视要远远超过对传统文化的继承和弘扬，甚至一度要取消汉字，以拉丁文代替。通过以上对当代名人书画的考察，明显看到除了极少数将传统文化作为专业的人员之外，整个社会以儒释道为核心的传统人文修养明显缺失。我们应该深刻地认识到，中华传统文化的核心精神是中华民族立足于世界之林的根本，也是中华民族伟大复兴的重要文化组成部分，应当在全社会开展普及性的传统文化教育，使中国人具有传统文化精神的民族性。

二是书画专业的综合素养减弱。目前，书画已经各自成为了专业，而且均为一级学科，看似是一种进步和发展，其实也削弱了中国书画所具有的某些特性，如整体性（综合性）。在中国书画历史上有这样一种现象，很多大书画家都不是专业书画家，其中书法尤为明显，甚至在历史上都没有书法家这个称谓，这和中国艺术强调综合性和所具有的整体性有关，所以在书画史上几乎没有一个大书家是专业的，大画家也要具备书法等作画以外的多种才华。目前学科分类越来越细，而我们的传统艺术又不是这种分科体系的产物，所以在专业的学科体系下，要成为大书画家是极为困难的，专业以外的名人书画家也很难产生，这是一个非常值得研究的课题。因为，书法是书写汉字的艺术，是和文化挨得最近的一门艺术；中国的文人画其实质就是"人文画"，也是最强调人文修养的艺术，所以书画家强调人文素养是这个专业的本质需要。在学科分类越来越细的情况下，具有综合性素养的书画家越来越少，其实已经揭示出传统书画家成长的文化土壤、方式等被改变。显然，当代专业书画家群体综合素养的减弱，是难以出现书画高峰的重要原因之一。

三是引发我们对现代和传统的再思考。前文提到的两个原因正提醒我们，百年后的今天有必要重新思考传统与现代，及传统文化的继承和发扬问题。从更宽阔的眼光和深刻的思境来看，名人书画的消失其实不是个别现象，而是一种普遍的文化现象。中国几千年传统文化是一种独特的文化体系，创造了璀璨而独特的文化艺术，是世界文化的重要组成部分。近现代文化的核心精神是"科学思想"，与中国以儒释道为核心的思想形成两种并行的思想体系，各有千秋、各有功用，我们要在树立现代科学精神的同时，不能丢掉我们的传统文化核心精神，这是完全可以共融共生、并行不悖的。

通过以上的分析，我们再一次重申，传统意义上的名人书画在现有的条件下已经不复存在，即便有这样的称呼也不具有原来的价值和意义。通过对这一现象的探究，我们应该反思传统文化在当下的走向，正如周有光先生所言：要以世界的眼光看中国。今天，我们也需要以中国的眼光看世界。检点百年来我们文化发展的得失，在面对现代文化的冲击下，如何保留中华文化的精华又具有现代思想，是我们未来文化发展的价值和意义所在。

（原载《江南日报》2023年5月10日）

慎言"文艺创作要有个人艺术风格"

——以中国书画艺术为例

在文艺界我们经常听到这样的观点：文艺创作一定要有个人艺术风格，要形成自己独特的面貌，要和古人、今人拉开距离等等，这种观点从表面上看接近完美，似乎成为颠扑不破的真理，但仔细想想，这是一个欠深思的想法，也是一个"皇帝的新装"。暂且不说艺术的继承是一个多么艰难而漫长的过程，即便在整个艺术史上真正能形成自我风格的又有几人？当然，我这里所说的风格有广义和狭义两种，广义的是指每个人都有自己的个性，即便是一天没有学过书画的"涂鸦"也各自不同，因为世上连树叶都没有两片相同的；而狭义的风格是指经过长期、艰苦的继承，掌握了相当的艺术语言、形式之后，在前人的基础上所形成的自我风格，我们这里所说的风格显然是指后者。

那么，这种观点是如何形成的呢？我们认为主要是受到百年来近现代思想的影响，其中受现代科学精神和进化论思想影响最大。现代科学思想起源于古希腊，发端于文艺复兴之后，是柏拉图理念论与通过实验找到因果关系的逻辑形式；进化论思想则认为一切都是进化的，世界是进化而来的，是由低级向高级进化的结果，新的代表进步、代表先进，旧的就是退步、落后等等。这两种思想推动了近现代人类的进步和发展，启迪和促进了我们摆脱认知上的局限和愚昧。在这种思想的引导下一切都需要创新，强调个性和具有创造力就成为必然，正如钱学森所言：我们不能人云亦云，这不是科学精神，科学精神最重要的就是创新。其实，文化的发展是极为丰富而复杂的，艺术特别是中国几千年的艺术，不是近现代思想土壤的产物，也不是在科学思想和进化论的规律下运行的。科学精神、进化论的思想在近代几百年的人类发展进程中，深刻地影响到社会的各个方面，只要是科学的就是好的，就是毋庸置疑的，只要是新的就是进步的、先进的。其实文化、科学、艺术的精神实质、内涵和作用是各不相同的，文化是一个大的概念，它包括科学和艺术，是人类所有物质和精神的总和。科学是一种理念逻辑系统，其唯一源头是古希腊。而艺术特别是中国传统艺术是一种审美活动，是一种直觉的非理性、非逻辑系统，东西方艺术是在各自不同的文化中逐步产生的，她们自我发展、各成体系、各具特色，是不可一概而论的。

那么，我们为什么说要"慎言文艺创作要有个人艺术风格"呢？因为要形成个人风格是非常难的，绝大多数人穷毕生之力能很好地继承都属不易，更不要说形成被认可的个人艺术风格了，所以草率而简单地强调文艺创作要有个人艺术风格谈何容易？如果将这样的观点普遍化、简单化更是不慎之言，会产生诸多的混乱。

主要理由有三点，以中国书画艺术为例：

一是中国书画艺术是几千年中华文化所孕育的结果，有什么样的文化就形成什么样的艺术，文化的特性决定了艺术的特质。一种文化一旦形成，它便具有自我保护功能，会按照自身的规律发展、演变、衰退。当前书画界所遇到的诸多问题，其中很大部分是文化差异造成的，目前我们满脑子"夹生"的现代意识，所用的手段、材料和方法等也都是现代的，但面对的书画又是传统的，例如在目前书画展赛中出现的"千人一面"的现象，则是因为"千面"即个人风格在传统的审美标准下，不可能在短时间内形成，但几千年的文化积淀又迫使我们在评判上遵循传统标准，而现代标准又没有形成，所以出现千人一面的"同质化现象"就成为必然。其实归根结底是传统和现代的冲突没有解决，更何况传统的书画能不能适应这种现代的展陈形式和方式，还值得探究和深思。我们应该深刻地认识到：在文化的交流中，不相容、不相合的部分，往往是文化最有价值的部分，最能给我们带来思考的部分，有时不但不需要改变甚至要拉大这种相异性，才更有文化发展的长远眼光。

二是这种观点轻易地提出并普遍地实践，一定会带来拔苗助长、急于求成的后果。因为风格一定是长期自然形成的结果，否则便一定会是在形式和表面上做文章。形式是可以在短时间里被制作出来的，而真正的风格是作品精神和形式的高度统一，是长期积淀的结果。从东西方文化的比较来看，外在的形式更多表现为物理性，而内在的精神修养却表现出文化性。现代的科学思想是以数理逻辑为基础，以物理学为主体从而带动其他领域推动社会的全面发展。近代以来的社会发展是建立在两大物理学基础之上的，一个是牛顿的绝对时空观，另一个是爱因斯坦的相对时空论；当前物理学进入以英国物理学家狄拉克为主要奠基人的量子力学，这三种理论彻底改变了人们对宇宙和世界的传统看法。这些物理学的成就是引领、推进人类发展最主要的力量，也代表着科学精神的核心。这种科学精神不仅影响了西方自然科学的发展，也深深地影响了近现代西方绘画的发展，不管是文艺复兴之后的印象派、立体派，还是以康定斯基为代表的抽象艺术，都表现出强烈的科学性，即便是后现代绘画高举"反科学"大旗，其基础还是科学思维。这和中国绘画是完全不同的两种思维方式，其解剖、透视、比例、色彩、光影、构成、明暗等西方艺术的基本概念，在中国的绘画中几乎难以寻觅，即便有也具有本质的差异。所以，在中国书画艺术创作上过于强调个性和创新，是没有考虑到东西方艺术的差异，这也是近40年来书画界出现诸多恶搞、浅薄现象的思想根源，导致了手段的极端、形式的夸张、视觉的冲击和方式的怪诞等必然后果。

三是抹平了东西方艺术的差异。我们说，中国传统文化有天下观没有世界观。在天下观的视野下我们的文化精神极为丰富、各具特色、各有分工，如儒、释、道以及禅宗、理学、心学等。然而，在世界观的视野下，中华文化就是一个以农耕文化为主的文化形态。儒家文化是农耕文化的核心，其精神实质是"德"，是典型的向内追求的一种文化类型；而西方文化是以工商业文化为基础的理念论"智"的文化，具有很强的科学、创新和进化思想。因此，强调个性的形成是科学的思维方式，是跟着现代文化走了，如果我们的书画也顺此道而行，就抹平了东西方文化和艺术的本质差异。

值得庆幸的是，在文化观上，我们比古人多了一维观照世界的角度。没有哪个时代像我们当下这样深浸于现代思想文化至深，从另一个角度来看，又何尝不是历史对我们的垂青。因为不管你对一种文化研究有多广、研究成就有多大、思想有多深，唯有对立面的出现，彼此才更加清晰。用西方的美学思想看西方，科学与艺术有别，用中国艺术精神看西方，西方全是科学；用中国眼光看中国，科技和艺术有别，用西方的眼光看中国，文化全是艺术。因此，梁漱溟有句名言："西方的一切都是科学的，中国的一切都是艺术的。"我们强调的东西方文化艺术之别，不是保守主义更不是狭隘的民族主义，因为正确的判断不是"情景判断"，不要以当下的生存状态去判断，而是更大尺度的判断，即从世界观、宇宙观、历史观，从东西方之别、文化的丰富性去看——总之从文化生存的底层逻辑去判断。只有这样才能看出保持东西方各自文化特质是多么地重要，而过分强调个人风格则不是中国艺术精神的核心，而是与现代科学思想接轨，这不能不说是一种浅薄和短视之见。

托尔斯泰说：多么伟大的作家，也不过是在书写他个人的片面而已。其实，大到东西方文化的发展也是如此，这是世界的无限和人类认知局限的永恒性，也是社会发展的无穷动力的源泉。中国重德文化下的艺术精神，具有内敛的向内性、不追求外在形式的风格，会造成两种倾向，一是厚重博大，一是保守后退。例如中国的书画艺术，其笔墨是最为重要的因素，而这种笔墨和戏曲的程式一样，看似变化不大，其实她是在改变人而不是改变艺术的外在形式，是要求提高人的精神境界从而带动作品外在样式的变化。作品的外在形式是人的文化个性决定的，艺术之间的差异、高下是人的差异和境界的高下，而人的高下是内在文化的高下。艺术其实是没有古今之别的，其实质是文化之别。因此，中国艺术最后走向了文人艺术，而文人艺术的核心是改变人的精神，其思想之源取于心性之学，而心的艺术是不会过分强调外在形式的多变。

在以上思想文化的背景下，在这样的艺术实践下，以现代思想指引我们的书画艺术创作，必然走向浅薄、浮躁、急功近利、快餐式，因为，水土不服是必然的。当然，并不是说东西方就不能融合，只是这种融合不是在浅层次上，更不是外在的"物理融合"。更何况传统书画艺术本身，并不是没有自己创新、发展的空间，她一直以自己的方式在发展、演化、创新，只是被社会的动荡隔断没有形成主流。更为重要的是，其融合的必要性值得探究——世界是越来越丰富好，还是走向趋同好？

  保持中国文化的向内性特点，不仅是中国文化传承的需要，也是中国文化发扬光大的需要，更是世界文化多元发展的本质特征。中国文化经过几千年的积淀，虽然存在很多问题，但是她的向内性文化精神经过几千年的发展，好似被压缩成一个芯片，在看似很小的外在形式下，蕴藏了极为丰富、厚重的文化内涵，使她变得极为厚重、博大而深沉，它的一个笔画、一段唱腔和一张册页都有其审美价值和独立的存在意义，这是东西方艺术最大的差异之一。我们不是孤芳自赏，这是我们文化的基本特征，如果消解了甚至失去了这个核心精神，那么这种艺术存在的价值和意义何在？

（原载《江南时报》2023 年 5 月 10 日）

由"国家一级美术师"想到的

在美术专业的职称中,只有一级美术师,没有国家一级美术师,那么我们随处可见的这个自称自贵的称谓"国家一级美术师"是哪儿来的?又是怎么一回事?它反映了怎样的社会现象?今天,我们就来谈谈这个问题。

我国现行的职称制度是中国特色社会主义人才评定的重要制度之一,对培养、鼓励、促进专业人才的认定、选拔和成长起到了巨大的推动作用。目前,我国专业技术职称(以江苏为例)共有27个大类,39个系列(专业),其中艺术系列名列21,有11个专业,美术专业除绘画外还包括书法和摄影。美术专业职称名称分别为一级美术师、二级美术师、三级美术师和四级美术师,分别对应为正高级、副高级、中级和初级(助理),所以,在美术专业中一级美术师是最高职称。目前,在介绍书画家时随处可见"国家一级美术师"的称谓,但是,在有关职称文件和证书中根本就没有这个职称。然而,打开有关媒体如网站、书籍、画册、活动宣传、展览等书画家的介绍却随处可见。而且还不仅仅在美术专业上,其他的专业如一级编剧、一级导演、一级指挥、一级作曲、一级演员等,均没有"国家"二字,唯有教练员系列中的正高级名为"国家级教练"。但我们在现实中看到以上诸多职称加"国家"二字者比比皆是，其中有他加的也有自加的，可见已经成为一种普遍的社会现象，甚至成为了一种集体无意识。令人惊诧的是在有关网络检索系统如百度中，都增加了"国家一级美术师"的条目，解释为：本没有"国家"二字，加入二字显得有荣誉感等。没有想到的是，这种"集体无意识"已经反过来影响了社会的认知，这是非常罕见的，应当引起我们的高度重视。

为什么会出现这个现象？这反映出书画家、书画界乃至文艺界怎样的心态和生存形态？对艺术发展有什么危害？如何解决？这看似一个很小的现象，其背后所反映出来的问题值得深思。

我想至少反映出四个方面的问题。

一是书画家功利思想严重。很显然，有"国家"二字和没有"国家"二字是不一样的，加上国家二字显得"高大上"，有拉虎皮做大旗之嫌。近四十年来，随着商品思潮的影响，艺术走向市场是正常的也是应该的，艺术家当然要致富，艺术品当然也是商品。然而，艺术家的精力绝不能仅仅放在艺术的商品属性上，更不能无中生有地推销自己，应该将如何提高自己的艺术水平放在首位，不能刻意地追求艺术的商品价值，这背离了作为艺术家的目的和初衷，也背离了艺术的真正价值。英国学者贡布里希曾说："如果某些事情本身成了目的，那么我们就有权说它是艺术。"这种无功利的艺术才是真正的艺术，才能起到引领和净化人们心灵的作用。

二是书画家心态浮躁。这种浮躁的心态既表现为个人的浮躁也表现为社会环境的浮躁。艺术家的浮躁表现为吹捧自己，所谓"自吹和他吹"相结合，总以为这样才能显示出自己的身价和地位，从而更好地推销自己，其心思不在提升自己的艺术水平和文化修养上，而是用在自己的包装上。艺术家是专门从事艺术生产这一特殊精神生产的人，是引领风尚的一股重要力量，是社会进步的风向标，是社会净化"非制度性"底层防线。长期以来，社会对艺术家的评价也是以地位和职务为标准，往往忽略艺术家的真实水平，所以书画家包装得越华丽、越吓人，越能在社会上得到关注和重视。

三是社会审美水平下降。为什么个人和社会都特别地关注艺术家作品以外的因素，其中一个重要的原因是传统文化的缺失和艺术审美水平的下降，导致难以用艺术的标准评价艺术，只有用艺术以外的如职务、职称、获奖和包装等外部条件衡量艺术家的价值。更为严重的是在我们的传统文化经受百年冲击之际，西方文艺思潮又蜂拥而至，搅乱了我们固有的审美标准，而新的审美体系又没有建立，所以，造成了整个文艺界评价核心精神的短缺和游离，不仅使我们失去了传统艺术的评价标准，又不具备现代的评价体系。所以只有依赖于社会等非艺术的评价标准衡量艺术家的价值，才会出现艺术家和社会对职称、职务的过度关注，甚至出现无意或有意地在职称上加"国家"二字的现象。

四是有悖于传统文化的核心精神。中国书画艺术是在中国传统文化中孕育发展起来的，书画艺术的博大精深是中国文化的博大精深。书画艺术的博大体现为它的多种面貌、多种形式和多种类型，而所谓的精深是指它核心的价值部分，代表着这个文化的高度和理想。这种高度和理想是以儒释道为精神核心的艺术理想和境界，是一种向内追求即丰富主体精神而褪去物质羁绊的理想境界，名、利、物、像是需要我们艺术家在艺术实践追求中淡化并不断升华的过程。对名利和物质的过度追求是和这种艺术核心精神相反的，也是有害的，更不可能创作出高境界的艺术作品。

此外，"国家一级美术师"的出现也暴露出我们管理上的缺陷、评审制度的陈旧和职称分类的粗糙等。

或许有人会说这是小事，大可不必如此计较，是在抬杠。我想这一定不是什么小事，背后所反映出来的现象和问题是非常深刻的，如果不加以重视和提醒，任其发展，带来的后果是很严重的。所谓："《韶》响难追，郑声易启。岂惟观乐，于焉识礼。"[1]1500年前古人就知道音乐的高下，关乎"礼"，即社会的道德风尚，何况到了今天，何况关乎我们整个文艺界？

长期以来，我们艺术界的创作差强人意，所谓有高原没有高峰，这不能不说和上面出现的诸多问题有关。有深度的作品少了，浮在纸上的多了；意境深远者少了，重技术的作品多了；有书卷气的作品少了，气息狂躁的作品多了；清雅散淡者少了，满纸江湖气者多了；含蓄深沉的作品少了，剑拔弩张、火气十足者多了；笔墨深厚、内敛厚重、小中见大者少了，追求形式、视觉冲击、超大尺寸者多了，这是我们的书画家将精力多用在了向外追求上，名利心太重，没有真正懂得中国艺术的精髓与博大正是精神的丰富，唯此才能获得艺术境界的高远。

如果说书画家热衷于追求名利、难出艺术精品、出不了高峰是关乎到书画家自身的话，那么，这种追求艺术之外的物质名利之心，如果蔓延到社会，成为一种"自然"，成为一种集体无意识，形成一种风气，那是一种什么样的后果，是一种什么样的创作环境，当不言自明。艺术家是一个特殊的群体，他不仅能创作艺术作品，给大家带来美的享受和艺术熏陶，更重要的是他有人伦教化、引领风尚、净化心灵的作用。

艺术作品的深度一定是艺术精神、作品境界的深度，也是艺术家

---

[1] 刘勰：《文心雕龙》，上海：上海世纪出版集团，2008年，第14页。

精神世界的深度，因此，作为艺术家的人格决定了艺术作品的高下，什么样的人创作出什么样的作品。从东西方文化精神比较来看，我们的文化是以儒家为核心，辅之以佛、道两家的文化系统，这一文化最大的个性是建立在血缘关系上的宗族文化，其精神个性是层累式的积淀，总体气息是走向内敛，具有典型的内向性，有时会显现出保守性，甚至往回走的倾向。这种个性或许不具有现代意义上的科学精神，但恰恰是这一特性造就了这种文化的厚重、深沉和博大，也恰恰是这种文化所孕育出的艺术最大特性和价值所在。另一方面，由于我们的传统文化是农耕文化，这种文化的最大特质是"技艺文化"，是经验系统，其艺术是建立在技术淬炼的反复实践之上。它不是现代意义上的科学体系，不讲究逻辑、分析、理性，它是经验体系下的直觉，这一特质正是现代意义上艺术的最大特征。因此，我们才有了几千年没有中断且不断发展、丰富、深厚的艺术发展历史，才有了如此辉煌的艺术成就。在这种经验系统下会产生两种技艺，一是工匠技艺，一是文人技艺，前者只强调技术成为了匠人（不是贬义的，其中为门类所限），后者有文人的主动参与成为了现代意义上的艺术家。这种文人艺术才是我们文化所孕育出的核心艺术，这种文人艺术是在长期技术锤炼的基础上，加上人文修养的提升，再赋予笔墨，所达到的一种意象境界。

捷克文学家卡夫卡说："我们最大的堕落是失去了耐心。"这个耐心如何才能找回，唯有读书、思考，提升自己。我们的艺术家要耐得住寂寞，要将更大的心思和精力用于专业的锤炼和人文修养的提升，只有这样才有可能提高自己，才有可能创作出属于我们自己，也属于这个时代的精品力作。

［原载《书法杂志》（上海）2022 年第 1 期］

即便两块相同的冰 不融化也碰不到一起

——简析书法的"碑帖融合"问题

"碑帖融合"问题，是书法史上的一个重要问题，也是一个难点问题，它涉及什么是碑，什么是帖，什么是碑帖融合，关系到书法的创新，以及未来发展走向等。要探讨这个问题必须站在书法史、艺术史、文化史，甚至东西方文化对照的高度上才能捋清头绪，看清问题的实质。这里试作简要的梳理和论证。

清代"乾嘉学派"的一个副产品是书法碑学的兴起，碑学的兴起以阮元的《南北书派论》和《北碑南帖论》为标志，并诞生了一大批碑学书法家。一种事物的兴起一定有其根源，这个根源就是自魏晋以来以"二王"为代表的帖派书法，发展至明代晚期清代初叶逐渐式微不振，出现了书法从形式到精神上的衰落及遮蔽现象，书法要继续演变发展就必须打破这种遮蔽，于是碑学兴起。碑学兴起除文字狱、政治严酷、馆阁体盛行等社会因素外，还必须具备书法自身的条件如大量甲骨文的发现，三代青铜铭文、南北朝碑版的出土等等，诸多正反条件的产生和结合才促进了碑学的盛行。碑学的倡导者们始料未及的是，碑学的矫枉过正从尊帖走向了尊碑的另一个极端，正所谓："魏碑无不佳者，虽穷乡儿女造像，而骨血峻宕，拙厚中皆有异态，构字亦紧密非常。"（康有为语）然而，至清代晚期碑学家们已经意识到碑派的不足，特别是整个清代行草书的凋敝，更促使他们思考走"碑帖融合"之路。

若按照这一理路，书法的再一次全面振兴指日可待，然而，可惜的是经过短暂的思考与实践，近一个世纪的社会变迁中断了这一书学思想的深入和全面的实践，改变了书法固有的发展轨迹即"碑帖融合"之路，直到20世纪80年代书法才重新开始启蒙、恢复、普及和发展。然而，在这风云际会、动荡不安的百年里，虽然从主流的文化脉络里"碑帖融合"甚至书法被中断了，但作为书家个体的理论思考与艺术实践仍在不停地传承和发展着，成就了如吴昌硕、齐白石、黄宾虹、于右任、林散之等碑帖融合之书画大家。吴昌硕的书法根植

图1　［清末］吴昌硕《牡丹图》，浙江博物馆藏

于《石鼓》三代篆籀，使其书画与古人相比多了一种老气；齐白石的绘画得益于他的篆刻和书法，激活了传统文化中生生不息的"民间文

图2 ［清末］齐白石《篆刻白石》（朱文印），北京画院藏

化"精神；黄宾虹的书画多了一层碑学的厚重和金石的古质之气，特别是他的行书不仅弥补了清人的空白，更矫正了明代晚期以来帖学的孱弱不质之疾；于右任，以魏碑入帖形成了不同于古人的草书风格，成为一代草书大家；林散之，其草书是对汉隶、唐碑的研习和参悟，碑学的中锋涩行运用于草书的创作之中，赢得了"当代草圣"之美誉。这几位书画大家在艺术实践上所取得的伟大成就和历史贡献，当然与他们深厚的综合文化艺术修养有关，但金石之学对其书画的滋养也就是碑帖的融合，才形成了迥异于前人的书画形式和精神风貌。此外，除以上专业书画家外民国时期的一些文化学者如张伯英、梁启超、鲁迅等书法也深受"碑帖融合"思想的影响，达到了极高的水平。

我们知道，帖之长在使转的流畅、形式的流美、节奏的婉转，强调笔尖的使用，注重笔画的两端，在起收笔上多用圆笔，因此，过分强调这些特点将会流于文弱，缺少质感，导致明代晚期这一书法形式

走向式微；而碑之长，弥补帖学之不足，厚重、庄严、质朴，不仅使用笔尖，更强调整个笔毫的作用，特别是笔画中段的用力，在起收笔时多用方笔。方笔的使用和整个笔毫的用力，往往难以实现点画的使转顺畅和上下关系的牵丝映带，因此，行草书难以伸张，故笼罩着尊碑之学的整个清代几乎没有出现一个行草大家。因此，要发挥碑、帖之长，克服其不足，必须走"碑帖融合"之路。

那么，"碑帖融合"的意义在哪里呢？仅仅是创造出一种碑和帖以外新的书法形式吗？绝对不是，它关系到书法的演化、创新和未来走向等问题。四十年来的书法实践告诉我们，纯粹的帖学和碑学是无法再创历史的，只有"碑帖融合"才是书法未来发展的方向。而20世纪80年代传入我国的西方美学思想对我国传统文化带来了巨大的冲击，有一批人试图用这一思想对中国书法进行改造和创新，当然其意义是巨大的，也是值得尊敬的，但实践证明这是极为困难的。如对汉字的解构、变形、夸张，书写工具、材料的改变等创新，显然不符合数千年来书法演变的内在理路和中国艺术精神的发展路向，因为东西方两种不同的文化其核心精神相差巨大，甚至在诸多方面都是相反的。人类的文化历史发展告诉我们，文化的融合一定是在异质之间但又要有所契合的前提下才能相互融合，否则只能被代替和消亡。例如在中国古代历史上唯一一次真正的外来文化传入并产生融合的是佛教，佛教文化是在古印度半农业和半工商业的文明类型中生长出来的，它和完全农业文明的传统中国既有相近点也有相异之处，所以才有可能在中国扎根并和儒道等文化融合，直至唐代形成了完全中国化了的佛教——禅宗，否则很难生长、融合，只能夭折或零星地存在。另外，西方近现代文明是在古希腊工商业文明的催生下产生的，其本质是"哲科文化"，而中国传统文化始终是农业文明，其本质是"技艺文化",这两种有着本质差异的文化要找到融汇点,是极为困难、极为漫长的。可见,所谓书法的现代化的转型、探索在相当长的时间内难以有所成效是可以理解的,不过正是因为这点,"现代书法"的存在才值得我们的尊敬和宽容。为此,从历史、现实以及实践等多重视角来观照,"碑帖融合"才是真正符合书法基本规律的演变、创新。

然而,碑学所蕴含的深刻内容和意义绝不是以上所说的方、圆用笔和形式上的突破,它的真正意义在于碑学所具有的金石、古质、厚重、向内的精神气息,是在纸张发明之前自然书写载体如甲骨、钟鼎、摩崖、竹木等,通过吉金刻凿、烧铸后所呈现出的立体感,以及自然的腐蚀、沁透,褪去烟火的自然感,再加上岁月的汰洗、推移所带来的历史、沧桑感。特别是在书写的运动方向上帖派更多地着意于上下左右即平面的书写移动,而碑学则在此二维空间的书写中,自觉地往纸的里面渗透所呈现的三维立体感,以飞白、残缺、破断以及造虚,用笔的中锋涩行、水墨的渗化等,通过纸张和笔墨实现真正意义上的屋漏痕、折钗股,以及万岁枯藤、入木三分和力透纸背的美学理想,并在宣纸上以"写"的形式得到呈现,等等,这些才是碑学的真正内涵,可见碑学的内容之丰富,碑帖融合的难度和价值之大。还有更深刻的是,这些碑学思想与我国几千年来以儒释道为主要文化核心的精神相阐释、相表里,是对这种文化精神的艺术张扬和审美物化,因此才具有了无比的生命力和文化的深度,才具有真正意义上的创新价值。

虽然,"碑帖融合"在当今书坛已成为共识,但表现出肤浅的现状。通过以上对碑学内容的阐述我们知道,其形下和形上的内容极其博大深厚,它不只是对民间书法的汲取,对文字发展转型期的取法,也不是要追溯到文字之初的稚拙之态,更不是方笔的使用,它是对碑这个有着极为丰富文化、美学内涵的形式和精神的高度掌握、提炼,并与千年来帖的外在形式和内涵的高度结合。碑，绝不是形式上的丑，帖也不仅仅是形式上的美，"碑帖融合"是在碑帖形式与精神上的高度融合的结果。当代少有书法大家者，一方面是对帖和碑在技法层面上的传承远不如前人，因为，我们已经不具有传统毛笔书写的社会环境；更重要的是对碑、帖，特别是碑学的理解深度不够，就更遑论在更高层次上对形式与精神境界的参化和领悟，并得到笔墨的呈现。试想，即便两块相同的冰，不融化也碰不到一起，更何况是发展了几千年的碑与帖，并要在深厚、博大、复杂的这两个书法文化的体系下实现融合，走出"碑帖结合"的一条新路来，可见难度何其之大！

（原载《书法报》2020年10月22日）

评论需要证明

——以书画艺术为例

在一般的认知中，只有自然科学如物理学、生物学、化学、天文学等才需要证明，而社会科学如政治学、心理学、社会学、教育学等不需要证明，如果是关于艺术的评论似乎离证明就更远了。其实不然，文艺评论不是艺术创作，它是一个理性的思辨过程，理性就需要证明。可以这么说：当代文艺评论之所以没有起到更大的作用、在创作界不受重视、成就不著，虽然原因是多方面的，但缺少学理性的专业证明是其最重要的原因之一。

当代文艺评论感性的语言太多、感悟式的文章太多，说理的成分太少，分析判断的能力太弱，总之就是缺少理性的思辨能力、证明能力。文艺评论是理性的过程，"理"是一种抽象的思维模式，一种逻辑系统，而逻辑系统是需要证明的。那么，没有证明会出现怎样的情况呢？

一、缺少证明，评论就失去专业界限

文艺评论的证明是需要有很深厚的、系统的专业知识，没有这方面的专业知识是证明不了你提出的任何观点的，即便你的其他知识再丰富、思辨能力再强也只是雾里看花，说不到痛处。例如，评论一件

书画作品讲很多作者的人品啊、修养啊、善良啊等都没有什么用,讲什么崇高啊、散淡啊、优雅啊、经典啊等也是无济于事;关键是说他的作品好,好在哪里,不好,不好在什么地方,你怎么证明给我们看。如果说他书画作品的线条好,你就要证明他的线条是写出来的,还是画出来的,他的取法、来源是哪里,是帖的线条还是碑的线条抑或是碑帖结合的线条,线条的质量高不高,高在什么地方等等,这些都是可以说清楚的,也就是说可以证明的。否则说得再多,终究是个外行。

图3 [清末]吴昌硕《华角鱼中联》(大篆),浙江博物馆藏

二、缺少证明,评论就失去了力量

文艺评论如果缺少说理或者缺少证明就难以让读者、作者信服,因为你不是从专业的角度去评说的,不能提出专业的肯定和批评。那如何能让作者在你的评论中得到真正的鼓励,在你的评论中得到有益的提高,你的评论如何产生力量?这就需要说理和证明。我们再拿书画线条为例,说作品线条如何的好还是不好,首先要知道好的线条是什么样子的,如果没有相当的研究是无法说清楚的。好的线条是

活的、有生命的，是丰富的、千变万化的，是有力度的、力能扛鼎的，如果再能说出这样的线条是如何写出的，那就更有说服力。同时还可以用历史上高超的线条进行对比，证明你的观点的正确性，这样你的评论就有了力量。

图4　[清末]齐白石《葫芦图》，北京文物公司藏

三、缺少证明，评论就失去了依据

如果缺少证明，你所提出的任何感性的认知、结论都浮于表面，没有足够的依据，使人难以信服。例如说一件书画作品具有某种风格如书卷气，那么不能仅仅说过就算了，你需要证明给我看。因为书卷气这种审美风格是由诸种因素构成的，其中最重要的因素是笔墨。我们再拿书画的线条为例。书卷气的线条一定是笔墨浓淡有度，呈现出圆润、典雅的内敛之气，这个风格往往不是以技巧取胜而是以内涵、气息、趣味、境界打动欣赏者，如果再联系到人，那么他如果是一位诗书画印均有所涉猎、饱读诗书的学人，那证明就更容易了。

四、缺少证明，评论就没有分析能力

评论是一种理性的思维过程，一切理性的思辨只有证明才有价值和意义。艺术作品是时代的产物，没有证明你就无法将其放在一个时代中去比较，放在一个时代的文化中去研究，最终通过时代与作者的关系落实到作品的具体笔墨之中。我们再拿书画艺术的线条为例。笔墨当随时代，每个人的艺术创作都离不开时代文化的影响，是时代的反射、折射或映射，如元代倪瓒的绘画，其线条的枯、涩、淡、净是其出世心态，是成就其孤冷艺术风格的重要基础；宋代黄庭坚大草的线质之所以与唐代大草有所不同，是受到金石之学在宋代兴起的影响。所以从时代、文化、艺术、书画、线条的层层推演中，才能展现其逻辑思辨的力量。

通过以上四点反证，我们得出以下的结论：其一，文艺评论首先要具备你所评论对象的专业知识，没有深厚的专业知识你说得越多离主题越远。其二，要有实践能力。因为中国书画艺术是一套经验系统，书画理论也是来自"经验的总结",与西方艺术理论来自"理念"有很大的区别。其三,还要具备广博的知识储备,知识的宏富才能作类比研究、才能把道理说透。然而,最为重要的是,在评论中务必要对您提出的某个观点,不管是宏观的还是微观的展开理性证明,否则,你的评论只能是隔靴搔痒,评不到要处。

(原载《中国书画报》2019年11月13日;《繁荣·文化周刊》2020年4月5日)

谈谈书画活动中的首届现象

今年是中华人民共和国成立70周年，70年来我国的书画艺术取得了巨大的发展，出现了历史上少有的繁荣发展景象，特别是改革开放40年来不管从创作、理论，还是教育等诸方面都取得了世人瞩目的成就。然而，书画艺术界有数量缺质量、有高原缺高峰的问题依然存在，出现这种现象的原因应该是多方面的，但从书画界举办的各种活动来看，其中的"首届现象"似乎为我们找到了一些信息，如果认真研究也能带给我们很大的启发。

所谓"首届"是指第一次、第一期，通常指某次活动举办的第一次、第一期等。我们打开百度搜索一下可以发现与首届相关的结果约为2800万个，其中，与书画有关的就有近120万个。这是一个惊人的数字，也就是说改革开放40年来每年举办以首届命名的书画活动就约有3万，如果按照互联网逐步发展的历史来看，这个绝对数字还远远不止。更何况有的活动不是以首届命名，如第一届、第一期、首次等，其实质就是首届。

显然，首届现象的出现，反映出我国改革开放以来在百废待兴的历史现实中的实际发展现状，也表现出打破传统的束缚，锐意进取、敢为天下先的观念和行动。可以说，在首届的各种书画活动中书画艺术不断地走向繁荣发展，不断取得巨大的成就，首届现象是典型的在改革开放初期所提出的"摸着石头过河"的探索精神的具体实践。改革开放之始，面对传统断层后的续接，需要首届；面对西方美学思潮的影响，需要首届；几千年的书画艺术传统在与强大的西方文明碰撞下的探索，也需要首届。这些用首届命名举办的活动，是符合当时的发展实际的，也反映了改革开放40年来波澜壮阔的伟大改革和实践的现实。

然而，40年过去了，书画的发展现状已经不比从前，而以首届命名的活动依然频繁，这就令人思考、令人不解了。这反映出一种心态，一种游离、一种不稳定的社会心理。如果说，在改革开放初期我们需要这种探索精神的话，这么多年过去了，我们应该成熟起来，应该跳出概念的束缚，更注意内容而不是做表面的文章。对首届现象的热衷至少反映出三个方面的问题：一是浮躁。往往刻意追求首届现象多为求新求异心理在作祟，总想标新立异，在名称表象上做文章，而没有实质的新内容。二是短视。刻意追求首届现象，大多只是有了首届而不见下届，或者说根本就没有打算举办下一届，只要能够吸引眼球，达到引起社会关注就算达到目的。三是缺乏耐心。首届现象的出现，是一种急功近利的表现，总想一次就能达到什么样的效果，总想否定前面而另起炉灶，其内容大同小异，因为是首届而会给人以独创、创新的感觉，前人的成果可以不顾也不再采用而肯定，前面的经验也不再吸收，不然就达不到给人以独创、创新和首创的效果。

综观以上首届现象的利弊我们认识到，在改革开放之初，书画艺术在起步、发展的初级阶段，首届现象的出现是一种正常现象，也是必要的过程，是符合普及、发展和提升的文化艺术发展规律的时代特征。然而，40多年过去了，书画艺术的发展已经到了一个新的历史阶段，而书画界还热衷于"首届"，那就是一种肤浅、不成熟的表现。我们应该成长起来，应该深刻起来，我们更应该在活动的内容、思想、批评体系上创新、提高和构建，而不能老在题目上做文章。要知道，我们所提倡的工匠精神，是时间、技术、精神积累的过程；知名品牌，是长期打磨、不断地总结经验的文化积淀，而不是一次性的、表面的文章，更不能经常地改弦易辙。要想在书画艺术上取得真正的发展，一定要跳出首届现象，遵循艺术的发展规律，在高原的基础上，创造一个相对稳定的创作环境、成熟的理论基础和科学的评判体系。否则，我们的书画艺术界永远在散漫的状态下各自为政、难以形成核心，这也很难出现书画艺术高峰。因此，我们的组织者要将精力多用在已有的活动项目中，少一点首届活动，多一点精心打磨的工匠精神，只有这样，我们才能创作出无愧于新时代的优秀作品，锻造出书画艺术的发展高峰。

（原载《美术报》2019年4月3日）

流进长江 通向大海

——试论"长三角"书法与守正创新的关系及其价值和意义

回顾"长三角"地区书法发展历史以及近 40 年来我国书法发展历程，不仅印证了"长三角"地区书法发展的辉煌历史，而且还揭示了书法继承创新的内在规律，以及"长三角"地区的书法所具有的历史价值和现实意义。

书法至魏晋开始自觉，使文字在作为交流符号之外多了一种审美功能，特别是东晋以"二王"为代表的帖派书法，成为我国 1500 余年来书法发展历史的正脉，创造了无数艺术珍品，产生了众多艺术大家。这一脉书法以中原地区书法文化为根脉，以江南地域气候为条件，以传统文化精神为内核，形成了具有独特审美价值的书法风格，为书法的发展和创新做出了独特的贡献。更为重要的是这一地域书风与守正创新思想极为吻合，特别是近 40 年来的书法发展实践证明，在各种艺术思潮、创作形式、探索思想纷纷登台试验之后，在理性回归的反思中我们充分认识到"长三角"地区的帖派书法，是与"晋室南迁"之后中原书法的融合和拓展的结果，是黄河文化与长江文化相融合的结果，是中国文化精神滋养的结果，虽然这一书法形式发展至明代晚期逐步式微，但至晚清民国时期再次与碑学融合，走向了碑帖结合之路，为书法的发展开辟了新的广阔空间，正犹如长江乃万溪千河汇聚而成，其目标是通向大海，走向广阔的未来。

一、"长三角"概念及其书法的形成

（一）"长三角"概念

"长三角"全称长江三角洲城市群，是"一带一路"与长江经济带的重要交汇地带，在我国现代化建设大局和开放格局中具有举足轻重的战略地位，也是我国经济文化发展最好的地区之一。"长三角"，以上海为中心，位于长江入海之前的冲积平原，辖苏浙皖沪三省一市全部区域，共26个市，1.5亿人口，占地面积22.5万平方千米。2019年5月，中共中央政治局审议了《长江三角洲区域一体化发展规划纲要》，从此，"长三角"地区合作全面展开，截至去年年底江苏省文联12个艺术门类都各自成立了本门类的"长三角"发展联盟。2019年9月10日，苏浙皖沪三省一市"长三角"书法发展联盟在上海成立，这不仅为"长三角"地区文化发展带来了前所未有的机遇，也为"长三角"地区的书法发展，以及如何撬动我国书法整体的发展带来了新的思考和新的探索。

（二）"长三角"书法的形成

要讨论"长三角"书法的形成必须从两个维度上来考察，一个是地理气候，一个是历史文化背景。从文化发生学来看，中华文明的发生有赖于两条河流即黄河和长江，但文明的发端有其先后，早期文明的源头是所谓的"两黄文化"即黄河和黄土，主要在黄河中游的中原地区，黄土和黄河是缔造华夏灿烂"农业文明"的源头，这种农耕文明的文化形态一直保持到1840年鸦片战争之前。长江文明的真正兴盛源于历史上三次大动乱即永嘉之乱、安史之乱、靖康之难后大量的北人南迁，其中影响最大、意义最深的是西晋末年"永嘉之乱"，之后公元317年司马睿在建康（今南京）称帝，史称东晋。随着"晋室南迁"，大批西晋士人涌向南方的长江流域，其人数之众、规模之大在历史上是非常罕见的。据谭其骧研究："若即以侨州、郡、县之户口数当南渡人口之约数，则截至宋世止，南渡人口约共有九十万。"[1]在随迁的人流中就有影响了整个中国书法历史的帖派书法"二王"家族，据记载王羲之就在其列，时年8岁左右。这批书家随司马睿南迁，分布在现在的江苏、浙江和安徽等南方地区。这些南渡的士人不仅带来了黄河流域先进的科技文化，还与长江固有文化相融合，产生了新的独特的长江文化，并孕育了延续1500余年的帖派书法，直至清代之前一直占据中国书法历史的主流地位。

这里，不妨简要地回顾一下"长三角"地区在东晋之后，各个历史时期书法代表人物。

东晋南北朝时期，就书家而言北方几乎没有留下书家的名字，北朝碑刻大多是在清代碑学兴起后才被重视并流行开来。而东晋南朝就完全是另外一种情形了，其书家不但留名而且群星璀璨、熠熠生辉。东晋除王氏一门之外，还有谢安、谢灵运一族，桓温、桓玄一族，以及宋齐梁陈的萧思话、范晔、虞和、王僧虔、萧子云、陶弘景、徐僧权、庾肩吾、释智永等。到了隋唐，中国归于统一，虽然政治中心北移，但"长三角"乃为书法的中心之一。拿唐代最高成就楷书和草书为例，"初唐四家"中有两家为浙江人，虞世南是古越州余姚（今浙江余姚）人，褚遂良为古钱塘（今浙江杭州）人；唐代最著名的楷书大家颜真卿虽称古京兆万年（今陕西西安）人，但祖籍琅邪（今山东临

---

[1] 谭其骧：《晋永嘉丧乱后之民族迁徙》，《长水集》，北京：人民出版社1987年，第219页。

沂），据史料记载其曾祖颜含也曾随司马睿南迁，颜真卿墓也在江苏句容虎儿山，江苏还存有不少颜真卿的书法字迹。除楷书之外，唐代的草书也是书法史上的一座高峰，造就了众多无法逾越的书法大家，其中孙过庭为浙江富阳人，贺知章为浙江萧山人，张旭为江苏苏州人等。另外行书有陆柬之为江苏苏州人，李邕为江苏扬州人等。两宋时期书法达到了空前的繁荣，林逋、杜衍为浙江人，范仲淹、苏舜钦为苏州人，徐铉、徐锴两兄弟为江苏扬州人。"宋四家"中米芾虽出生湖北襄阳但先后居住江苏镇江达40年之久，并归葬于镇江丹徒五洲山。南宋建立后，因都城在今天的浙江杭州，所以书法的中心再次南移，吴说、陆游、范成大、吴琚、张即之、张孝祥等当时的书法名家均为现在的"长三角"地区人氏。

到了明清，随着江南社会经济的快速发展，特别是明代朱元璋在南京建都，我国的政治文化中心再次南移，书法在这个时期得到了长足的发展，以"二王"为代表的帖学到明代发展至鼎盛，"长三角"地区也是人才辈出、大家林立。明代书法的先驱宋克现为江苏苏州人，此后出现了以文徵明、祝枝山为代表的"吴门书派"和以董其昌为代表的"华亭书派"，这两大书派是生活在今天的苏州和上海的书家群所形成地域书风流派，代表了明代书法的最高成就。清代书法最可圈可点者为碑学的兴起，虽然是书法大树上有别于帖派的一枝新花，与帖派相左，但"长三角"地区的书家也是群星璀璨、人物众多，有朱耷、姜宸英、陈奕禧、汪士鋐、沈荃；还有以碑派书法名世的郑簠、朱彝尊、邓石如、钱坫、包世臣、赵之谦、吴昌硕、杨沂孙、翁同龢，更有扬州八怪领时尚之先，影响巨大。

清代不仅是中国书法发展集大成之期，也是转折期，更是创新期。碑学的兴盛不仅开辟了帖派之外的书法世界，而且为书法在艺术审美上的提高开出了新路、提供了重要的形式依据。然而，在200余年尊碑之风的笼罩下，清代晚期的碑学家们很快地意识到碑学的不足，特别是在行草书上的成就几成空白，所以开始探索走碑帖结合之路，为书法的再一次腾飞做好了充分的准备。随着民国在南京建都，书法的重镇再次回到以南京为中心的"长三角地区"，为长三角辉煌的书法历史画上了完美的句号。

二、"守正创新"思想与"长三角"书法的关系

百年来，书法虽然在各种社会动荡和历史沉浮中主流发展脉络被不断打破，但是，作为艺术自身的发展规律仍然在不断地演变。艺术的演变一方面受到外力的影响，一方面也有其自身的"规定性"，就是形成、发展、封闭和打破封闭的规律，因此，清代晚期的碑帖结合就是这种"规定性"的体现。即帖学在明代晚期的封闭、衰弱，使碑学开始兴起，又因碑学的自我局限性逼迫书法走碑帖结合之路。在这百年的碑帖结合中出现了如吴昌硕、黄宾虹、齐白石、于右任、林散之等碑帖结合大家。20世纪80年代书法开始复苏、启蒙、普及和提高，在短短的40年里我们不仅将几千年书法史几乎重新演绎了一遍，而且还从未有过地受到西方思想的强烈冲击，书坛进行了可贵的探索性的试验。然而实践告诉我们：欧风美雨式的改造是没有出路的，即便纯粹的碑和帖也创造不了新的历史，只有碑帖结合才是书法发展创新的正路。所谓的碑帖结合，就是魏晋以来以"二王"为代表的帖学与清代倡导的碑学相结合，在形式和精神上相互融合，创作出一种既有碑学内涵又有帖学形式的书法样式，推动书法向新的领域和高度不断提升攀登，这种创新其本质特征就是正本清源、守正创新的思想。

守正创新，源于中国的传统典籍，儒家、道家和释家都有所表达，

其中老子《道德经》第57章"以正治国、以奇用兵",在字面上最为直接。所谓守正就是要守正道、大道,守住被实践证明的对的、正确的。在政治上所谓守正表现为坚定中国特色社会主义制度自信,这是因为我们党领导人民创造了世所罕见的经济发展奇迹和社会长期稳定奇迹,足以说明中国特色社会主义制度的正确性,这也是我们守正的根本依据。创新就是还要发展和完善中国特色社会主义制度,是对守正的改革与突破,守正是创新的基础和前提,创新是守正的推进和发展。同样,对于书法艺术而言,守正是要守住在几千年传统文化孕育下创造出的,被历史和人民认可的优秀书法传统,特别是东晋以来的帖学书法传统是书法成为艺术的重要形式,这一书法正脉的主要发源地为"长三角"地区。从近40年来的当代书法发展和探索可以清楚地看到,以西方思想改造、创新中国书法难以被业内和大众认可,要么流于浅薄要么走向怪诞,都不是守正更不是真正的创新,如在形式上、材料上、色彩上、观念上、视觉冲击上等都没有触摸到书法的灵魂。只有守住几千年来的书法传统,只有将金石碑学的元素和思想融入帖学传统,才能走出一条既有传统根脉又有新的思想,并借助于现代展示形式,将古老书法推向未来的艺术大道。

三、"长三角"书法的价值和意义

以上我们阐述了"长三角"书法所创造的历史以及与守正创新思想的关系,那么,"长三角"地区的书法具有什么样的价值,又能为书法创新发展带来什么样的意义?下面我们就来谈谈这两个方面的问题。

首先我们来谈它的价值。要弄清它的价值从三个方面入手,一是产生这种书法的地域条件,二是产生这种书法的气候条件,三是产生这种书法的人文背景。我们知道不管是一种文化还是一种艺术的产生一定是和它的地理条件相吻合的，一定的地理环境催生出与之相匹配的文化和艺术。从中国文化的起源来看，最早的中国概念和现在的中国有着很大的差别，最早中国其实就是中原的代名词，中原地区的黄河流域是中华文化孕育之地，发达的农耕文明得益于黄河和黄土，源源不断的黄河之水与随之而下的细腻松软的黄土，为农作物生长带来了有利的条件，因此农业文明首先在这块土地上产生。由此观之，农业文明的源头一定不适合长江流域，因为自然条件过于优越，受早期落后工具的限制，难以在江南地区得到良好的耕种。正如，英国著名历史学家汤因比所说的：文明一定是在气候条件不是最好也不是最差的地域发端。事实也证明长江以南地区直至春秋时期还属荆蛮之地，人们还处于断发文身的时期，《史记》《汉书》都有记载。《史记·吴太伯世家》曰：太伯、仲雍二人乃奔荆蛮，文身断发，示不可用。[1]《左传·哀公七年》说：仲雍在吴，断发文身，裸以为饰。冯至在《伍子胥·九》言：在吴越的边界上还有许多野人，他们是断发文身。[2]然而，魏晋之后，随着西晋士人的大量南迁，中原先进文化的输入，特别是随着先进生产工具的使用和生产力的提高，加上南方温润适宜的气候条件，加快了农业生产的发展，也为文化艺术的发展奠定了重要的物质基础。因此，东晋之后长江流域不仅是我国的粮仓——"长三角"地区有常熟、太仓之名——更是文化艺术发展的重镇，也是以"二王"为代表的帖派书法的主要诞生、发展、辉煌之地，并在相对稳定的社会环境下，特别是在以儒释道为主流的文化形态下，这种艺术形式被历代的文人从形式到精神上打磨到了一个极为成熟、极为精致的境界。

然而文化艺术的演变是有遮蔽性的，书法也是如此。帖派书法在

---

[1] 左丘明：《春秋左传注疏》，《景印文渊阁四库全书 第144册》，[清]纪昀、永瑢，台北：台湾商务印书馆，2008年，第613页。
[2] 冯至：《伍子胥》，上海：文化生活出版社，1946年，第99页。

其早期就蕴含着明显的北人之"古",到了东晋,以王羲之为代表的书家最大的贡献在于完成了"古质"而"今妍"的转换,是将北方带来的篆隶之迹逐渐褪去,转变为便于手札的流畅之帖学,实现了儒家"文质彬彬"的文化理想。然而,这种书法形态到了明代晚期"质"的内核基本消失,被"文"完全取代,失去了晋人书法文、质两兼的艺术特质,因此,碑学的兴起就是对这种古远"质"的追问和检拾,并融入更多的清"乾嘉学派"中金石的元素,这一历史的重大发生和转变,"长三角"地区的书法扮演了重要角色,并使"长三角"地区成为其思想的重要发源地之一。

下面我们谈谈"长三角"书法的意义。这里的意义主要是讲守正创新中的创新意义。书法的创新是近40年来书法界谈论得最多的话题之一,也是一个绕不开的议题。40年的书法发展历史几乎是一块创新的试验田,各种现象粉墨登场,又淡出书坛,什么新古典主义、流行书风、广西现象、文人书法、新帖学书法,受到日本书法影响的少字派书法、画书、墨象派书法,受到西方后现代思想影响的水墨书法、解构主义、意象派书法等探索性书法层出不穷。然而实践证明,没有传统书法之根的书法一定不能走得更远,因此,在归于理性,重新检视自己,思考书法的过去、现在和未来之后,当前的书坛清楚地认识到,在守住几千年书法的传统精华的基础上,以帖学为基本形态,融入碑学的诸多元素和思想,借助现代书法装饰和展示平台,才是书法创新的正途。这一守正创新的思想理路,正是"长三角"地区的书法历史和现状的意义所在。

经过40年的改革开放,我们的学术视野更加开阔,与前辈学人相比我们得到的信息量更大、提高思考力的条件更强,特别是在东西方文化的高度上审视我们的传统文化和书法条件更好、更高,从中更能理清思路、辨明方向。我们之所以提出"守正创新"的思想，其主要原因是看清了传统的中国艺术，特别是最能代表中国文化精神的书法，几乎是在独特的文化背景下产生的，它没有参照系。我们的文化是在数千年非常稳定、非常独立的历史状态中逐步形成和发展的，和西方的文化精神相差非常巨大，甚至在诸多方面是相反的。如我们是在一个相对封闭的大陆地理气候环境中形成发展，而近现代西方文明来源于开放的古希腊半岛文化；我们的文化在1840年前始终是一个农业文明，而西方文明在古希腊时期就是半工商业文明；我们的文化是在宗族血亲的集体意识下形成的，而西方是在契约宗教的个人主义意识下演化而来的；我们是一种以写意为核心的艺术精神，而西方始终以写实为其艺术的精神追求。因此，各自的文化艺术一定是在各自的文化背景下产生发展，所以处处表现出格格不入，甚至相反的精神指向就不足为奇了。近几十年来有人试图用西方的艺术思想和创作方法改造我们的艺术、改造我们的书法，很难被大众和艺术界普遍认可，其原因就在于此。当然，这种创新思想和探索精神是值得尊敬和肯定的，我们对此要有允许其存在甚至鼓励其探索的胸襟。

由此我们可以看到，中国文化的基本精神正与"二王"以来帖派书法的艺术精神相吻合，形式的精湛和丰富表现出这门艺术的高超难度和高度成熟；线条的蕴藉是内敛文化的表现，结体的精致和温润是经济社会发展，人们生活富裕悠闲的追求。特别是追求的典雅、超迈、书卷之气更是文人艺术取向的最高代表……这些都是"长三角"地区优秀独特的物候自然条件所带来的经济文化昌盛的结果，也是书法成为最典型的东方艺术的基础，也是其成为书法主流形态以及未来创新发展基础的意义所在。

通过以上的论述我们可以看到，帖派书法的产生主要依赖于"晋室南迁"所带来的书法文化与当地本土文化的结合，特别是地理气候条件的优越适合农耕生产促使经济的繁荣，同时也带来了书法艺术的快速发展，而"长三角"地区的书法是这种帖派书法的重要代表。书法要守正创新，要走向未来再创历史，必须以此为主干，融入碑学思想和现代意识。几千年的书法史是一部丰富而复杂的历史，它的源头是多元汇聚的，它的精神是博大而深厚的，它的思想是深邃而独特的。它正如一条河流，要想成为主流的一部分就必须流进长江，只有流进长江才有可能通向大海、走向未来。文化艺术的发展也是如此。

（原载《2020长三角书法发展联盟论坛论文集》）

新时代，我们如何有所作为

——以书画艺术为例

当我们从工商业文明，快速迈向信息化文明的新时期，面对传统的书画艺术我们如何有所新的思考、新的作为，是摆在我们每一个书画家面前的新课题。新时代有诸多的标志，其中最典型的特征——"信息"，相对于传统而言，发生了前所未有的改变。所以，在这百年未遇之大变局的今天，我们如何面对这一巨大的变化、如何作出我们的思考、如何有所作为，是需要我们回答的新课题。特别是海量信息的获得，使我们有可能站在更为宏大、更为丰富的平台和视角观照东西方文化，探究传统的中国书画艺术的现代性。当然，有些问题在短时间内无法作出回答和判断，更不是我这篇短短的文章所能解决的。但是，问题的提出其本身就有价值，如果在这些海量信息中能抽绎出一些具有价值的思想，引发我们的思考，那就有了更大的意义，具有了思想的引领性。

下面，我以书画艺术为例从四个方面谈谈我的看法。

一、海量信息，信息化时代最重要的标志

我们来到了一个新的时代，一个以信息化为标志的时代，这个时

代的最大特点是获取信息的快速和易于获得海量的信息，这一重大变化对人类产生了前所未有的影响，主要表现在以下五个方面：

一是思维方式的改变，二是获取知识方法的改变，三是对知识认识的改变，四是对人才价值观的改变，五是"地球村"成为了可能。

思维方式的改变是根本性的改变，也是决定性的改变，更是促使我们思考的思想性的改变。由于信息量的剧增和获得信息的便捷，使我们观察事物的角度发生了根本性的变化，由传统单一的、线性的变为立体的、多向度的，由局部的、区域性的转变为整体的、统一的，使我们认识事物更加全面而多元。此外，在对待事物的方式和方法上也有了根本性的改变，几千年传统的手工、人力的方式被电子、自动化手段代替，改变了时间和空间的概念，颠覆了我们对世界的认知。由于电子计算机和网络的普及，过去难以获得的知识和拥有知识的容量变得越来越方便、越来越巨大，对知识的定义和概念也发生了变化。与此同时对人才的价值观也开始转变，对于我们一个史学大国"层累式"知识积累，在信息化时代里被机器代替，以往"记忆型"的一类人才不再特别受到重视，个人或多人完成的事被机器取代，强大的电脑检索功能，更是完成了以往人类短时期无法完成的工作。例如我参与故宫博物院编写的《米芾书法全集》，共33卷本，《王羲之王献之书法全集》，共18卷本，其中我负责的全部释文，如果不是借助于电脑和网络技术，在几年时间里能够完成是很难的。由于卫星和网络技术的高度发达，距离、时间、空间等概念发生了现代性的转变，以往以区域作为人际交往的范围被打破，以文化作为阻隔的历史被广泛交流代替，以信息作为不对称的优势被消解。因此，地球不再是传统的被分割成若干的局部、封闭的个体，而成为了一个统一的整体，实现了真正的"地球村"的局面。

由此看来，信息化社会从根本上改变了我们的生存方式，人类正进入了一个前所未有的信息化时代。虽然，"信息的丰富"还处在形而下的知识量的积累阶段，因为新的文化、艺术的产生需要形而上的质的思想的思考和引领。但是，前所未有的巨大信息给我们带来了质的转变的机遇和可能，我们必须抓住这个机遇和挑战才能有所作为。

二、信息，只有产生思想才更有价值

以计算机和网络技术为支撑的信息化时代给我们带来的主要是工具上的先进、海量信息的容易获得以及生活方式的改变，然而，推动社会进步的不是信息的多少而是新思想的产生。黑格尔说：博学，绝不是真理。赫拉克利特也曾说过：博学并不能使人有智慧，智慧就在于说出真理。康德也说：智慧就是能在无数的问题之中，选择出对人类至关重要的问题。我想这里的"至关重要的问题"就是思想、智慧、真理。在科学方面，牛顿的万有引力、爱因斯坦的狭义相对论学术的构建都是在二十几岁完成的，如果从信息量来看当时的他们肯定没有他们的老师、教授、前辈来得多，来得丰富；为什么他们能够建立如此伟大的理论，是因为他们具有独特思想的引领。正如爱因斯坦所言：我们在提出问题的思路上不能解决问题。他还说，如果人类是爬在皮球上的甲壳虫，那么我只是稍稍离开皮球的甲壳虫而已。可见，单独的知识并不能产生力量，只有独特的思想才是推动科学发展的动力。在科学方面是如此，在艺术上也是这样，苏东坡的自然观的书论，黄庭坚的崇古思想，米芾的集古字，以及中国写意绘画的三座高峰赵孟頫、董其昌和黄宾虹绘画的成就与其书画的思想引领息息相关。赵孟頫以书入画，奠定了文人写意画的基础。董其昌"南北宗论"对禅学的引入，是其书画开宗立派的思想引领。特别是黄宾虹"刀法决定笔法"的深刻思想，为其金石入画、入书提供了思想理论依据，等等，这些是他们走向艺术高峰的重要思想源泉。中国的艺术家如此，西方的画家也是一样，就拿后印象派大师塞尚为例，虽然他不是理论家甚至不承认理论对绘画的作用，但是塞尚独特的绘画思想在实践中的运用开创了新的绘画流派，他用"印象"的手法画出"古典"的效果，是其引入"时间"概念的维度创作而成，并成为后印象派绘画的先驱。人类的发展史告诉我们，特别是近现代以来的思想史证明：思想的领先是任何新文化产生的基础和前提。

令人惊讶的是，在中外的文化史上始终有一脉思想与"进步"恰恰相反，不仅强调知识的遮蔽性，而且要警惕知识的增长甚至提出"绝圣弃智"即去知识的思想，这种思想不仅贯穿于道家，儒、释两家也不例外，这种思想深深地推动了中国书画艺术向纵深发展。中唐之前中国画以"丹青"之称，强调色彩的重要，宋明之后中国书画受禅宗的影响出现了水墨文人画，淡去外在颜色、技巧的羁绊，追求"心象"，挖掘内心深沉的世界，将生命、笔墨与宇宙融为一体；绘画之外，书法也是如此，从宋代写意书风到明代董其昌的书法直至弘一法师晚年的书法，都是受到禅宗思想的影响，才有了书法风格的突变。在西方思想家中，如柏拉图的《理想国》、卢梭的《社会契约论》以及伏尔泰的文章中都有往后走，对信息不断增长的"进步思想"的反动，可见，社会的进步和信息的不断增长和丰富带来的并不一定都是正面的，唯有智慧才是人类进步的源泉。

中国的传统书画艺术是在 5000 年农耕文化下产生的，英国历史哲学家汤因比说，人类至少有过 600 多种文明，这些文明大多经历过采猎阶段和农业文明阶段，其他的文明古国都没能延续下来，甚至连人种都被置换了，只有中国的文明一脉相承，直到 1840 年之前都保留了农耕文化的文化类型。从文化的分类学来看，西方经历了神学阶段、古希腊的狭义哲学阶段和文艺复兴之后的科学阶段，而中国的文化既没有神的信仰，也没有古希腊狭义哲学的思想体系，更没有近现代的科学阶段，我们是从一个"前神学阶段"的农业文明直接进入了工商业时代，从而将迅速地步入信息化时代，很快就要进入人工智能或生物时代。中国传统的书画艺术是农业文明发展的产物，其精神和形式如何适应新的时代，需要我们在思想领域有所思考、有所建树、有所引领，这是摆在我们每一个文艺工作者面前的重要课题。

三、书画，在东西方文化的高度上观照

信息化时代对海量信息获取的方便，让我们有条件有可能站在更高的文化层面上、更立体的视角下、更多的维度空间里看待我们的文化和艺术。我们能不能在东西方文化的高度和深度上捋清人类文化发展的脉络，在深刻了解传统文化的基础上，运用信息化的便利和最前沿的如人类学、生物学以及地理气候学等诸多学科，在看似没有关联的学科上，以交叉研究的方法，从存在的最底层去发掘、探究与文化艺术的关系，甄别共性和个性的差异，如西方"两希文化"与中国"两黄文化"之间的差异，所形成的文化艺术的不同，在信息时代如何地交汇和融合等。

西方近现代文明的源头有两个，一个是以《圣经》为代表的古希伯莱文化，另一个是以欧几里得《几何原本》为代表的古希腊文化。"据统计，在有了印刷术之后，欧洲印刷量最大的著作，第一是《圣经》，第二就是《原本》。这个排名也是实至名归，反映了现代欧洲文明是两希文明的融合，《原本》和《圣经》正是两希文明的两大经典。"[1]

---

[1] 吴国盛：《什么是科学》，广州：广东人民出版社，2016年，第68页。

阿拉伯人对古希腊、古罗马一脉文化近进行了200年的翻译运动，再由阿拉伯文翻译成英文等欧洲文字，促进了文艺复兴运动的发生，使其后来的欧洲文化包括艺术、建筑等均建立在对这脉文化的复兴之上，其中西方的美术从根本上体现了科学精神，如西方绘画中的人体，以解剖学为基础，光影、色彩来自物理学，比例、体和面运用数学的原理等等。可以说，西方传统的写实主义绘画是以欧几里得《几何原本》中的点、线、面为逻辑基点，用这种纯数学的在实际中不存在的点、线、面，描绘出写实绘画中的真实世界。再看看我们的文化，其源头是"两黄文化"即黄土与黄河，在天赐的黄土和黄河自然条件下产生了发达的农业文明，这种文化一直延续到近代鸦片战争之前。我们的绘画是在象形文字符号即后来演化成的书法的基础上，用实际存在的书法的点、线和面，以平面二维的展示形式营造出一个不存在的理想的中国写意绘画的精神境界。

由此观之，西方的文明以哲科体系见长，产生了现代科学文明，而我们的文明以直觉经验为长，发展出领先世界几千年的技术和璀璨夺目的艺术，其中书画艺术就是佼佼者，在世界艺术之林中独树一帜。它不是依靠外界形式的增加、丰富来表达思想、感情，特别是宋元之后，中国写意绘画与中国书法一样追求"不著一字尽得风流"的禅学精神，注重笔墨的表达，用程式化的符合，借助尽可能简要的形式语言，试图写到笔墨的里面去，撕开时间之皮，表达一种花不开、水不流的"无"的艺术世界，直接与心灵的世界相连接，表达一种生命的终极关怀，将书画艺术推向了一个高妙的境界。

四、新思想，是创造艺术新时代的基础

通过以上的论述我们可以发现，科技的迅猛发展让我们有可能实

现全球的一体化，有条件站在东西方文化的高度上厘清东西方文化的差异，这种差异就是哲科体系和技艺文化的交融和碰撞。这就逼迫我们作出这样的回答：两种文明能不能融合、能不能协调，有没有必要融合和协调。在哲学和科学上，经过百年来的思考和探究，我们已经越来越认识到东西方具有"两极"的文化特点。这里所谓的"两极"就是近代文明发轫于西方"狭义哲学"所产生的科学，而我们只具有广义哲学的思想体系，这种体系为技术和艺术的发达提供了思想基础。当然，我们并不感到惊讶和遗憾，因为世界几百种文明唯有古希腊这脉文明产生了狭义哲学，正如爱因斯坦所言：近代文明为什么只在古希腊这脉文化中产生，才是令人奇怪和惊奇的。所以，我们的文化缺少现代狭义哲学产生的科学精神，这是事实，以直觉和经验推动了技术和艺术的高度发达，是"诗意生活"的文化基础。科学带来人类的进步和生活条件的改善是毋庸置疑的，但同时也带来了无数的灾难和不可逆转的毁灭也是不争的事实。

什么样的文化产生什么样的艺术，什么样的思想精神产生什么样的艺术精神。我们的书画艺术是在自我体系即农耕文化体系下产生的，而我们已经走过了工商业文明，目前正迈向信息化社会，而这种文化的赓续是西方哲科文化的延续，不是我们传统文化的自然演化。因此我们的艺术如何跟上这个时代，如何融入这个时代，至少在这百年来还没有看到"理想的边界"，绘画的素描、写生，书法的"现代化"，显然不能算成功的范例，因此，逼迫我们调整思路作更为深入的思考。

我们来到了一个前所未有的历史大变局时期，这个时期是思想最活跃的时期，也是有可能产生新思想的时期。近现代以来的思想发展历程告知我们，文化艺术的发展一定是思想在前、思维领先。百年来，我们面对的是一种科学主义的文明，又背负着一种善于技艺的农耕文明，我们能不能在此夹缝中产生一种新的思想，整合这两种文明而产生相互融合的第三种新的文明，从而产生一种既能接续传统又能适应新时代的文化和艺术，是考验我们思想能力的关键。

（应邀为2020"在新时代的现场"当代文艺评论苏州论坛撰文）

中国艺术的深

——以书画艺术为例

西方绘画是用一根不存在的线，画出一个存在的艺术世界；

中国绘画是用一根存在的线，写出一个不存在的艺术世界。

当我写下这句话的时候，我意识到要想去证明它，是要花费很大笔墨的，因为它涉及东西方文化的起源、发展，要追溯到古希腊欧几里得《几何原本》对科学的奠定，以及其点线面的"不存在性"，还要比照中华文化的经验系统，以眼见为实的技术体系的"存在性"等等。不过，这篇文章的要义与这句话的解读并没有太大的关联，写下来，只是想告诉大家，东西方的艺术是如此的不同，如此地具有各自的特质，以表明撰写此文的东西方文化立场。如果你想在东西方文化的视野下创作、创新，就必须去了解它，了解它们各自的性质，了解它们的起源、发生和发展，以及已经达到了怎样的高度。因此，今天我只想谈谈中国的艺术精神，谈谈它已经发展到了怎样的深度，知道了这个深度，或许你会在创作上不再"心浮气躁"，在创新上不再"轻举妄动"，在理论上不再"口吐狂言"了。

百年前，我们被西方的坚船利炮打开了国门，我们认识到我们落后了，我们被打败了，我们要"师夷之长技以制夷"，这是多么正确的选择，也是多么无奈，因为这个"门"不是我们主动打开的。然而，我们又忽略了一点：我们被打败，并不代表我们所有的方面都落后，所有的方面都需要"师夷"，即便我们真的都落后了，也需要理性地思考、仔细地分析和探究，而不是"盲从"。

今天，我们谈谈中国的艺术精神，谈谈中国书画艺术在思想和笔墨上已经到达了一个怎样的高度，谈谈中国艺术的深度，是对百年来文艺思想的一点点反思，这或许对我们理智、全面地认清东西方文化的差异有些帮助，为我们文艺的发展提供有益的思考。我们相信：只有看清过去，才能更好地走向未来。

中国艺术的深度概括为笔墨的深度、审美的深度和文化的深度。

一、笔墨的深度

就东西方艺术比较而言，中国书画艺术的笔墨技巧和工具材料相对简单。我们一支笔，从头

图5　[明代]徐渭《榴实图》，台北故宫博物院藏

写到尾，我们没有透视，不追求光影、色彩，客观上，我们以简驭繁、追求简约；主观上，与我们的文化相合，所谓"不著一字尽得风流"，是一种简约而不简单的向内演化的路向。一种相对简单的笔墨技巧、工具材料，经过了数千年而又不中断的发展、演变和锤炼会达到怎样的高度，是可想而知的，是不能轻易否定的。

中国绘画以唐宋为分水岭，唐之前注重形式和色彩，完善笔墨技巧。宋代开文人画之先河，发展到元明不管是笔墨技术，还是精神境界都达到了极为精深的程度。元明以倪瓒、八大山人、徐渭为代表的一批文人画家，将中国画的笔墨技巧发展到难以企及的高度。仅以线条为例，在文人画的一根线条里就有轻重、粗细、浓淡、枯湿、深浅、飞白、虚实等变化，有时是一笔完成，而且大多为一支笔，从头画到尾，试问这是怎样精湛的艺术笔墨技巧？所以，这看似简单的线条，够你琢磨几百年、上千年而不腻，甚至一根不完整的书法线条和一块局部的画面都具有审美价值，正是这种时间性、丰富性和简约性所带来的独特笔墨，支撑了中国文人写意画的基础。

书法，在文字的实用和审美两种不同的价值取向上，各自演变又互相交集，书体上有篆、隶、楷、行、草，在形式上不断地便捷和丰富，发展至唐代，实用和审美共同走向两大顶端，唐楷成为实用之绳矩，而唐代的大草，成为艺术皇冠上的明珠。大草，用一支笔，一根线条将中国哲学精神高度物化，描绘出中国人所理解的世界万物之精神，正所谓"世间无物非草书"。到了清代，随着学术界"乾嘉学派"的兴起，书法领域的碑学开始盛行，从书法样式上产生了完全不同于帖派的碑体书法。更为重要的是清末民初碑、帖开始融合，这种融合从笔墨形式来看将帖派的流美、映带与碑版的厚重、迟涩相结合，吸收了碑版的诸多元素，以中锋涩行用笔为主导，在浓淡、飞白、轻重、粗细等丰富的笔墨交互使用下，将宣纸的二维空间，呈现出三维立体的笔墨效果和审美感受，虽然难度越来越大，但产生了有别于前代的书法形式和审美，成就了又一个艺术高峰。

二、审美的深度

中国艺术与中国美学思想相伴、相生、相进，在艺术理论思想不断发展的同时，也影响到艺术创作的发展。审美孕育了艺术，审美思想升华了艺术，独特、深厚的中华美学思想造就了博大精深的中国艺术。从中国文化的分类来看，中国的书画艺术主要受到老庄、中国化了的佛教"禅宗"和明代阳明心学等影响，发展到宋元，绘画精神走向人心、走向人性，其深度达到了前所未有的高度，将艺术的审美境界推向了一个崭新世界。文人大写意画在道、禅思想的引导下，将笔墨色彩简约到无以复加的地步，以空灵、造虚、无物等看似简单的画面，营造出一个真气弥漫、活泼生鲜，又孤寂、冷峻、无我的艺术境界。这些艺术大师们不再关注外物的形象，而是走向画面的背后，去挖掘心灵深处所深藏的那个理想的艺术世界，要"撕开时间之皮"，摆脱时间的羁绊，追求永恒、追求中国人的"道"的世界。近代以来，由于这种文人画思想的赓续和影响，又有一批书画家们在碑、帖思想的融合下，将"金石之气"运用于绘画之中，使中国的文人画又达到了一个新的天地。

魏晋"二王"帖派书法是玄学的美学呈现，唐宋楷书书法深刻地受到儒家理学等"端正思想"的影响，大草的鼎盛是狂禅的表达，也是金石之学的端倪，明代行草的成就，正是阳明心学对艺术的再次解放。到了清代，碑学不仅成为学术流派，更扩大了书画艺术的美学范畴，大大延伸了书画的美学思想，不管在深度、广度和厚度上，都开出了与历史上完全不同的审美之花。晚清至民国的书画家们，在碑、帖结合等思想的指导下，书画艺术实现了书卷之气和碑派金石之气的融合，并诞生了如赵之谦、何绍基、吴昌硕、齐白石、黄宾虹、于右任和林散之这样的书法大家，完美地诠释了中国"锥画沙""折钗股""金石气"等审美理想。然而，可叹的是，这一审美思想还远远没有走完，就被历史的车轮碾压而断，目前正等待我们继承、发扬和光大。

三、文化的深度

中国艺术的核心是文人艺术，中国艺术也因为文人的参与，才具有如此深厚的文化品格并走向辉煌和深厚。从客观上来看，中国文化中缺少"知识体系"，是一套极为精深、完备的技术"经验系统"，崇尚"技进乎道"的美学思想。因此，对于艺术、艺术家而言在由技到道的过程中，必须补上知识系统也就是人文"缺环"。所以，在中国历代传统艺术中始终要强调"文化修养"，强调综合的人文底蕴，否则会被称为匠人。在中国艺术史上只要成为大家者，无不是文化修养极高者。

在中国文化的审美现象中，书法与中国

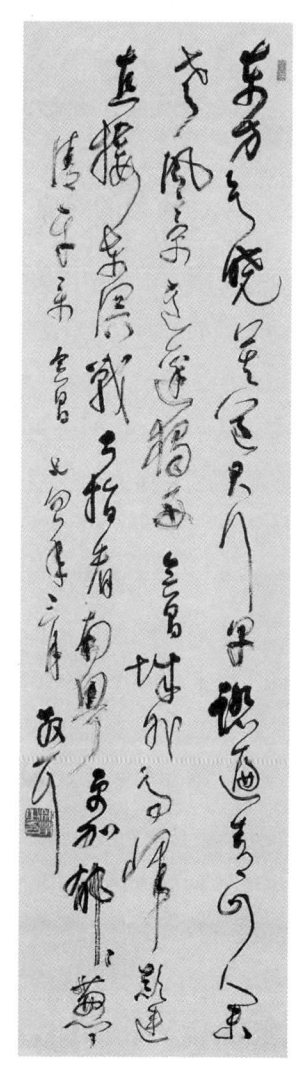

图 6 林散之《毛主席词一首》（草书），南京林散之纪念馆藏

| 222

文化结合最深、最密，也最近，因为书法是书写汉字的艺术，汉字是中国文化最重要的载体，所以书法和汉字、文化有着天然的联系，也是中国文化精神的高度物化。宋代文人画之后，元明文人写意画的出现，将中国绘画推到了一个新的艺术境地。文人画所高扬的诗、书、画、印，是绘画强调文化品格的直接表达，文人画的大家们不仅绘画技法超群，而且其他文化修养也极高，甚至可以和绘画的水平不相上下，完美地诠释了中国文化这种"经验系统"非"分科之学"的综合特征。

书画艺术是中国艺术最典型的代表，它的终极表达是一种存在于中国文化中的"道"，这个"道"不在外而在内，不在客而在心。所以，中国文化其本质是向内的，不若西方文化从古希腊时期就秉持在经验之外，存在一个理念的世界，社会的发展过程就是经验世界，不断接近那个完美的，而又无法达到的理念世界的过程。所以，它强调变、强调新，从本质上来说这两种文化相差巨大，甚至往往是相反的，因此，这就是1840年以来我们在走向现代的同时，处处都表现出如此大的冲突和不相融合的原因。

（原载江苏昆山宣传部《理论动态》2022年第1期）

智与心

——由"艺术+黑科技"虚拟城市——与AI对"画"展览带来的思考

最近，由南京艺术学院设计学院副教授、硕士生导师、美国密歇根州立大学访问学者杨京玲策划举办的"艺术+黑科技"虚拟城市——与AI对"画"展览，引起了业内和社会的不小关注。虽然展览规模不大，但意义很大；虽然展览的场地不讲排场，但策划理念非常超前；虽然展出的形式不算新奇，但引发的思考却不容小觑。因为所有的作品不是人创作的而是机器创作（生产）的，其中作为艺术范畴的绘画作品，更是给我们带来了诸多的思考。传统与现代、东方和西方、科技与人文的碰撞与转换、对立与融合等等，预示着一个人与机器共存的时代，即将展现在我们面前。然而，我们应该深刻地认识到，人类生活方式和生产方式的改变，首先是思想的变革，我们在机器改变世界面前，对其背后思想的深刻探究，或许是我们走向科技强国的最根本的路径。

进入新世纪以来，随着互联网技术的迅猛发展，特别是人工智能（AI）技术的突飞猛进，科技改变世界、科技融入生活、人机共存的时代，已经离我们越来越近。据杨京玲介绍，所有展出的人工智能作品，是选用了国内科技公司研发的AI创作软件，从主题和内容、艺术风格、艺术家背景、展览空间和技术限制四个方面，进行作品的创作和选择。有城市设计作品、有家具设计方案、有文创产品，还有具有东方审美的人物和山水等绘画作品。采用了目前最热门的元宇宙虚拟设计、黑科技、AR、VR，以及大数据和智能算法等，具有互动、沉浸式体验，以及基于机器学习生成的NFT等艺术品。

我们看到，以上各种科技手段是基于对人脑的模仿和超越。看似复杂的文字、图像、声音和视频等，其背后都是基于不变的数字机器代码，这种数字科技来源于近现代科学思想的发展，起源于古希腊哲科体系的承传。不能忽视的是，还有另一套文化系统，是以中国心性为基点的技艺文化体系，是与智文化有着很大差异的思想体系。这就提示我们，完全不同的两种文化形态能否互融、能否相互转化、能否在艺术创作上有着相同的审美理念？AI机器生产的艺术作品是代表着智的艺术审美精神，还是心的艺术精神，抑或能代表两种艺术精神等等这些思考是极为重要，也是极为需要思考的底层问题。

毋庸置疑，以西方为代表的现代文化占据着当今世界的主流地位，影响着现代文化的各个方面。AI人工智能，顾名思义是由机器仿生人脑的技术，是文艺复兴以来近现代科技思想的张扬。正如爱因斯坦所言：西方科学的发展是以两个伟大的成就为基础，希腊哲学家发明了形式逻辑体系（在欧几里得《几何原本》中），以及（在文艺复兴时期）发现通过系统的实验可能找出因果关系。这种科学精神，深深地影响到现代文化的整体发展。人工智能，是基于古希腊毕达哥拉斯"世界一切皆数"、柏拉图理念论，以及英国学者贝叶斯的归纳推理的算法等，通过系统实验所产生的科技文明，是借助机器语言对人脑智力的延伸和超越，是"一切都是算法"（尤瓦尔·赫拉利）的实现。

与智的文化不同的是中国心的文化体系，这种文化是农耕文明的典型代表，是以孔、孟重德文化，融入道、禅两家思想，发端于春秋，昌盛于宋明理学，至阳明心学集大成。崇尚心即理、心即物的实践思想，是一种非智力而通过人生体验逐渐感悟天地万物，即文化、艺术、境界，以及对时间、空间、宇宙，乃至宗教、禅的实践体悟，这种体悟不是建立在知识范畴内，即智的认知范围，而是在不断的实践中得到提升，最终达到天人合一、知行合一、心物一体的理想高度，是在实践经验基础上，一种非逻辑、非智力的感知系统，是中国艺术精神的内在理路，也是艺术所要表达的内容、形式、境界的手段和方法。

通过以上的分析可以发现，智与心是两种完全有别的文化类型，在艺术精神的价值取向、思维方式和运行模式上都有着本质的差异。总的来说，智的文化起源于惊异、怀疑，从而引发人的思考和追问；心的文化起源于忧患、恻隐，从而产生同情、感悟，是一种非逻辑的直觉体系。由此观之，人工智能底层逻辑的现代科学性，与传统中国文化非逻辑的心性之学，相互冲突、融合，抑或还有另外一条路径即生成新的文化体系，是我们在新一轮思想与技术变革中必须考虑的重要问题。此种思辨，在东西方艺术的实践表达中变得尤为突出，更需面对、更需深思。如这次展出的 AI 所创作（生产）的具有东方意味的绘画，其色彩关系、笔墨技巧、点线面的审美精神，以及所达到的美学意境等等，还是不是中国绘画的精神和形式标识？还能不能表达出中国绘画写意（写心）精神的实质？这既是东西方在艺术上的不同点，也是我们的思考点，更是思维的突破点，或许这才是我们将来人机互存、人机对话，确定中国文化身份、立场的重要意义所在。

AI 技术的普遍运用，特别是随着大数据、黑科技、元宇宙等科技的发展，以及人工智能技术的运用，虽然仅仅只有几十年的时间，但是其发展速度、发展的深度、预示将来发展的不可控程度，远远超出了人们的想象。从这个小小的展览我们也可以看出，展览虽然总体规模和内容量都不大，但它的新颖性、独特性和超前性，以及所带给我们的思考，如果再联系到去年年底推出的人工智能 ChatGPT 技术，更是再次打破了我们的认知，远远超出了人们的想象，甚至有为数不少的科学家，共同签署限制其快速发展的声明。可以说，人类已经来到了一个全新的发展节点上，是一场新思想的跃迁和迭代。在这个节点上，我们能不能抢占思想的高位，是我们能不能领跑世界科技的关键。

值得注意的是，人类的第一抹理性之光的思想家们如孔子、柏拉图、释迦牟尼等，其思想都是以对话的方式流传并影响着人类，而最先进的人工智能 ChatGPT 其实质就是一种人机对话搜索引擎。让我们在此以提出几个问题的方式，结束这次小小的思考，启发我们的思维！

这次展出的 AI 艺术品，其审美精神能不能代表东西方艺术精神？

以智为底层逻辑的人工智能技术，能不能创作（生产）出以心为基本精神的艺术作品？

如果智文化和心文化是存在的，那么在 AI 时代如何融合，还是无法融合？

近现代文化基于实践找出因果关系，而获得去年诺贝尔奖的量子力学已经不是因果关系而是一种相对关系，这和智的文化还属于一种文化吗？与中国心的文化是什么关系？

人工智能，是智能的发展，它能不能产生自主意识，这个自主意识与心性是一种什么样的关系？

（原载《书法报》2023 年 6 月 21 日）

岂将古瓶装今酒？

——谈谈书画雅集

莺飞草长的三月，正是约几位新朋好友踏青、游园、品茶之季，如果再能吟诗书画、焚香抚琴，那更是上等的雅事，这就是古人所谓的雅集。历史上有八大雅集之载，如梁苑之游、邺下之游、金谷园雅集、兰亭雅集、滕王阁雅集、香山九老会、西园雅集和玉山雅集，其中兰亭雅集、滕王阁雅集、西园雅集，不仅脍炙人口、耳熟能详，而且还留下了名垂青史的巨作。王羲之的《兰亭集序》被誉为天下第一行书；王勃的《滕王阁序》文采飞扬、千古绝唱；李公麟的《西园雅集图》，米芾作记，不仅画作成为经典，而且还有幸让苏轼、苏辙、黄庭坚、秦观和晁补之等文坛巨子聚首，成就了一段难得的文艺佳话。正所谓雅人、雅兴、雅事，留下了千古不朽的雅作。

雅集一词最早出现于《诗经》，又称雅会。历代虽有发展、演变，但大致名称、内容未变，主要是文人墨客吟风弄月、诗文相和，也不乏琴棋书画、茶酒香花做伴，有点像我们现在的沙龙、Party 等。"雅者，正也。"雅集的核心也是围绕正字展开，所谓正则是回到人的本真之态，去除世俗之污染。雅集有修身养性、澄怀味象之功，是古代文人一种荡涤心胸，涵养浩气的非功利性文艺活动。

然而令人遗憾的是，现代的一般雅集多以休闲为主，而书画界的雅集，虽然还常常举办，其形式、规模和内容也与古人相较无异，甚至在人数、奢华程度上都远远超过古人，但性质已经发生了变化，其中文化的内涵在淡化，功利性突显。传统的雅集主要以自作诗文为主，而现在的书画家能作诗文者寥寥，能即兴赋诗者就更少，目前书画界

图7　[明代]仇英《竹院品古图》（局部），故宫博物院藏

的雅集更多被"书画笔会"取代。在书画界提倡提高传统文化素养、鼓励自作诗文非常必要，不然这种传统的文化现象慢慢将会变味，书画雅集的文化、艺术价值也慢慢被淡化。

中国书画是最具中华文化标识和精神内涵的艺术形式，雅集是最

富文化、艺术内涵的审美形式之一，它能从一个侧面反映一个时代的文化、艺术发展的现状和性质。雅集在传统文化中具有重要的意义，它从一个点折射出传统文化的诸多性质，其中文化性、艺术性和非功利性在当下尤为值得提倡，也尤为应当挖掘、继承和弘扬。古今对比，现在的笔会、沙龙或 Party 等，虽然也有文化和艺术的含量，促进了文化艺术的繁荣发展，但功利的目的性比较突出，多关注于润笔费、谈生意、推销产品、交朋友等。我们应该多一些传统意义上的雅集，少一些功利目的，真正做到一帮书画雅人，乘雅兴而来、行诗书画之雅事，留下优秀之雅作，将艺术的目的视为唯一的目的，这才是雅集的真正价值和意义。

　　当前，我们正处在传统向现代的转型时期，焦虑、抑郁等"文明病"普遍存在，书画界浮躁、炒作、功利等现象也非常突出，雅集这种传统的文化活动，正是去除这些不良现象的很好方式。我们如何发挥现代物质的丰富和传媒发达等优势，在形式和内容上有所创变，将雅集之古瓶，装上现代内容之酒，真正发挥雅集的纯文化、艺术功能？是我们书画界需要共同践行、思考的课题。

（原载《书法报》2023 年 5 月 24 日；多家新媒体刊发）

其唯擅画 八法亦精

——丁观加书法艺术赏析及思考

丁观加先生不仅是我国当代著名的中国画画家，也是一位学书有成的书法艺术家。今天，我们来谈谈他的书法，谈谈他的绘画与书法的关系，谈谈丁先生"以书入画"对当今画坛带来怎样的启示与思考。

关于丁先生的书法，正如其所言："我学习书法与绘画同步，并且伴随着绘画的学习和创作始终。"因此，他和一般画家学习书法不同，他学习书法不是被动的，不是作为一种笔力、线条的训练，更不是为了题款，他学习书法是作为一种艺术的追求。在南京师范大学求学期间他的绘画老师傅抱石、吕斯百、陈之佛等均强调书法对中国画的重要性，给他以深刻的影响。在金陵、京口学习、工作期间，他拜祝嘉、林散之、罗叔子等金石大家为师，探究八法的学习途径，孜孜以求，刻苦学习书法数十年，已形成了独具个人面貌的艺术风格。

其艺术特质主要表现在以下四个方面。

一是具有坚实的正书基础。丁先生非常清楚，学习书法当以正书立其根。他的魏碑楷书功夫尤深，为书法艺术的登堂入室，甚至为其中国画的学习打下了坚实的基础，如节临《嵩高灵庙碑》，可见一斑。此外甲骨文、金文、小篆、隶书等正书也均有研习和创作，我们看他的行书、草书等都是魏碑的底子，走的"碑帖结合"之路，其书法的线条和气息更是建立于篆籀的基础之上。

二是书体的丰富性。作为一位书家，虽然不要求体体皆精，但是必须诸体皆学，因为书法是一个整体，各体之间没有本质性的壁垒，不同的书体名称完全是后人研究、学习使然，要想学好书法不但要有独攻一体的本领，更需要诸体皆为并将各书体打通才能有所成就。丁先生真草隶篆行皆能，真书取法魏碑、唐楷，草书取法"二王"、王铎，隶书取法石门颂，行书取法颜真卿等，甚至于殷墟甲骨、吉金篆

图8 丁观加《古刹迎春》，作者藏

籀都有相当的功力。

三是丁先生的行书水平最高。丁先生的行书受前辈诸师之影响，不似清代的纯碑学，也不取纯"二王"帖派之书风，走的是晚清民国人之遗绪，为"碑帖结合"之路。如：《石鲁论画》《云淡风气》横幅，线条凝重、迟涩，结体稚拙、率真，显然得益于魏碑和隶书；用笔之流畅、字与字之间的映带与转合、章法之安稳又见帖学之融入，特别

是其艺术气息更得力于甲金文字和金石之气书法的滋养。

四是书写性中的画意。丁先生是一位学有所成的画家，这显然要影响到他的书法学习与创作，主要表现为其书法的空间意识和审美中的画意，这点在当代年轻书家中多有探索和运用，而在丁先生这辈书画家中很少实践。这要求书家在重视文字书写的同时，又要将其作为自觉的审美需要进行空间造型和关系构成。他利用线条的粗细，字的大小，字与字、行于行之间的距离以及墨色的变化，以达到二维空间的书法有三维立体的效果，具有空间构成的现代感。

丁先生绘画成就的取得是多种因素造就的，如他的水墨画避免了文人画的过度程式化，而强调写生；他不故步自封，在以水墨为主调的同时，能毫无芥蒂地运用西方绘画的光影、色彩和透视；他不仅具有坚实的中国画"意象造型"的能力，还具有良好的西画写实造型基础等。然而，我们认为丁先生中国画之所以能取得如此大的成就，最重要的是得益于他的书法，特别是他对魏碑书法的深厚造诣更是中国绘画"骨法用笔"的重要支撑，这是当代中国画家特别是青年画家学习、研究之处，也是丁先生对当代画坛"书法入画"的一个典范，具有重要的学术价值。我们欣赏丁先生绘画时感觉其书写性特别强，这个书写性就是书法性，她是中国画的精髓所在，也是与其他画种具有本质差异之处。欣赏丁先生的绘画，不管是皴法、渲染等用笔表现出的审美效果都有一种鲜活生命的精神力量；不管画面的层次变化，笔墨的前后关系、轻重、浓淡等都交代得非常清楚，层次感非常强，例如作于2004年的《朝霞映山红》，2005年的《晚来风亦清》，2011年的《大河之源》，以及最具个人特色的画水之作，等等，其画面表现的物象都很简单，但是仔细研究你会发现其中蕴藏着丰富的内涵和充沛的艺术张力，是一种潜而未发、内敛持中的大力量、大境界，这是一般画家难以具备的，这些独特审美个性的形成，我认为是其"以书入画"的结果，是其深厚的书法功力在绘画创作中的表现，这也是"书画同源"的本质。

那么，为什么中国画要求"以书入画"，强调中国书法的线条、结体入画呢？这是一个具有深厚学术价值的问题，值得深入的探讨。"书画同源"一说，最早由张彦远、赵孟頫提出，其后，成为中国画创作的金针，甚至大画家黄宾虹说：画法当如字法。这是一个极富探讨价值的学术课题。简而论之：中国文人画是借助于笔墨表现画家内心的意象，这个象不是具象也不是抽象，是画者心中主观之象。因为是主观之意象所以她不仅表现出每个画家对同一件事物的象是不一样的，而且要求这个象是事物的"神像"，是最高度概括的本质之象，这个象用线条表达最符合意象的特点和中国文化的"简约"精神，而线条的质量高下就关系到"意象"质量之高低。书法是"线条的艺术"，因此，书法线条作为中国画造型之依据就成为一种必然。更为深刻的是：在中国文化整体思维的模式下，一个字和一行字、一件书法作品，甚至一幅真正意义上的中国文人画从本质上是没有区别的，因此，从黄宾虹"字法"的角度来思考"画法"的创作，这才真正懂得了"书画同源"的妙处。相反，如果一个中国文人画画家没有书法训练，不懂得"整体思维"作为意象造型的本领，那么就失去了以线条构图、混元一体的基础，因此就不可能成为真正意义上的中国文人画画家。

自西方绘画理论改造中国画以来，将素描作为中国画的基础而不重视书法的训练，中国绘画笔墨的非写意性，中国画家不懂八法以及传统文化修养的严重不足，对人性认识缺乏深入的思考等，是导致中国画在当代缺少大家的重要原因。当我们走近丁先生，走进他的书画艺术世界，一个在全面传统中国文化浸染下的艺术形象愈加显现。丁先生在当代中国画领域的不懈探索，特别是近年来在山水画领域所取得的突破性的成就，与其说是绘画艺术的成功，不如说是书法艺术，再具体一点说是魏碑书法给他带来的成功，这在很大程度上打通了绘画的用笔与文字内在结构的精神内核，不管绘画形式如何变化其艺术气质打下了深厚的中国文化的烙印，这正是丁先生的成功之处，也是他"以书入画"给我们带来的启示和思考。

（原载《书画艺术》2015年7月9日）

神之所

——"起点与生成"邱振中艺术展观后感

对于邱先生我们并不陌生,近年来几次艺术活动都在艺术界掀起了波澜,不管是第一次回浙江的展览,还是在广东东莞的艺术展,以及不久前在中国美术馆的展览都成为当今艺坛关注的热点和焦点。对于我个人来说更是非常熟悉邱先生,他的书法理论著作《书法的形态与阐释》《书写与观照》《神居何所》,在十年前就拜读过,特别是其中关于笔法的论述对我有极大的帮助和启发意义,我认为是当代研究书法笔法最深、最具价值者。

我以为,解读邱先生的艺术不是很容易的,即便是纯书法艺术部分也不能仅仅囿于传统的书法学范畴,更不能用传统书法的笔法、章法、取法、墨法等来识读,必须站在东西方文化比较学、哲学的高度,从东西方文化的生成、起点、分歧、融合、冲突、焦虑、忧患、矛盾中去感悟、欣赏、把握他艺术的价值、创作形式、状态和意义。我们可以将他的艺术活动看作当代艺坛上的一个事件,其本身已经构成有价值的研究现象,值得文艺评论界、艺术界的高度关注。

由于时间的问题,我不想对邱先生的艺术作展开式的解读,只想就邱先生自己,评论界对其艺术提出的问题、评价作出我自己的回答。

邱先生在《中国书法的变与不变》一文中说："书法的神秘之处，有一点，高水平的作品，以及围绕在高水平作品之上的那种氛围，不是仅仅凭靠技术能做到的。它来源不明。人们把这归因于修养，是一种合理的解释。"

邱先生所讲的书法"神秘之处""来源之处"以及"修养"，正是作为一名当代艺术家高度的敏感性和深刻性的体现，他不仅探究到书法深层次的境域，也给我们带来了古老书法一种无限的、现代性的想象和创作的可能，为我们提供了东西方对话的交汇之所。

我们知道，东西方文化的源头主要有三个：西方文化中的古希腊文化、古希伯来文化，以及以中国文化为代表的东方文化。大约在中国的西周末期之前，也被称为"轴心时代"，东西方文化的发展从大的方向来看有重大相似之处。但是到了所谓"轴心时代"之后，东西方文化开始分途，其中中国文化认为一切社会问题是人的问题，要解决好人的问题就要管好人的"心"，因此，以儒、道两家为主的"心性"之学文化逐步形成并发展，包括后来的禅宗佛学，至宋、明理学为至极，从此中国文化的主要精神围绕着"心性"展开，"心性"的实践表达就是修养，书法也不例外，这就是邱先生所说的"修养"。但是，书法作为"通神"的一种特殊符号，它诞生、成熟于那个"人神不分的时代"，尽管它最终还是走下了神坛、走向了人，但是它所具有的神性始终如影随形，只是打那之后，我们更多地将目光投向了人的部分，投向了线条、结体、用笔、用墨、章法，以及作品所散发出的书卷之气等审美特征，而将它最原始的内核遗忘，这就是宇宙、生命所赋予文字的神性，也就是邱先生所说的"神秘"之处。

正如范景中先生评论邱先生艺术时说："静下来，让黑暗降临到你的墙上，它是神的黑暗！"是啊，这个黑暗是黎明前的黑暗，是从起点而走向生成的黑暗，是神之所的黑暗。

（原载《繁荣》2015年5月11日）

"众"到极致即文化

——读《印记镇江——大众篆刻作品集》有感

什么是文化？大约有上百种答案，我觉得有一种解释既简练、深刻，也具有普遍意义。文化，就是人类面对其生存环境，所产生的谋生行为的总和。由此可见，其生存行为越丰富、越多元、越普及、越复杂就越接近于文化。作为中国独特的审美现象，篆刻，其普及面越大、受众面越广、传播力越强，就越接近于一门艺术，也更具有文化属性。因此，这本《印记镇江 大众篆刻作品集》（以下简称《作品集》），由于其立足点为大众，而且也确实做到了"众"，所以，我认为是最具文化的一种篆刻推广行为，是值得传播和推介的。

镇江的历史文化极为深厚而悠远，其书法篆刻文化更是博大精深，为中国书法史作出了很大的贡献。然而，难能可贵的是被人们看作小众的篆刻艺术，其活动在镇江做得风生水起，引人瞩目。首先于十年前成立了篆刻艺术推广协会，先后创办了《大众篆刻》杂志，举办过具有相当规模和影响的系列全国篆刻大赛，在全市机关干部中推广篆刻艺术，在中小学中普及篆刻知识，甚至还别出心裁地开设了大众篆刻公交专线，这在全国也是极为罕见的，是创新之举，等等，这些均归功于凝聚在"篆刻艺术推广协会"周围的一帮篆刻家和爱好者们智慧的策划和辛勤的耕耘。今天，他们在多年工作的基础上，又推出了《印记镇江——大众篆刻作品集》，应该说又是一次新的尝试和创举，值得探究和推广。

该作品集的最大特色是一个"众"字，把我们之前对篆刻的认知推向了一个极致，将小众的篆刻艺术推向了大众的文化之中。其篆刻的材料、手法、内容、形式等，都大大突展了现有的篆刻范畴，将丰富的内容融为一体，用200多方篆刻作品，以传统的篆刻形式将3000多年镇江的文化历史高度地融缩、独特地展现，编者的独具匠心，令人赞叹。

其新颖、独到之处主要表现在以下几个方面：

一是篆刻材料的丰富：作品集中的篆刻作品在保持传统石料篆刻的基础上，大量采用了木质、砖瓦、陶土、牛羊角，甚至还有高分子新型材料，大大地拓展了人们以为只有少数几种篆刻石材才能为印的概念，将篆刻用料延伸到我们周围随处可见的日常材料之中。

二是篆刻方式的多样：作品集在保持传统手工篆刻的前提下，将传统的篆刻手法运用于电脑技术，从设计印面到篆刻机制作，都由电脑完成，完全是一种全新的概念，甚至还采用了3D打印技术，将篆刻艺术的传统思维和现代技术相结合，产生了一种现代艺术创作思想，给篆刻的传承与创新带来了新的可能。

三是编排形式的多元。作品集不仅展示了篆刻的魅力，而且还图文并茂，古今同现，一方印章、一页边款，一段文字，一幅图画，形象、丰富、立体地呈现给读者，让我们在感性和理性中领略镇江数千年文化传统和当代镇江的文化符号，调动了读者最大的阅读热情和求知兴趣，是一种对篆刻从未有过的全新体验。

四是篆刻的内容全面。这本作品集最具"众"像的是篆刻的文字内容，也是最有文化品性之处。编者别出心裁地将数千年没有中断的镇江文化历史，融入小小的篆刻元素之中，正所谓"方寸之间，气象万千"。作品集分为历史篇、人文篇、风光篇、成就篇、今日篇，几乎将镇江所有的重要文化符号全部囊括其中。历史篇中有考古发现、古迹遗存、史籍典藏，人文篇中有巨著名述、动人传说、古刹高僧，风光篇中有城市山林、真山真水，成就篇中有沧桑巨变、成就卓著，今日篇中以谋篇"十四五"，再创新辉煌等内容与现代相接，完美收官，真是一门小小的篆刻艺术所能达到的丰富、"大众"之极限。

此外，在每一篇目之前还有扼要的历史、文化和内容的介绍，每一方印章也有详细的作品名称、姓名、边款的释文，以及所用的材料、作品的尺寸等说明，可谓应有尽有、丰富多彩。

在我们一般的认知中篆刻是曲高和寡的小众艺术，明清两季文人篆刻的兴起使它具有了艺术的灵魂和审美的深度，近现代以来，随着现代文明的发展和篆刻自身的特点，使它很难融入大众文化之中。不过，我们如果追溯篆刻的源头和历史可以发现，篆刻本来就是一个大众文化，肇启殷商，历战国古玺、秦汉玺印和明清流派印之鼎盛，陶拍、戳子、符节、封泥、画押等历史上篆刻的大量使用，在我们数千年的文化中留下了广泛的印记，是一份宝贵的文化遗产。所以，可以说这本作品集从材料、方式、内容、手段、形式和文字等多方面，还原和推广了篆刻作为一种大众文化的作用，而且还将最先进的电脑技术运用到篆刻创作之中，真正实现了篆刻的小众欣赏走向了大众，而"大众"的极致就是文化。

需要说明的是，我们在强调篆刻走向大众的同时，并没有否定和消减篆刻作为一门高深、精致的独特东方艺术精神的核心，其中所蕴含的中国美学思想和哲学精神是其走向深邃的主要原因。然而纵观历史可以发现，文化的传播和发展始终指向两端，一是阳春白雪，一是下里巴人。阳春白雪是其具有民族文化特质的标志，而下里巴人则是文化生存和传播的主要手段，甚至在文化发展濒临中断的关键时刻，"大众文化"往往会起到挽狂澜于既倒的作用，无怪乎孔子发出："礼失而求诸野"之叹。儒家文化一方面构建了中国传统的伦理道德思想体系，一方面也成为每一个华夏子孙的行为规范；佛教的博大精深、经律浩瀚，并不影响人人口诵阿弥陀佛；道教晦涩难懂的"道可道非常道"的宇宙、伦理观，同时也告知我们道在瓦砾、道在蝼蚁，甚至日常的饭菜也有味道。所以文化的发展一方面在指向深奥之境，使其高深而精英；另一方面更要普及、通俗、走向大众，唯此文化才能生生不息，永远充满活力。

  作品集的问世给我们对篆刻的认识，从思想观念和形式方法上带来了不小的启发和冲击，是传统文化和现代文化交融的成功范例，是篆刻作为小众艺术走向大众文化的成功之举，更是文化自信的最好诠释。

（原载《大众篆刻》2022年6月号）

从陶拍到电脑

——小议《大众篆刻入门》的编写特色和价值意义

所谓"陶拍"是一种古代制陶的工具，由于制陶的方法、材料以及"陶拍"本身最早雕刻的纹饰是中国篆刻艺术之滥觞，所以，人们将"陶拍"作为中国篆刻艺术的源头。随着篆刻历史的不断发展，篆刻在制作手段、使用工具、篆印材料和方法上出现了不同时期的变演和发展。今天，随着信息化时代的到来，这门传统的古老艺术又插上了"电脑"的翅膀，为普及、传播篆刻艺术带来了无穷的表现空间。

镇江市篆刻艺术推广协会成立之初就确定编写《大众篆刻入门》一书，今天终于和大家见面了。这是一本深入浅出全面介绍篆刻知识的通俗读物，该书的编写宗旨正如李岚清同志在序言中所说："要让印言美、印言志、印言情、印言趣、印言事；要让一般人不仅看得懂，而且觉得有趣、新鲜、好看、好玩。"[1] 显然，该书在编辑上基本贯彻了这一思路，此外它还具有以下几大特色：

一是全面。这本只有 160 页的小书，几乎将篆刻有关的知识囊括其中，不仅介绍了和篆刻有直接关系的工具、印材、临摹、刀法、印面设计、边款等知识，还介绍了篆刻简史，篆书的书写方法和文字的

---

1 冯士超：《大众篆刻入门》，镇江：江苏大学出版社，2014 年，第 3 页。

流变，最后还介绍了镇江历史上的印人和中国名印大观，甚至连印泥的搅拌工具都进行了细微的讲解，同时每个章节后还出了几道思考题。可谓有点有线有面，将篆刻的知识作了全面系统的介绍，为篆刻的入门和提高提供了非常全面丰富的知识。

二是简练。该书虽然很全面，知识点、信息量也很大，但是一点都没有杂乱的感觉。表现为：语言流畅，篆刻是一门既古老又极为小众的艺术，该书用通俗、浅显、流畅的语言，将这门艺术介绍得通俗易懂；条理清晰，篆刻的专业性极强又非常地综合，编者有条不紊、非常清晰地将篆刻由浅入深的学习方法和相关的知识给予了介绍；重点突出，篆刻艺术历史悠久、内涵深厚、流派风格庞杂，该书编写的思路明晰、了然于篆刻的重点内容和篆刻基础知识，将篆刻的重要内容和必须掌握的重点内容简练地作了介绍；图文并茂，该书在有限的篇幅内，还大量地配插了彩色的图片，便于直观地了解和学习。

三是新颖。该书最大的特色是对印材的突破和电脑在篆刻中的运用，这一点是该书在同类书籍中最独特、最新颖之处。古代篆刻印材丰富多样，明代之后多为石质材料，而该书在详细介绍各种印材的基础上，重点作了木质印材的推荐和使用，降低了印材的选择难度和学印成本。电脑作为信息化时代的标志，其强大的功能完全可以运用于篆刻之中，它不仅可以运用电脑软件实现篆字的选择检索、篆字正反的转换以及印面文字、图案的设计，更重要的是电脑能直接进行篆刻，为篆刻艺术的普及和批量创作提供了技术保障，具有广阔的运用空间和对传统篆印带来新突破。

四是承传。我们不仅肩负着对篆刻艺术传统的继承责任，更要有所创新，要留下我们这个时代的文化印记。如果说该书花了大量的篇幅对传统篆刻知识作了重点的介绍是"继承"的话，那么，新型材料的使用，电脑软件、技术和设备等知识的介绍和运用就是一种"传承"，就是一种创新，它提供了一种独特的现代艺术创作模式，是一种现代科技在这门古老艺术领域的运用，是值得肯定并加以研究的。

篆刻是小道，它不关乎国计民生，但是它和中国的绘画、书法和汉文字有着天然的联系，它蕴含着最为独特的东方思维模式和艺术精神。它和书法艺术是唯一从起源到当今没有中断，又是各个时代的作品能在同一个历史时空下成为同一审美对象，这是一个非常独特神奇的现象。信息化社会的到来，在书写成为键盘敲打的情形下，推广书法篆刻艺术意义就显得极为重大，几千年书写方式的改变已严重影响到我国的文化安全，篆刻的简约、构图、线条、留白、色彩和金石味等，是形成独特中华文化哲学精神的重要内容，从这个意义上来说，这本《大众篆刻入门》以及镇江在积极推广篆刻艺术上的努力"功莫大焉"！

（原载《繁荣周刊》2014年3月10日）

叁 文艺篇

书法（文字）在国家文化战略中的重要意义

新中国成立以来，我党针对不同时期的社会发展状况和外交政策以及强国之路，实时提出了一系列的重要战略和基本方略如：可持续发展战略、科教兴国战略、科技强军战略、人才强国战略、西部大开发战略、振兴东北地区等老工业基地战略、以生态建设为主的林业发展战略、"走出去"战略、增强自主创新能力战略和依法治国基本方略等。2011年《中共中央关于深化文化体制改革推动社会主义文化大发展大繁荣若干重大问题的决定》（以下简称《决定》）提出建设社会主义文化强国这一长期战略目标，这一战略思想的提出对我国经济建设、文化大发展大繁荣，以及中华文化的复兴具有十分重大的意义。

本文将从中国文化战略的角度提出书法（文字）作为中华文化最基本的单位和基因，在国家文化战略中具有怎样的重要价值和现实意义，通过研究书法（文字）在中华文化承传中所具有的特殊价值、地位，对中华民族思维方式、审美习惯和世界观的形成的作用，书法文字在近百年来所遭遇到的危机，以及书法文化振兴的对策等方面，论证书法文字在中华文化战略中所具有的重要意义。

一、"国家文化战略"提出的重要意义

党的十七届六中全会提出：更加自觉、更加主动地推动社会主义文化大发展大繁荣，胡锦涛总书记指出："谁占据了文化发展的制高点，谁就能够更好地在激烈的国际竞争中掌握主动权"[1]，这是我党对文化建设的认识、对文化发展规律的把握达到了一个新的高度，这是具有前瞻性、深邃性以及适时性的战略命题。然而文化的发展不仅需要战略眼光，还需要审时度势地制定正确的文化发展战略。当今世界经济一体化，政治多极化，文化多元化，我国整体国力发展到了新的历史阶段，世界格局发生了新的变化，如何应对这样的局面，这关系到我国下一轮经济的发展在世界格局中所占的份额，关系到文化的大发展大繁荣以及中华民族的全面复兴。

文化是民族的血脉，是人民的精神家园。我们越来越意识到：只有当文化表现出比物质和货币资本更强大力量的时候，当经济具有更多文化含量的时候，经济发展才能进入更高层次、更高水平，才能具有可持续发展的后劲。[2] 文化不仅具有有形的物质力量，更是推动、联合、承载整个社会向前迈进的精神基础和本质归宿。联合国教科文组织指出：发展最终以文化概念来定义，文化的繁荣是发展的最高目标。文化，是人类向更高层次发展的方向和目标。英国著名文化学者汤因比曾经说：在一个文明中，文化成分是它的灵魂、血液、精髓、核心、本质和缩影，而相比之下，政治成分，更进一步说经济成分则是一个文明状态的表面的、非本质的、微不足道的现象和它活动的媒介。（《历

---

1 中共中央文献研究室编：《十六大以来重要文献选编（下）》，北京：中央文献出版社，2008 年，第 752 页。
2 云杉：《文化自觉 文化自信 文化自强——对繁荣发展中国特色社会主义文化的思考（上）》，《红旗文稿》2010 年第 15 期。

史研究》第五卷）虽然，此话有点极端，但是一个民族的真正强大，应该是文化的强大，两个民族根本性的冲突是文化的冲突。因此，"国家文化战略"的命题，是站在中华民族复兴的高度，是放眼世界文化发展角度的战略思考。

二、书法，是中华民族文化的基因

书法和文字在中国传统文化里不仅同时起源难论先后，也习惯上并提不分。不管是沮诵、仓颉乃"百代书祖"，还是庖羲氏画八卦之说，许慎的"象天法地，见鸟之迹"等，都是书法、文字一体，无不表现出它产生的伟大、神秘、震撼，正所谓"造化不能藏其秘，故天雨粟；灵怪不能遁其形，故鬼夜哭"[1]，可见书法文字的产生在中华民族的历史、文化和心理上具有怎样的重要意义。五千年的中华文化可以说是一部书法文字史，其经典古籍是传承中华文明智慧的重要载体和基因，更是构成中华民族文化的核心。

（一）书写，形成了中华民族世界观、思维方式和审美特质

我们文化的核心经典史是书写出来的历史，自书法文字诞生以来，我们就在书写的状态下开始了文化旅程。书法文字的本质属性和书写性，不仅体现了汉文字自身的特点，也逐渐形成了中华民族独特的世界观、思维方式和审美特质。主要表现在以下三个方面：

一是整体性。书法文字从它第一天诞生时起，就决定了它和拉丁文字字母的本质区别，它的最小单位是一个字，而一个字就有一个意，所谓"一字一意"，由"字"组成的"文"又有了新的意，每个字又有一个音和一个形，形音义共同构成了一个字。因此，当我们在书写和

---

[1] 张彦远：《历代名画记》，载卢辅圣主编《中国书画全书 第1册》，上海：上海书画出版社，1993年，第120页。

阅读文字时它承载着丰富的内容，我们的大脑是一个整体的接受，是图像、声音和字意的全息信息。我们用一个个单字去表达宇宙万物，而每个字其本身就是一个宇宙系统。这种书法文字既独立又联系的整体性，是汉字最显著的特质。

二是模糊性。书法文字在表达上是世界文字中最丰富、最准确的语言之一，同时其模糊性也是其他民族文字所没有的。几千年来，书法文字在不断的流传演变中形成不同的书写形式，这种不同的外在形式虽产生于不同的历史时期和不同的时代背景，但是，在很多时期它们以各自的形式共同存在于同一个历史阶段，有着不同的历史、社会和艺术作用。有人神沟通的——甲金文字，有统治者"书同文"的国家标准——小篆，有显示庙堂之气的庄严——篆隶，更多的是民间大众的日常使用书体——行草。在这些众多繁杂的书体、字体之中，不仅有着严格的书写规范和准确的表达，是突破空间阻隔能共同遵守的统一法则，而更多的是民间的"俗体"所表现出的丰富性、多样性、模糊性的约定俗成。

三是写意性。中华民族有着丰富的文化形态，汉民族就是以儒释道为三大文化支柱，其文化艺术的写意性决定了中华文化的特殊价值，这种写意性可以说主要来自书法文字的"写"的特性。书法文字的"线性"，决定了其书写的写意性，不可重复性和历史性，并培育了中华民族审美的"写意"精神。我们是用线来构成世界的，我们用线构成历史而展现未来。我们不在烦冗复杂的推理中表达美，我们不用太多的手段去描绘心中的美好，我们不仅仅运用自然的景物表达美，我们是用线，用最简约的"线性"表达自然在心中的感受，表达心中的意境，这就是我们审美的写意特性。

书法文字有着太多的特性，太深厚的文化内涵，甚至很难界说是中华文化孕育了书法文字，还是书法文字书写了中华文化。它的整体性正是中华民族"生成性"宇宙观、世界观的基础；它的模糊性奠定了中华文化的自然属性；它的写意性更是文化艺术走向更高层次的基础，可以说书法文字和中华文化共同诞生、共同运育，以至共生共存。

（二）书法文字的连续性，是人类文化的"活标本"

书法文字的另一个特性是连续性、当代性，这是世界上所有民族文字所不具有的特性。这包括两个方面的内容：

一是作为文字。从4000余年前的甲骨文到今天所使用的文字，在这漫长的文字演变中各种字体之间不仅相互关联、一脉相承，而且在使用上有着"当代性"。当我们还在争论于不废除汉字就无法迈向现代化的时候，汉字在计算机技术上的运用已远远超过英文；今天，我们稍作训练各种书体、字体就可以相互使用、共同书写，这是非常奇特也是非常神奇的现象。

二是作为审美现象。我们可以在没有任何改变的情形下书写、欣赏到不同时期、不同书体的书法文字之美，我们可以打破时间的隔阂，穿梭于5000年的时间隧道中，任意地书写、挥洒、表现和欣赏，不需做任何的转换，它存在于千年之前，而存活于鲜活的当下，是一个"存活的文化标本"，蕴含着丰富的文化信息，是一朵古老的姹紫嫣红的人类文化奇葩。

（三）书法文字，产生了独特的书法艺术

书法、文字和书法艺术，是三个不同的概念。书法、文字在传统意义上是可以并称的，而书法艺术是近现代的"舶来品"。书法文字成为一种艺术，这是迄今为止世界上任何一个民族所没有的。这种艺术深深地根植于中国人的血液之中，可以说，书法作为一种艺术对于每一个中国人来说，都与生俱来地具有一种创作和欣赏欲望和能力，这

种独特的艺术基因蕴藏于中国人的生命之中。如果说书法艺术是一把锁的话，那么在炎黄子孙的心中就藏有一把打开这把锁的钥匙；或者说我们中华民族心里有一把锁，只有书法艺术这把钥匙能将其打开，这一现象是非常特殊、独一无二的。正如有的学者认为：书法是中国文化核心的核心。说它是核心，是因为它用最简单的黑白两色、一根线条，表现出中国文化的深邃思想，是中国哲学精神的高度物化，它能用最简约的艺术形式表现出最丰富的思想内涵。

三、书法文字，遭遇了前所未有的危机

几千年来，中华文化在自我完整的系统内产生、发展并不断吸收外来文化而繁荣、壮大，一度成为世界上最优秀的文化和最强大的民族之一。然而，近百年来随着西方"坚船利炮"将中国大门打开，中华文化在近现代西方科技文明下显得落后，并遭遇到前所未有的挑战和危机。作为最具中国文化特色的书法文字在这场变革中首当其冲，发生了巨大的、根本性的改变，主要表现在以下三个方面。

（一）硬笔的传入，使书法失去了毛笔的书写环境

据考古发现，我国毛笔的起源可以追溯到新石器时代。数千年来，我们用毛笔书写了灿烂的中华文化，形成了一整套深厚、丰富的毛笔书写文化。传统的文人士大夫以至贩夫走卒，整日都离不开毛笔的使用，形成了一个庞大的"毛笔文化"的社会环境，并带动了"笔墨纸砚"的文化产业和艺术审美系统，实用、艺术并存，这是典型的生活艺术化、艺术生活化的更高级社会发展模式。然而，近百年来随着西方文明的传入，毛笔这种"唯笔软则奇怪生焉"的软笔，被硬笔取代，虽然大大地提高了日常书写的便捷，但是，几千年的书写文化背景作了根本性的改变，直接导致了书法作为一种艺术失去了书写的社会性，

从根本上改变了毛笔文化的背景,从一种具有深厚积淀的文化现象,变成了以书写为唯一目的的工具。

(二)计算机的普及,改变了汉字书写状态

如果说,硬笔的传入改变了毛笔书写的社会基础,使传统的毛笔书写状态彻底改变的话,而计算机技术在各个领域的普遍使用,特别是计算机汉字输入的形式,彻底将我们传统文字的书写方式改变,这是一次悄然无声的革命,目前它所带给中华民族的危害还不被大多数人认知。其实它正在改变我们"中华文化的基因",其危害的严重程度,必须引起我们的足够重视。有的人认为,这个只是文字的输入方式的改变,不要大惊小怪,要知道,这种"书写性"在很大程度上形成了中华民族的民族性,"民族性"正是民族与民族之间的气氛,也是一个民族的优势所在,这是一种"基因的改变",潜移默化的改变,当你真正发现时已经回天无术了。

如果改变了文字的组合方式和书写习惯,那么就很容易改变这种文字,一旦文字被改变,就从根本上改变了这个民族最基本的文化特征。因此,有学者认为:"语言文字是一个民族、一个国家历史演进过程中逐步形成的符号系统,它既是一切文化和文明的载体,也是全部文化和文明中最基本、最稳定、最持久的构成部分;改变一个民族的语言文字,对一个民族和国家的人民来说是一个比掠夺他们一些土地和粮食更为痛苦的事情,必然触及其心灵深处,如果一个国家的语言文字被改变了,那么这个国家的文化也就被彻底改变了,这个国家可能也就名存实亡了。一般而言,语言是思维的外壳。思维的表达只能用语言,这是语言文字的一种功能。但这仅仅是语言功能的一半。实际上,语言引导思维,语言影响思维,语言使人形成思维,形成思维

后进而影响思想，这是语言的另一种功能。"[1]需要特别指出的是，我国的语言文字不仅仅是符号，也不仅仅是艺术，它更是一种文化，它和中华文化共同产生、共同发展、共同承传，共同盛衰，甚至没有中断。因此，书法文字在"书写"上的改变，必将对民族的文化本性、心理产生微妙的基础的改变，从而改变中华民族的"民族性"，请问还有什么比这个更严重的事吗？

（三）书法文字，成为了一种纯艺术

书法艺术作为中华民族独特的审美现象，是我们值得引以为豪的。然而，当我们失去了书法文字书写的社会文化背景，书法只是以单纯的艺术而存在，这又是一件非常可悲的事，是一种无可奈何的事。在这样的情形下，它不仅失去了鲜活的外衣，也断绝了深邃思想的源泉。书法只单单作为艺术而存在不仅缩小了它的外延，更是减弱了它深刻的内涵。因为，书法作为一种艺术，它和绘画、歌唱、舞蹈等其他审美现象不同，它和文字紧紧依存，共同传承，它在更大程度上以一种文化的形态存在，一个书法家、一件书法作品如果缺少文化的支撑，在传统意义上是没有价值和意义的。

说它外延缩小了，是因为书法作为纯艺术，很快将失去庞大的书写群体，传统上所有的"士人"都能提笔操觚，而"书法的纯艺术"将书写只集中在几个书法家的身上，大大缩小了书写的范围。说它内涵减弱了，是因为如果书法成为了一种纯艺术，它就再也不是一种文化的载体，而是一种艺术的表现形式，它的诸多文化属性被淡化、剥离，它不仅仅和诗、词、歌、赋、画、印割裂开了，改变了书法文字作为"书写状态"的文化传播，更不会强调"技进乎道"的传统书法文字书写过程的哲学体验，进而无法感受线条表达世间万物的东方深

---

[1] 王佐书：《中国文化战略与安全研究》，北京：人民出版社，2007年，第223页。

邃的书法思想，这是中国传统书法的终极理想。

四、"书法文化"复兴的对策

面对书法文字在近现代的遭遇，面对"文化基因"被变异的现实，我们不仅要有一种强烈的危机意识，还要制定相应的措施和对策。存在不一定是合理的，我们往往会被眼前的利益驱使，文化的传播往往又和价值成反比，"文化的当下性、商品性、市场性等并不能说这就是最合理的，因为向来人是要被引导的，有'被'的属性"；"未来的百年，正如政治与经济的竞争的激烈，文化也面临着剧烈的竞争。强势文化将越来越强，弱势文化如果不知自强，其走向衰亡乃至消失，恐怕会是必然的。迄今为止，世界上许多弱势文化都已陷入严重的危机，不少已经消亡。单一语言而论，已有5000多种语言完全消失"。

这样的情形已经发生现在每天还在发生，中华民族所遭遇的这段历史也未曾走远，我们必须自强、自觉，反思人类的文化行为。

英国学者汤因比认为："就时间长度而言，历史最长的文明形态只不过三代，刚超过6000年，而整个人类的历史少说也有30多万年。两者相比，文明形态的历史只及人类历史的2%，因此在这个意义上，所有的文明都可以说是同时代的。再就价值尺度而言，与原始社会的状况相比，各个文明形态所取得的成就都是巨大非凡的；而与人类理想的标准相比，这些成就又都是微不足道的。正是在这个意义上，所有文明的价值可以说是相等的，谁也没有资格瞧不起谁。"[1]所以，我们应该平等地看待所有的文化，应该放慢发展的脚步来观照、爱护人类的每一种文化形态，一种具有5000年历史、独特的"中华写意文化"，

---

[1] 阿诺德·约瑟夫·汤因比：《汤因比论汤因比 汤因比与厄本对话录》，王少如、沈晓红译，上海：上海三联书店，1997年，第6页。

这不仅是我们的需要，也是未来人类文化多元化的必然。为此，我们应该做到：

第一，进一步认识中华文化的独立性

长期以来我们有这样的认识误区，认为文化有落后、先进之分。近百年来，我们一直认为我们的文化是落后的，西方的文化是先进的，所以我们的一切都要改变甚至连我们的文字也要"拉丁化"，这是非常浅薄的短视之论。这种思想是混淆了文化和文明的概念，如果说科技文明有先后之分的话，文化是没有先进落后之别的。更何况，我们的文化在5000年独立的体系中发展、壮大，一度成为世界上最优秀、最悠久的文化之一，只是在近现代不到200年的时间里表现出它的的现代科技的落后性。特别是作为审美现象的书法文字，不仅表现出它的艺术性、唯一性，具有独特的文化价值，是中华文化的基因，更是世界文化的奇葩和宝贵财富，它从来就自成体系，独立存在发展。东西方文化是两个不同的系统，在互相融合、发展和碰撞中，必须深刻地认识到它们之间的独立性。

第二，在国家制度层面上制定有关政策、法规

我们不仅要在认识上高度意识到中华文化的独立性和民族性，更要在国家战略的层面上出台有关政策和规定，培养和保护"书法文化"的环境，将其作为一种独特的文化现象来保护。我们要在娃娃、青少年中宣传书法文化知识，使其从小具有学习、欣赏这种文化艺术的能力，引导大众明确从俗文化向雅文化的审美方向，在一定的政策、制度和体制上进行约束和规范。要加大各种投入研究现代技术如何和传统文化融合，例如要主动、自觉地加大计算机输入的"手写"的技术，尽量用书法文化的思维方式研制"手写输入法"，让传统的书写和现代技术更加紧密地结合起来，要做到既能享受现代科技带给我们的便捷，

又能保留"书写文化"的环境，只有这样我们才能在更高的层次上保存我们优秀的文化、发展现代文化，复兴民族文化。

第三，扩大世界书法文化交流

由于历史的原因，中华文化向海外的传播和交流主要通过日本、韩国、新加坡等国家以及中国的台湾和香港等地区，直接由中国境内输出、交流的历史比较短也比较少，因此，对中华文化的误读、肤浅的理解就在所难免。随着我国改革开放政策的持续不断推动、WTO的加入，特别是科学技术的发达，我们已经来到了"地球村"的时代，迫使我们在全球化的视野下思考如何提升我们的文化影响力，思考我们文化的生存、发展以及交流、输出的方法和能力。我们在自我保护和发展汉字（书法）文化的同时，应该让世界了解、学习和欣赏这种文化并融入世界的文化之中，唯此才能有强大的生命力。"一个文明只有达到这样一种程度，即成功地将它的文化扩散出去，它才能始终真正地、完全地吸收与它接触过的异己的社会体。"[1]

回眸百年，我们的文化在左冲右突中艰难地前行并不断地得到发展。今天我们提出中国文化发展战略的思想，与其说这个命题中的"战略"设计是主动出击的结果，不如说是一种"应对"意义上的被动反应。这个议题的提出有很多丰富、深邃、广博的内容，而作为最具中国特色的书法文字，将在这一战略思考中占有怎样的地位，是值得我们思考、研究的重要问题。

[入编《"2012中国书法·金陵论坛"论文集》；刊于《书法报》（武汉）2012年8月15日（两期连载）]

---

[1] 王佐书：《中国文化战略与安全研究》，北京：人民出版社，2007年，第223页。

汉字书写方式的改变将削弱国人的特质

汉字是中华民族极其重要的文化载体，其存在形式、书写方式造就了中国人诸多的文化特质，由于我们有独特的、有别于其他民族文化的特质才创造了属于自己的辉煌灿烂的文明。近代以来，西方文化的大量涌入，特别是计算机、互联网等技术的迅猛发展与普及，从本质上改变了汉字传统的存在形式和书写方式，这一改变将会影响、削弱国人诸多特有的文化品质，其非可逆性，警示我们应当引起高度的重视。这个观点绝不是杞人忧天，早在200多年前清代著名学者龚自珍有云："欲要亡其国，必先灭其史，欲要灭其族，必先灭其文化。"想要灭其文化一定是从文字入手，当我们考察殖民地的文化侵略时可以发现，改变殖民地的原有文字、语言一定是"殖民"的开始。

汉字，中华民族赋予了她诸多的文化内涵，在民族历史、文化生态和精神心理上具有极为重要的意义和价值。不管是沮诵、仓颉乃"百代书祖"，还是庖羲氏画八卦之说，许慎的"象天法地，见鸟之迹"等，无不表现出汉字产生的伟大、神秘、震撼，正所谓"造化不能藏其秘，故天雨粟；灵怪不能遁其形，故鬼夜哭"[1]，可见书法文字的产生

---

[1] 张彦远：《历代名画记》，载卢辅圣主编《中国书画全书 第1册》，上海：上海书画出版社，1993年，第120页

在中华民族的历史、文化和心理上具有怎样的重要意义。五千年的中华文化可以说是一部书法文字史，其经典古籍是传承中华文明智慧的重要载体和基因，更是构成中华民族文化的核心。

汉字的产生是中华文明肇启的重要标志之一，文明与汉字相发相生，汉字的产生、形式结构、书写方式和存在形式，影响、发展、形成了独特的中华民族的世界观、思维方式和审美特质，主要表现在以下几个方面。

一是整体性。文字从它诞生第一天起，就决定了它和拉丁文字的本质区别。它的最小单位是一个字，而一个字就有一个意，所谓"一字一意"，由"字"组成的"文"又有了新的意，每个字又有一个音和一个形，形音义共同构成了一个字。因此，当我们在书写和阅读文字时它具有丰富的内容，我们的大脑是一个整体的接受，是图像、声音和字意的全息信息。我们用一个个单字去表达宇宙万物，而每个字其本身就是一个宇宙系统。这种文字既独立又联系的整体性，是汉字最显著的特质。

汉字的整体性直接影响着中国人的世界观和思维方式。我们认为自然是一个整体，彼此不是孤立的存在，是互相联系的有机的整体；传统的学问强调"通儒"，就是强调彼此知识之间的关系和相互的触类旁通；其小无内、其大无外，技进乎道等都是整体思维方式的展现，与汉字的整体性有着非常密切的关联，这一思想贯穿于我们的整个文化之中。

二是模糊性。汉字在表达上是世界文字中最丰富、最准确的语言之一，同时其模糊性也是其他民族文字所没有的。几千年来，文字在不断的流传演变中形成了不同的书写形式，这种不同的外在形式虽产生于不同的历史时期和不同的时代背景，但是，在很多时期它们以各自相对独立的形式共同存在于同一个历史阶段，有着不同的文化、历史、社会和艺术作用。有人神沟通的——甲金文字，有统治者"书同文"的国家标准——小篆，有显示庙堂之气的庄严——篆隶，更多的是民间大众的日常使用书体——行草书等。在这些众多繁杂的书体、字体之中，不仅有着严格的书写规范和准确的表达，还有突破空间阻隔能共同遵守的统一法则，更有民间的"俗体"所表现出的丰富性、多样性，在约定俗成的规范下具有模糊的重要特征。

汉字的模糊性与中国艺术精神高度吻合。似与不似、重神轻形、犹抱琵琶半遮面等艺术思想，确是艺术的基本特性；一切都是明晰的、清楚的、量化的、数字的，那是科学的基本属性，与艺术的宗旨无关。更为深刻的是这一模糊性从本质揭示了世间万事万物的基本规律，因为世界上不可能存在绝对的"清晰"而存在绝对的"不清晰"，这是中华民族伟大思想之一。

三是写意性。中华民族有着丰富的文化形态，儒释道是为三大文化支柱，各有侧重，其艺术的写意性决定了中华文化的特殊价值，这种写意性主要来自文字的"书写"特性。文字的"写"，决定了书写的时间性、不可重复性和历史性，并影响了中国的书画、戏曲、音乐、建筑、舞蹈等艺术，她着手于写而落脚于意，形成了中华民族独特的"写意"审美精神。

这种写意精神是东方艺术精神的重要特征，是与西方艺术的本质差异。书画的线条构图、建筑的飞檐斗拱、戏曲的简约程式、音乐单复式声线，等等，都存在轻形式重意趣的基本精神，也是写意精神的具体表现，与文字的书写和结体紧紧相连。

四是时间性。这里的时间性就是指线性，可以说汉字是由线构成的，线的特性决定了中国人诸多的线性思维。周易的卦象、文学的章回、诗词的对仗韵律等，无不受"线性"思想的影响。我们是用线来构成世界，用线构成历史而展现未来。我们不在烦冗复杂的推理中表达美，我们不用太多的手段去描绘心中的美好，我们不仅仅运用自然的景物表达美，我们更是用线、用最简约的"线性"表达自然在心中的感受，表达心中的意境。

这种线性时间的表达与中国哲学的基本精神相一致，简约、含蓄、内敛、概括等，用最少的形式、笔墨表达最多的内容、最深刻的思想。书法，一根线条承载着中国人的艺术追求和文化理想，论形式没有比她更简约的了，这也是书法为什么被称为"中国文化核心的核心"；明代的实木家具，被尊为中国乃至世界家具最高的代表之一，其重要原因就是木质的珍贵、形式的简约和与自然的高度和谐等，这些特性和汉字的存在方式、书写形式有着天然的联系。

五是空间性。很多学者认为，中国人审美的基础是汉字，汉字的造型影响、启发了中国人的空间感和形式结构，最直接的就是中国的建筑，不管是亭台楼榭，还是牌坊立柱，其比例以及对应关系，无不受到汉字形式的启发和影响。特别是汉字书写成为一种艺术，其变化、丰富、流动、变形和可塑性更是塑造和促进了中国人独特的形式感，其计白当黑的空间色彩，更是受到书法书写方式、存在形式、书写工具和书写载体的影响。

与拉丁文字相比，汉字是一种高度抽象的图画，是图画就有空间感，这种二维的图画通过特殊的毛笔不仅能够产生千变万化的笔画，而且还能产生三维的立体空间，汉字存在形式和书写就是在不知不觉中对这一空间感的接受和运用，汉字书写方式的改变也就从根本上改变了这种空间感。

六是艺术性。汉字，产生了独特的书法艺术。书法、文字和书法艺术，是三个不同的概念。书法、文字在传统意义上是可以并称的，而书法艺术的称谓是近现代的"舶来品"。文字成为一种艺术，这是迄今为止世界上任何一个民族所没有的。这种艺术深深地根植于中国人的血液之中，可以说，对于每一个中国人来说，具有一种与生俱来的创作（书写）和欣赏的欲望、能力，这种独特的艺术基因蕴藏于中国人的生命之中。如果说书法艺术是一把锁的话，那么在炎黄子孙的心中就藏有一把能打开这把锁的钥匙；或者说我们中华民族心里有一把锁，只有书法艺术这把钥匙能将其打开，这一现象是非常特殊、独一无二的。

汉字能成为一种艺术，并成为我们每个人心里的基本认知是建立在书写基础之上的，没有了书写就不可能有书法艺术，没有了书写的行为就阻断了汉字走向书法艺术的通道，没有了书写汉字的艺术性只是几个书法家的事，就将这种普遍的行为变成特殊的行为，将集体意识转变为个体意识，这个损失是无法估量的。

综上所述，我们可以看到中华民族所具有的诸多特性，在很大程度上是受到汉字独特性质的影响而形成的，如果汉字的形式和书写行为被拼音、键盘、语音等代替，这些特质也将逐步消解、弱化，直至消除。

面对这一问题我们不能被动应对，更不能听之任之，我们应当积极思考，做出相应的对策，甚至可以上升到国家战略高度来对待。要改变这一现状我们认为应该从以下三个方面着手。

一是在东西方文化的融汇中，进一步认识中华文化的独特性。

长期以来我们有这样的认识误区，认为文化有落后、先进之分。所以百年来，我们一直认为我们的文化是落后的，西方的文化是先进的，所以我们的一切都要改变甚至连我们的文字也要"拉丁化"，这是非常浅薄的短视之论。这种认识混淆了文化和文明的概念，如果说科技文明有先后之分的话，文化是没有先进落后之别的。更何况，中华5000年文明是在独立的体系中发展、壮大，一度成为世界上最优秀、最悠久的文化之一，只是在近现代不到200年的时间里表现出现代科技的落后。特别是作为独特东方文化的标志——汉字，实践证明它与现代文明不仅没有"隔阂"，甚至更加合理、科学，更具有唯一性、艺术性，是中华文化的基因，她是世界文化的奇葩和宝贵财富。东西方文化是两个不同的独立系统，在互相融合、互补和碰撞中发展，我们要在全球的视野下，在东西方文化的融汇中深刻地认识到它们之间的独立性。只有从这个高度、角度和深度，才能改变目前汉字存在方式、书写形式的改变给我们带来的危机。

我们的文化曾经企图全盘西化过，我们的文字曾经企图拉丁化、拼音化过，就在20世纪80年代，随着计算机技术的迅猛发展曾经有人断言："不废除汉字就无法步入计算机时代，进入现代文明！"等等。如今，这样的声音没有了，但是，危机并没有消失，我们在默默地走向更可怕的"陷阱"，这个陷阱就是延续了几千年的汉字存在和书写方式，被慢慢地改变。因此，我们只有充分认识到中华文化的独特性，提高我们文化的自信心和自觉性，在中西方文化平等的语境中互相融合、独立发展才能改变这一危险局面，这不仅是中华文化发展的必由之路更是世界多元文化的需要。

二是在国家发展的战略层面上，制定有关政策和法规。

我们不仅要在认识上高度意识到中华文化的独立性和民族性，更要在国家战略的层面上出台有关政策和规定，培养、保护和延续传统汉字的存在形式、书写方式和汉字文化的环境，将其作为一种独特的文化现象来保护。要保留国人的书写习惯，保证中小学生以及成年人有书写汉字的时间，在全社会中宣传汉字书写方式的重要性，普及书法文化知识，从小培养学习、欣赏这种汉字艺术的能力，在一定的政策、制度和体制上进行行政管理和制度约束。更要增加资金、人才的投入，研究现代技术如何和传统文化融合，保护和延续传统汉字的保存和书写的方式。如：主动、自觉地加大计算机输入的"手写"技术，尽量用汉字书写的思维方式研制各种"输入法"和计算机操作系统，让传统的书写和现代技术更加紧密地结合起来，做到既能享受现代科技带给我们的便捷，又能保留"书写文化"的习惯和环境，只有这样我们才能将汉字的书写方式保留下来，同时又能和现代文明同步。

三是扩大世界文字文化交流，提升汉字的影响力。

由于历史的原因，中华文化向海外的传播和与海外的交流主要通过日本、韩国、新加坡等国家以及中国的台湾和香港等地区，直接由中国境内输出、交流的历史比较短也比较少，因此，对中华文化的误读、肤浅的理解就在所难免。随着我国改革开放政策的持续不断、我国加入WTO，特别是科学技术的发达，我们已经来到了"地球村"时代，迫使我们在全球化的视野下思考如何提升我们的文化影响力，思考我们文化的生存、发展以及交流、输出的方法和能力。我们在自我保护和发展汉字（书法）文化的同时，应该让世界了解、学习和欣赏这种文化并融入世界的文化之中，唯此才能有强大的生命力。"一个文明只有达到这样一种程度，即成功地将它的文化扩散出去，它才能始终真正地、完全地吸收与它接触过的异己的社会体。"[1]

汉字，是中华民族的文化基因，是世界上独一无二的文字符号，由于汉字起源、生成、演变、形式的独特性质，深刻地影响了几千年

---

[1] 阿诺德·约瑟夫·汤因比：《汤因比论汤因比 汤因比与厄本对话录》，王少如、沈晓红译，上海：上海三联书店，1997年，第116页。

中华文化的发展，并形成了诸多汉民族独特的特质；随着计算机技术的发展，汉字的存在形式、书写方式被改变，这些独特的特质也将随之改变，这必须引起我们的高度重视。

（原载《中国艺术报》，2017 年 7 月 14 日）

且慢以为你是艺术家

看到这个题目或许你以为我是想说：你的艺术技巧还没有达到一定的高度，所以称不了艺术家；或者说你没有足够的字外功，称不了艺术家；或者说你还没有什么资历，称不了艺术家；或者你还没有获什么奖、加入什么协会，称不了艺术家；等等。其实都不是的，我是想说你怎么能成为一个真正中国文化意义上的艺术家。

艺术家的称谓是由日语翻译而来，在中国传统文化中是没有的，但从本义来看一定有所谓立德、立功、立言的分量，因为成名成家在我们文化人中不仅有其积极的一面，更有相当的敬畏之感。特别是近代以来，人们在西学东渐的视野下观照中国文化的个性后普遍认为："艺术"是中华文化最为独特的精神特征，在宗白华、方东美、唐君毅、徐复观、李泽厚等近现代文化大家的论述中，"艺术"已然成为中国文化的核心和灵魂，梁漱溟甚至认为："中国的一切都是艺术的"。可见，艺术、艺术家在中国文化、中国人心目中的价值、意义和分量是不言而喻的。不过，在当下，艺术、艺术家并没有这样崇高和伟大。

现代意义的艺术家是指具有娴熟的艺术技巧、较高的审美能力，从事艺术创作并取得一定成就的艺术工作者。以这个标准来衡量艺术家，其实它就是一种职业、一种技艺，显然，如果以我们的传统文化作为参照的话，现代意义上的艺术家便缺少了一种厚度和神圣。

或许在我们当下的社会里，界定一个艺术家可以以技巧、审美、创作能力等为条件，但是，这个条件实在太低了，其属性也顶多是一名艺术工作者。如画家就是绘画创作工作者，音乐家就是音乐工作者，影视艺术家也就是一名演员、导演、编剧，等等。但是要想成为一名名副其实的艺术家，成为中国文化价值体系认同下的艺术家还需要具备两个条件：一个是深厚的文化积淀，另一个是"忧患意识"，如果没有这两点，我想你一定不配做一个中国文化意义上的真正艺术家。

要艺术家具备"深厚的文化积淀"是孕育了中国艺术的文化土壤、性质所决定的，因为中国文化的"生成性"决定了中国文化的"层垒式"的文化品性，作为艺术的技巧、形式、审美能力只是艺术创作的基础，而真正的艺术本质内涵是要通过外在的技艺，反映作品背后这个创作者"人"的文化厚度和思想深度，这种文化和思想的获得是建立在文化的积累之上的。此外，从中华传统文化价值观来看还有一个更高的要求，那就是传统文化与生俱来的、一以贯之的"忧患意识"。如果说"文化积累"是文化性的话，那么"忧患意识"则是思想性的，只有具备了这两个条件，才称得上中国文化意义上的艺术家。

中国文化中的忧患意识来自以《周易》为群经之首的文化源头，和以传统农耕文化的"靠天吃饭"的地理位置所带来的生存担忧，并逐步转化为"集体文化意识"。虽然随着中国社会从传统向现代转型，这种文化和地理的局限有所改变，但它已成为一种文化优秀传统和人类共同的财富，并融入我们的文化乃至民族的血液中，已经成为也应当成为现代中国文化人所共同遵守的独特品格。

《系辞》曰："作《易》者其有忧患乎？"自此文明开启、人文昌盛。继有老子之柔、孔子之仁、孟子之生、屈子之愁、稼轩之忧等传统主流文化，无不以忧患为存在的前提，也是传统文人士大夫安身立命的根基。近代以来，面对列强入侵，中华民族卧薪尝胆、奋发图强，八年抗战、同仇敌忾，更显忧患文化之旨；新中国以《义勇军进行曲》作为国歌更是居安思危、警钟长鸣的现代忧患意识的继承与转换，足见其具有深厚的历史意识和宏阔的未来经略。

忧患，乃全人类之共有，然，忧患为文化之肇启，文化之贯穿，社会之共担，唯中华文化所固有。当前，传统的忧患意识，已转变为现代社会的责任和担当。因此，没有文化的积淀不可能创造出具有深厚内涵、深邃思想，具有经典价值、引领意义的艺术作品；而社会责任和担当是对艺术家品格的要求，是艺术作品具有深度、厚度、温度的自我完善，也是判断其艺术是否具有中华民族精神品性的标准，具备了这两点才是中国文化意义上的艺术家。如果以这样的条件要求当代艺术家的话，那么什么大师、巨匠、大家等帽子满天飞，就成为了一个笑话。

（原载《红旗文摘》2016年第8期）

证明：我们的艺术家为什么必须要读书

艺术家需要读书，恐怕没有人会提出异议，但是为什么要读书，为什么必须要读书，这恐怕就没有那么简单了。因为从目前的认知来看，这个问题只停留在艺术家应该要读书的层面上，而其中的原委、深层次的原因未有涉及。所以，今天我不但认为我们的艺术家必须要读书，而且我还要证明。

在证明之前，先说明几点：一是这里的读书是个宽泛的概念，是指获得一切知识的手段，特别是在现代科学技术下，获取知识的途径很多，并非只有传统意义上读书这种方式。二是我标题上说"我们"的艺术家，为什么不说艺术家，因为不包括西方文化概念下的艺术家。三是难道这个问题还能证明吗？还需要证明吗？当然需要，因为文艺评论不同于艺术创作，创作是感性的过程而评论是理性的思辨过程，一切理性的思维没有证明就没有专业的价值。四是现在能证明，是不是过去就证明不了？是的，因为在传统文化中，这不是一个需要特别提出的问题，更不需要证明。所以，这个问题看似简单，但在中国传统文化的语境中要说清楚还是很难的，更是难以证明的。

下面我们言归正传，试作探究，证明如下。

要证明我们的艺术家必须要读书，还得追溯到问题的本质，即中国文化的性质，因为中国文化孕育了中国艺术，中国文化精神就是中国艺术精神，要讲清楚中国文化的基本精神就要对照西方艺术精神，要以西方文化作参照，彼此才能更加清晰起来。数千年来，东西方文化在各自的生存系统中发生、发展，并形成各自的性质。中国传统文化是以农耕文化为基础，在血亲宗族制度下的技术经验系统，所孕育出来的各种传统艺术都深深地打上了这一烙印。西方文化则是一套科学系统，是通过文艺复兴找回古希腊理性精神，再经过200多年的翻译运动，将古希腊遗留下来的文献翻译成阿拉伯文并传到欧洲，然后经过近代实证科学，形成流布世界的现代西方文明，这种理性的科学精神不仅影响了自然科学也影响到社会科学和艺术。

  以绘画为例，从文艺复兴时期的写实主义开始，西方绘画不管是后来的古典主义、新古典主义、浪漫主义、写实主义、印象主义、后印象主义，还是西方现代各种流派的绘画艺术，都与科学紧紧相连、密不可分，如解剖学、几何学、透视原理，以及数学、物理学、光学、化学、力学，还有人文学科，并成为西方绘画的表现手法、技巧和精神内涵的重要内容，形成了一整套完备的"知识体系"。需要说明的是，所谓的科学就是分科之学，早期的西方科学更具有"博物学"的色彩。再看中国的绘画，虽然也是以线造型，但与现代的知识体系关联不大，甚至南辕北辙，特别是宋元之后的文人画，以心性为主导的精神体系，弱化了外在的形式因素，甚至在"道释"思想的影响下有去"物象"的表现手法，从而达到了中国绘画艺术的最高形式"写意绘画"，成为最具中国艺术精神的代表之一。

  再以最具中国文化特质的书法为例，其特点更为明显。书法，虽然被誉为中国文化核心的核心，但其笔墨和技巧形式却相对简单，不但没有现代意义上的科学成分，更没有形成与西方相对应的"知识系统",甚至没有与之相阐释的"美学体系",书家所写的内容和书写风格没有多大关系,哪怕书者对内容一无所知,也不影响其书写状态和审美风格,因为他的艺术风格和精神深度不在技术本身,而在熟练的技巧之上,主体精神的物化,是通过读书和思考,即生命感悟和文化涵养去引导创作的实践,从而实现对技术的处理、笔墨的运用和审美的判断。如笔墨的虚实、轻重、长短、向背、干湿、浓淡,还有字法、章法和形式的取舍,等等,是依赖于主体精神的提升,从而达到一种艺术的境界,而这个境界的高下不取决于技术本身,而是在技术高超的基础上通过外在的读书学习,提高人文素养而获得。因此,在中国书画史上只有掌握了深厚的笔墨技巧,具有深厚的文化修养的书画家,其作品才有精神的深度,才能达到一定的境界,才能成为现代意义上的艺术家。

文化既有延展性也有遮蔽性。东西方文化所具有的各自性质不仅表现在艺术上,在科技领域也是如此。如我国的四大发明也是一种技术实践体系,如指南针的发明其伟大之处毋庸置疑,但它不是一套现代意义上的科学体系,而是实践经验系统,它不是基于对地球南北两极的认知,更没有磁场、磁力线等物理概念;火药,也没有弄清爆炸是快速氧化的科学原理等等,总之和艺术一样是一种长期反复实践的技术经验系统。所以,有学者认为从东西方比较而言,中国的一切是艺术的,西方的一切是科学的,这样的判断在学理上是成立的。

或许有人会说,你是不是在低估中国的文化、中国的艺术,如果这样认为你就错了,正好说反了。在现代艺术的概念下,中国艺术所表现出的直觉、非理性、非逻辑、"去知识"的精神特质,才是真正的艺术,才能触摸到艺术的灵魂。法国艺术家罗丹说:"我不相信科学的倾向对艺术是有利的。"一种非理性的"诗意的生活",才是人类的理想追求。近现代以来西方的大哲们已经意识到"理性""科学"给人类带来的负面影响,提出的后现代主义其实质就是解构西方的语义中心论,其要义就是去逻辑、去理性,从这个角度来看,东西方文化在这个层面上更具有对话、融合的可能和意义。

通过以上的分析我们认识到,中国文化的底层精神是技术体系,所产生的艺术其技术部分不包含知识内容;西方的艺术是一套科学体系,其技术和知识互为一体。所以,我们的艺术家在锤炼技术的同时,需要读书、思考、感悟生命、增加知识、提高人文修养、提升审美水平,唯此,才能创作出具有高超的艺术价值和高境界的艺术作品。

(多家新媒体刊发)

东西方文化视野下的高校美育

——在"中华优秀传统艺术与高校美育"国际学术研讨会上的发言

尊敬的各位老师、同学们，大家下午好！我是江苏省文艺评论家协会的衡正安。今天，很高兴在这里和大家探讨高校美育这个话题，我觉得非常及时，也非常必要，这不仅是学生的需要、大学的需要，我认为也是这个时代民族文化安全、多元文化发展的需要，更是建立当代中国式话语体系和叙事体系的重要内容。

我今天发言的题目是：东西方文化视野下的高校美育——以中国书法为例。主要有以下四个方面的观点：

一是在东西方文化的视野下，观照美育的必要性和紧迫性；

二是中国传统的美学思想，造就了独特的东方艺术；

三是近现代以来，中国传统美学思想有传承之危；

四是书法，是高校接受美育的最好入门。

下面讲第一个观点：东西方文化视野下，美育的必要性和紧迫性。

我为什么要强调在东西方的视野下？因为几千年的中国传统文化只有天下观，没有世界观，在传统里我们没有必要，也不需要有这样的视角，因为："溥天之下，莫非王土；率土之滨，莫非王臣。"(《诗经》）但自1840年之后，我们已经逐渐融入了这个世界，历史逼迫我们必须要有这个视野，也必须在这样的视野下谈论有关问题。

早在150年前，李鸿章在给清廷的奏折中讲道：（当时的）中国，已处在数千年来未有之大变局时期。他清醒地意识到当时的中国已经到了危难之际，已经来到了一个数千年未有之大变局时期，可见，李鸿章对时局的判断是非常准确的。而今天，我们又来到了"世界百年未有之大变局"时期，这个变是全方面的，其中文化发展到今天，已经紧迫地提醒我们如何审视现代文化、如何对待固有的传统文化，如何认识现代文化之戕害，以及如何走向未来的文化，因为，不仅是我们，整个世界都面临着许多问题，所以反省自己，反省我们走过的路具有高度的必要性和紧迫性，这也是文化自信的前提和准备。

百年来，我们为了民族的存亡和国家的富强苦苦追寻，从挨打、挨饿，到今天经济总量世界排名第二，这既是中国发展的奇迹也是世界发展的奇迹。然而，我们也应清楚地看到，作为人类历史上唯一一脉没有中断的中国传统文化，在这百年中受到了前所未有的冲击，其中文化的核心部分美育之承传也处于非常危险的境地。目前，我们完全被现代审美思想包裹、裹挟，现代审美思想说得具体一点就是西方文化的美学观，甚至我们处在哲学家荣格所说的"集体无意识"之中。例如大到世界观、社会观，中到各学科分类、设置，小到从小学到大学所学的内容，几乎绝大部分和传统文化没有太大的关系，即便是语文中的古代诗词歌赋也是被"现代化"了的，环顾四周纯传统审美思想的载体无从寻觅，中国人的心灵也无处安放，这种现状需要引起我们高度的重视。

第二个观点，中国传统的美学思想，造就了独特的东方艺术。

毫无疑问，中国的传统美学思想博大精深，不仅是一枝独秀，而且还创造了独特的东方艺术，中国的老庄思想、禅学境界以及儒家的仁厚宽爱，无不是中国艺术创作的不竭源泉。文学的空灵和禅境，绘画的枯寂和灿烂、书法的宽博和疏密，无不是中国以儒、释、道为代表的传统美学思想的蕴化。还有音乐、舞蹈、建筑、民间工艺等传统艺术都深深地反映出中国文化的美学精神，使其屹立于世界艺术之林，取得了独特而辉煌的艺术成就，受到世界人民的尊重。百年来，我们对西方美学思想的学习与传播，更加清楚地看到中国文化的"技术体系"，以其直觉、非逻辑的思想底色，成为孕育中国审美思想的基础，具有极为鲜明的东方个性，与在西方"哲科体系"理念论思想的内在推动下，重知识、讲逻辑、善推理等形成了显著的对比。从东西方文化的高度，审视两种不同的文化，可以清楚地看到，中国农耕文化所孕育的"非科学"的审美理想，似乎更能抵达艺术精神的真谛。特别是宋元之后，中国化的禅宗思想在艺术中的运用与深化，使得文学、绘画、书法、诗歌等走向了"心学"之境，不仅丰富了中国艺术思想，而且还使中国艺术进一步成为心性之艺，这种向内追求的审美思想，形成了独特的中国艺术气质，具有极高的美学价值和伸展空间。

第三点，近现代以来，中国传统美学思想有传承之危。

环顾当下，我们目之所及、手之所触、学之所能、心之所悟，无不是现代思想的呈现和表达，审美中的设计、夸张、变形、构成、渲染，等等，都是西方"向外性"美学思想的彰显，几乎看不到中国传统美学"向内性"审美思想的身影。我们不是排斥现代思想，而是不能遗忘几千年优秀、深邃的中国传统美学思想，所创造出的辉煌成就和所达到的高度。造成这种局面的原因是，长期以来我们的传统美学思想没有得到足够的重视，更没有运用到我们的艺术创作和日常审美之中，也很少产生以传统美学为主体，具有普遍影响的艺术精品，这和我们的美学教育重"现代"轻"传统"有很大的关系。如果说，传统美学在一定程度上出现了断层的话，我想实不为过，只是不好量化而难察之故。我们常常很骄傲地认为四大文明古国唯有我们没有中断，而消亡的三大文明古国有的国家已经不复存在，甚至有的连人种都被置换了，这不是正严肃地告诉我们：文化是可以中断的，民族是可以消亡的，而且文化的中断和消亡往往是悄无声息的，是不知不觉的，是不可逆的。试想，如果民族的核心文化被改造了，甚至不存在了，那么这个民族还有什么存在的意义？如果这种文化的审美核心被替换了、性质被改变了，那么这个文化的意义和价值有多少？以五千年文化所孕育的中华民族，其灵魂用什么来安顿？更何况，世界文化的健康生态和多元化发展也告诉我们，审美的丰富性不仅是人类精神的需要，民族文化安全的需要，也是艺术自身发展的需要。

第四个观点，书法，是高校接受传统美育最好的入口。

数千年来，由于传统文化中"学以致用"思想的根深蒂固，更有一段时间以来所谓的"学好数理化，走遍天下都不怕"思想的影响，使我们更重视有用的专业知识，忽略了美育等看似无用的文化修养，殊不知有用的知识往往是由无用的基础知识所决定和承载的。高校，是一个承上启下的枢纽，一方面肩负着教书育人的重任，培养教书育人的人才，另一方面也输送着社会各方面需要的栋梁之材，所以，在高校中大力宣传、传播和普及美学思想和美学教育尤为重要，特别是对中国传统美学精神的承传显得更加紧迫和必要，这是高校美育教育的重要内容和使命。我们不仅要在全体学生中传播和普及中国传统的美学思想，还要培养专业的传统美学人才，建构自己的美学理论体系、话语体系和表达体系，使其在当代现代教育体制下东西碰撞、传统与现代互融，唯此才能产生智慧的火花和新的思想。中国传统美学博大精深、种类繁多，那么哪种才最具学习价值呢？我认为，传统美育最好的切入口，是具有独特东方文化代表的书法，书法集中地体现了中国传统美学思想的核心精神。

近年来，国家对书法教育极为重视。2013年，教育部出台了《中小学书法指导纲要》，2019年，中共中央、国务院印发了《关于深化教育教学改革全面提高义务教育质量的意见》，将书法从软任务变成了硬指标，对学生书法的美育提到了从未有过的高度，最近书法又被教育部升格为一级学科。可见，书法所具有的独特价值和典型意义逐渐被社会公认，书法文化在塑造中国人独特文化性质和审美气质等方面，起到了不可替代的作用。对于我们高校的美育，要抓住这一良好的契机，广泛地开展书法美育，承传中国传统美学思想。

那么，书法究竟在传统审美思想中有什么独特之处呢？

我想，至少有以下几个方面：

一是整体性。书写或欣赏书法作品对人的大脑是一个整体的接受，是图像、声音、会意以及艺术感受的立体全息信息，这是汉字和其他文字相比所具有的天然独特属性。当前，随着计算机技术的普及和运用，汉字书写被敲击、刷屏、拼音、拆解笔画和语音代替，汉字的书写已逐渐被异化、边缘化，失去了汉字书写的社会背景，从而也失去了文字在交往中整体性的特征。可以这么说，中国文化绵延数千年而不断，一个重要的原因是汉字，书法是汉字的艺术化，而汉字的整体性是中国艺术思维的重要基础。所以，加强书法的学习、书写和欣赏，对中国文化的安全，传承中国艺术精神，传播中国传统美学思想，丰富世界艺术的审美类型具有十分重要的意义。

二是写意性。书法的"写意"之特色不仅作为自身艺术的特性之一，而且还影响到中国其他艺术的塑造和发展，甚至有的学者认为书法的写意性，奠定了中国艺术的基本精神，是我国艺术"意象"思维的来源，与西方"写实"审美有着本质的不同，是中国美学思想的典型代表。中国艺术思想是以经验技术为基础的非"知识体系"，不需要理性、推理、观念和推导，可以直达艺术的本心，与艺术的本质靠得更近。目前，中国艺术界重写实、轻写意等现象非常明显，其原因一方面受到西方写实思想的影响，另一方面是以中国书法为代表的写意精神的匮乏。我们应该自信地认识到，中国艺术是一个"心象"的艺术，到了宋元之后由于受到"心学"形而上思想的影响和书法写意性的笔墨表达，绘画中倪瓒、徐渭、八大山人等写意书画家，将艺术的境界推向了一个新的高度，开启了一个崭新的艺术世界，其中书法对他们的影响不容忽视。

三是时间性。书法的书写具有时间性、不可重复性，这些特征不仅需要书写的一次性完成，而且还大大地增加了书写的难度。时间的本质是运动，因此，书写的时间性就是一个笔墨的运动过程，在不可重复的运动中要表现出轻重、浓淡、粗细、枯涩、弯直、断连等线条的变化，加上结构和章法的变化才会产生独特的艺术效果。书法可以说是线条的艺术，线性，造就了中国审美的基本精神，在绘画、音乐、建筑、文学、诗词等方面，无不具有线的思维方式，这种传统的"单式性"与西方的"复式性"相比，虽然缺乏逻辑、推理等特质，但这正是中国艺术的最大特征之一，也是真正艺术的基本特性之一。

四是简约性。这一特性高度地表达了中国的哲学思想，特别是宋元之后儒释道三家思想的合流，中国艺术在禅宗思想的导引下，将简约之精神推向极致。将中国"向内性"思想强化、深化，不仅具有独特审美的个性，极高的美学价值，而且具有后现代的意义。向内、含蓄、收敛、中和等，是一种用最少的外在物质、形式和笔墨，力图去表达最多的精神内涵、最深刻的审美思想。这种精神走向与外在的"物"形成反方向追求，是艺术的本质要求，因而，其精神更加丰富、深刻，是典型的东方大美的艺术表达，符合人类精神、物质生活发展的基本规律，是艺术发展的至高理想境界。反观当代的诸多审美活动，以物质的繁缛、复杂，甚至浪费作为代价，完全走了一条与中国传统美学思想的相背之路，这是一种低级的审美，是一种倒退，应当引起我们的高度重视。

五是崇古性。书法的崇古思想尤为明显，也更具有独特的美学价值，在看似"保守"的思想理念中，包含着极为深刻的人类生存法则和后现代思维方式。中国书法发展到明末清初，统治书坛1500年的帖派书法开始式微，到了清代乾嘉时期碑学兴起，追求古雅、金石、三代之气，形成了一整套完整的崇古思想体系，不仅对书法是一场革命，而且对整个艺术未来的发展具有极大的参考价值，是中国艺术美学对世界文化的一大贡献。崇古思想或者说往回看的思想，在各个民族间均有体现，例如西方的柏拉图的理想国、卢梭的反文明倾向，中国老子的反者道之动、孔子的吾从周等等，都是反向追求的明确表达。不过人类的发展是单向度的是无法回去的，而在艺术中却可以实现，中国的书法做出了典型的范式，不仅各个历史时期的书法形式在当下可以并存，甚至，一种往回走的书法核心思想理念主导着中国书法的创作和发展，这是一个非常奇特的现象。目前，我们对这种美学思想的挖掘、阐释以及发扬还很不够，这看似复古的思想其实蕴藏着极具价值的超前思维方式，具有巨大的阐释空间和思想张力。

六是空间观。上面我们说道，中国传统美学思想主要来源于以经验技术为基础的实践系统，不是以西方理念为前提的知识体系，所以它不强调透视、构成、数理和拼贴等空间构成。特别是书法以二维的纸面书写，利用浓淡、枯湿、飞白、造势、粗细、轻重、转折等水墨、用笔的变化和方法，展现出丰富的意象之态，特别是清代碑学的融入使金石的立体感在纸面上呈现，甚至具有三维的艺术效果。非常独特的是，它的"空间感"不是我们现代意义上的三维空间的构成，而是二维书写在纸面上模拟"金石"感，在力透纸背的技术支撑下，企图走向纸的背后，时间的背后，从而实现走向人心之中。更加难得的是，这些艺术表现形式是在一次性中完成，以期达到中国传统美学所追求的艺术境界，这是非常难也非常罕见的艺术形式。

七是色彩观。就中国艺术的色彩观而言，唐代为重要的分水岭，前者追求汉唐气象，色彩斑斓；后者崇尚宋元境界，归于平淡，特别是计白当黑思想，是中国色彩美学的独到之处，也是东方艺术色彩观的典型代表之一，在书法创作中表现得尤为明显。书法墨的黑和宣纸的白，产生了一种既对立又相融的关系，在水墨和宣纸的碰撞和交融下，不仅具有墨分五色的笔墨效果，而且天然地具有一种禅和道的意味，在材料和色彩上将我们的审美指向于色相之外，将人们的心引入，用心象去感知物象，淡化外在炫目色彩的干扰，将哲学的意味嵌入我们的艺术审美之中，形成了一种独特而空灵的色彩艺术观念。这一转向尤为深刻，将有限的色系反观于无限的心象之中，给艺术创作带来了广阔的伸展空间，是深邃美学思想运用于艺术创作的典型范例。令人遗憾的是，这一思想随着百年来传统文化的式微而不彰，有待我们接续而发扬。

综上所述，我们确实来到了一个"百年不遇之大变局时代"。回望百年，我们以一个伟大民族的不屈精神和奋发图强的意志，展现在世人的面前，以迅猛的经济发展令世界所震惊和赞叹。然而，百年来我们所付出的代价和惨痛的教训也值得深思和反省，特别是对传统文化、传统美学的继承、发展和阐释还严重不足，基础性的美学理论整理工作有待加强。目前，在我们对自己的传统没有深入的了解，很多基础性的工作还没有完成，对现代文化没有全面的了解和深刻的甄别前提下，大谈创新、大讲融合，显得草率而浅薄，在这种情形下艺术界出现了诸多的表达和审美混乱，就不足为奇了。文化是多层次、复杂的系统工程，艺术作为文化的一部分，与其他知识体系应该是有所区别的，她更需要多元和丰富。如果说现代文化表现出明显的"科学性"，而中国传统文化则表现出更多的"艺术性"，在科学和艺术面前我们应该秉承科学求同、艺术求异的基本思想，这才是世界文化多元发展的理想模式。所以我们认为，在现代化发展了百余年的今天，亟须对我国传统美学作深入而客观的整理、研究、运用和普及，在审美方面慎谈创新，多谈一点继承，是当前高校美育的重要任务。

好，我的发言就到这里，谢谢大家！

(《中国艺术报》刊发发言摘要；入编《中华优秀传统文化与高校美育国际学术研讨会论文集》，天津美术出版社2023年版)

守正创新，是文化自信的底色！

——以传统京剧为例

文学艺术的继承与创新是一个老生常谈的问题，也是一个不得不谈的问题，更是一个难以回答的问题。如何继承创新，古往今来有无数人在研究和探索，也给出了无数的答案。然而，当我们认真学习了习近平总书记关于文化的系列重要讲话之后，可以发现他已给出了最好的答案和最可遵循的规律，这就是：守正创新的思想。这一思想不仅解决了我们如何继承和创新的许多困惑，也是文化自信思想的基础和底色。

守正创新，我理解这里的守正就是守正道，就是守住被历史证明了的最优秀的文化成果，包括我国和世界各国的优秀文化。创新，就是在此基础上融合新时代的文化并有所拓展和创建。文化自信也是习总书记曾多次提出的重要思想之一，他指出，我们要坚持道路自信、理论自信、制度自信，最根本的还有一个文化自信。所谓文化自信，是对本民族文化的充分肯定和积极践行，并对这种文化的生命力持坚定的理想和信心。需要指出的是，这里的文化不仅指历史固有的文化，更包括守"正"之后所创新的文化，因此，一条守正、创新、文化自信的逻辑关系清晰可见：守正是基础，创新是目的，而文化自信就是一种态度，一种昂扬于世界文化之林的精神状态。下面就以中国传统京剧为例，谈谈守正创新与文化自信的关系。

京剧艺术是我国传统戏曲艺术的主要代表，属于舞台艺术范畴，那么什么是京剧的"正"，如何才能创京剧的"新"。京剧，作为传统文化国粹之一，近现代以来却趋于式微，如何使之走出困境、如何使其更好地创新，是我们必须要面对的问题。长期以来，我们的京剧艺术家和文艺工作者作了各种有益的尝试，取得了一系列成功的经验，也经历了一些失败的教训。然而，守正创新思想是指导我们在继承传统基础上创新的理论基石，也是继承与创新的行动指南。具体来说就是要守住京剧之所以为京剧的特质，守住200多年来各位艺术大师和广大京剧艺术家，对中国传统戏曲舞台实践积累、发展和提炼，逐步形成的一套完整、严格、独特、具有规律的京剧表演模式。其中程式化、写意性、虚拟性和综合性，是传统京剧艺术的核心，也是中国戏曲艺术最重要的特征。京剧的改革可以作各种尝试，可以钢琴伴奏，也可以用交响乐队伴奏，甚至可以用现代声光电的手段，呈现舞台的表现效果等等，但是京剧的基本特征不能丢、基本规范不能丢。因为，京剧的这些特质是京剧之所以为京剧的关键，是京剧之所以为国粹的重要因素，是京剧之所以成为东方戏剧表演体系代表的重要标志，也是京剧之所以成为世界三大表演体系之一的根据所在。

我们认为程式化、写意性（虚拟性）和综合性，是中国戏曲也是中国京剧的核心，守住这个"正"就守住了京剧的根本。京剧的三大特征具有丰富的艺术精神和深厚的文化内涵，是被历史证明了的中国戏曲艺术的精粹。那么它的具体内容是什么，下面作简要的介绍。

程式化：程式是京剧的最大特色之一，可以说，没有程式就没有京剧。唱念做打，服化道盔等都有固定的规范和套路，不能轻易地改变和更换。其中,"四功五法"即唱念做打四功,手眼身法步五法是有严格的规定程式的。唱腔以西皮二黄为主,吸收了昆曲、弋阳腔、梆子腔和其他地方戏的腔调,唱词也有严格的规范和标准。不管唱哪出戏,故事情节怎样、内容是什么、背景怎样,这些程式大抵不变,曲牌、趟马、起霸、走边、文堂也几乎不变,甚至在服装上不管演什么时代的戏,一般都以明清服饰为基础。令人惊诧的是,200余年来这些程式并没有让我们感到枯燥而单调,反而成为了这一艺术形式的重要标志。

写意性:写意也包括虚拟,顾名思义与写实相对。写意性表现出中国文化追求简约的显著特色。几套龙套似貔貅十万,马鞭一挥如万马奔腾,一展军旗犹战阵烈烈,一苇船桨喻舟行滔滔,这些看似简单甚至有点玩耍的动作,正是中国艺术追求写意精神、虚拟表达的特色,具有意在言外的无穷魅力。不管文戏武戏在舞台上仅仅一桌两椅,其位置不同的摆放便能表达不同的场景和故事情境。演员在舞台上的开门、上楼、水袖、圆场,等等,大多都是虚拟的没有实际的道具、场景,以虚代实、以境代景,极力引导观众观心中之景、意中之境。正如戏剧大师焦菊隐所言,京剧是表演里面出布景。京剧行里也说,布景就在演员的身上等等,这说明京剧艺术更注意的是演员的表演而不是外在的道具。

综合性:我们说京剧只有200多年的历史,好像和中国其他艺术相比时间不长,然而,这只是京剧作为独立剧种的历史时间。如果我们仔细地探究就可以发现,京剧不管是艺术精神、演出内容、文学表达、一招一式、曲牌唱腔,等等,都深深地扎根于中国的传统文化和丰富的地方戏曲文化之中。从整个剧种来看,是以四大徽班为基础,吸收、融合了昆曲、汉剧、川剧、秦腔和民间地方戏曲之精华,以及上千年戏曲舞台演出的经验积累并提炼、演绎，才逐步形成了这一具有独特个性的表演形式，其丰富性非常典型。就拿京剧中的韵白为例，则以中州韵湖广音为基础，单单湖广音就包含了古音、徽音、楚音、鄂音和吴音等多种发音种类。京剧中所表演的故事多以几千年中国文化历史为题材，融入了诗词、音乐、武术和杂技的优秀传统精髓于一身，唯此才如此厚重，才耐人寻味。

通过以上三大特征的论述我们可以看到，传统京剧的核心精神正是中国文化的核心精神。京剧的程式性、写意性（虚拟性）和综合性是中国文化核心精神在京剧艺术形式中的，也是京剧之所以为京剧的存在。其总体气质和中国文化的"向内"追求相一致，其"向内性"又带来局部所具有的审美特性。

所谓"向内性"是指其精神气质是内敛的而不是外溢的，是淡化外在的物质形式和手段，将"人的表演"作为核心，把观众引入舞台之外，而不是舞台的具体陈设，甚至不关心故事的情节，而是集中在人的表演之上，人的表演又体现在具体的动作和唱腔之上，其中又以唱腔为重，因此，中国传统京剧叫"听戏"而不是现在的"看戏"。它是向内求，向演员的功夫和精神意蕴去求，深刻地体现出中国艺术精神在简约处着力的核心，是和以儒释道为主的中国文化基本精神相一致的。在具体唱腔上也有向内性的特质，如梅派京剧中的"高拉低唱"，不仅利用了男旦嗓音与女旦相比能够低下来的特点，有意识地压低唱腔，即京胡是高八度，但演员唱的时候比胡琴低八度，所以演唱中演员的气息是压住的、收住的，是典型的"向内追求"的艺术处理范例。这种唱法声线更加圆润、气息更加稳固、音质更加厚实，所以更具有韵味，正所谓："余音绕梁，三日不绝"，与中国书法"大笔写小字"有着异曲同工之妙。

由向内的精神特点带来了另一个显著的审美特质，就是局部具有审美性。什么意思呢？就是我们在欣赏京剧时，不一定需要整本剧目完整欣赏，可以单独欣赏片段，如折子戏就是典型的代表。整本当然是可以演出、欣赏的，但是，抽取其中的一折、一段及一幕也是可以单独演出、欣赏的，这和中国书画的册页非常类似。更为奇特的是，在一个剧目中某一段看似没有关系的旋律都可以单独欣赏，单独具有审美价值，更有"票友"就冲着某一段的唱腔或表演而来，欣赏这段后就离开，这是非常独特的个性，也是中国传统京剧最具魅力之处。

通过以上分析可以发现，京剧的独特精神深深地扎根于中国的文化之中，和中国的文化紧紧相连。因此，中国京剧发展需要守住京剧中的基本精神，也是中国文化的基本精神，守住这个民族特色，就是"守正"的具体内容。正如习近平总书记在全国十一次文代会、十次作代会开幕式上的重要讲话中所指出的那样，博大精深的中华文明是中华民族独特的精神标识，是当代中国文艺的根基。[1] 所以，京剧就是要守住这个正，而创新才有价值和意义，只有这样才不会改变京剧的味、京剧的色。习近平总书记在以上的重要讲话中又指出，"文艺的民族特性体现了一个民族的文化辨识度"。[2] 是啊，没有了这些"民族特性"，我们的文艺哪里还有什么民族性、哪里还有辨识度，所以，守住民族性、辨识度，文艺的创新才具有意义和价值，才是文化自信的真正根据和底色。

或许有人会说京剧的这些特质过时了、不够现代了，跟不上时代了。我认为恰恰相反，京剧所表现出的这些民族性与现代不是相悖的，

---

[1] 习近平：《在中国文联十一大、中国作协十大开幕式上的讲话》，北京：人民出版社，2021年，第10页

[2] 习近平：《在中国文联十一大、中国作协十大开幕式上的讲话》，北京：人民出版社，2021年，第12页

在某些方面更具有"后现代性"。认为京剧落后的思想是因为曾经经历过百年耻辱历史，所表现出的文化不自信的具体体现，也和我们对文化和文明的差异和认识的深度不够有关。随着中国的日渐崛起，我们应当对百年来的文化认识有新的梳理，对文化和文明、东西方文化的特质、文化发展的未来方向、现代文化的走向，等等，有个全面的认识。有人说文明求同、文化求异，我觉得还是有一定道理的，文明水平的共同提高，文化的丰富多样才是世界文化发展的未来。中国文化中的核心精神与所谓的"后现代"有很多相似之处，如打破西方语义中心论、非逻辑性等等，所以，这不是我们的艺术落后了，而是我们的文化观念出了问题。

本文通过京剧这个小小的窗口，希望带给大家对中国艺术、中国文化、中国文化振兴之路一些思考和启发。更好地理解守正创新思想的深刻内涵，明确守正创新思想是文化自信的前提和底色，也是中华文化复兴的重要理论基础。

（原载《中国艺术报》2022年6月17日）

不知深浅，哪来的创作自信？

改革开放以来，特别是党的十八大以来我国的文艺获得了巨大的发展，艺术创作、学术研究、展览展示、学科建设、对外交流等都取得了前所未有的成就，彰显出中华文化强大的生命力和伟大的创造力。特别是在经济持续快速增长的助力下，中华民族的伟大复兴已见曙光，希望在前。然而，在商品经济、外来美学思潮等现代思想的影响下，文艺界也出现了不少问题，有的还很严重，这不仅影响到文艺自身的发展，也关乎到文化界乃至整个社会的良好环境。人心浮躁、功利思想严重、"三俗"现象屡禁不止等，其根源是一些文艺家不能沉静下来，不知道传统文艺和现代文艺发展的深浅，盲目自信、盲目创作、盲目创新，导致思想精深、艺术精湛、制作精良的作品难觅，文艺高峰难现。

不知深浅，主要是指对我们传统文艺了解、掌握得甚浅、甚少，就大肆创作，甚至胡乱创新，自我称家，自封大师；尚没有弄清、没有深究西方文艺发展的历史、性质，就搞起了东西文艺的融合和创新，随意改造传统、超迈传统，甚至否定传统。这些问题的存在使得创作现状差强人意，主要表现为：有深度的作品少了，浮在纸上的多了；意境深远者少了，重技术的作品多了；清雅散淡者少了，气息狂躁的作品多了；有书卷气的作品少了，满纸江湖气者多了；含蓄深沉的作品少了，剑拔弩张、火气十足者多了；笔墨深厚、内敛厚重、小中见大者少了，追求形式、视觉冲击、超大尺寸者多了；等等。这些都表现出我们的一些艺术家笔墨根基不深、人文修养不够，既没有真正掌握中国艺术的精髓，也没有弄懂现代艺术的核心精神。总之，就是没有能沉下来、静下来，不知道古今文艺发展的深浅。

图1 ［元代］倪瓒《山水图》，台北故宫博物院藏

文艺的深浅是什么？是过去、传统，即数千年来经过无数艺术家不懈地努力探索、创作，所达到的历史深度、厚度、高度和广度，所达到的艺术境界。对这种历史的掌握和了解是我们艺术家学习、创作的基础和前提，也是历史学科总是人文学科核心的原因。历史的深度就是人性的深度，也是人性的广度，历史能展现出多样性和统一性。

当然，造成这种现象有历史的根源也有现实的原因。百年前我们面对西方列强的侵略不得不在文化启蒙和民族存亡的关头向西方学习，一段时间以来我们对传统文化矫枉过正甚至弃如敝屣，在改革开放商品大潮和西方艺术思潮的影响下，出现了传统文化的断层和艺术审美的混乱。因此，我们有必要在"新时代"重新审视我们的传统文艺和外来文艺，在文艺自省的基础上，以文艺自觉为理论依据，实现文艺自信，重塑我们的文艺。

要沉下去，是让我们知道中外艺术是怎样的精神特质，已经达到了怎样的艺术高度和艺术境界，唯此才能在此基础上继承和创新。以书画艺术为例，中国绘画以唐宋为分水岭，宋代的文人画发展到元明不管是笔墨技术，还是精神境界都达到了精深的程度，元代以倪瓒为代表的一批文人画家，在继承前人艺术语言的前提下参悟禅宗思想于绘画的精神之中，在绘画的人性深度上达到了前所未有的高度，将艺术的审美境界推向了一个崭新世界。近代以来，受这种文人画思想的赓续和影响，一批书画家在碑学思想的融合下，将"金石之气"运用于绘画之中，使中国的文人

图2　林散之《能书开卷联》（草书），南京林散之纪念馆藏

画又达到了一个新的境界。仅以线条为例，在文人画的一根线条里就有轻重、粗细、浓淡、枯湿、深浅、飞白、虚实等变化，甚至有的一笔完成，试问这是怎样的艺术高度和精湛的艺术技巧？在书法创作上清代碑学思想大大扩展了书法的美学范畴，不管在深度、广度上都开出了与帖学完全不同的审美之花，晚清至民国的书家在碑帖结合等思想的指导下，书法实现了帖派的书卷之气和碑派金石之气的融合，并诞生了如赵之谦、何绍基、吴昌硕、齐白石、黄宾虹、于右任和林散之这样的书法大家。试想，作为一个书画家如果连中国书画的这个底都没有探到，哪来的创作自信？创新又何从谈起？

所以，我们艺术家的笔墨、心境只有沉下去，艺术作品的格调、境界才能升上来。只有沉下去才能知道历史的厚度，才能探到艺术的深浅，才能知道自己的斤两。中国文艺的内向精神是其最大特质之一，所谓"致虚极、守静笃"；"天地有大美而不言"以及"淡泊明志，宁静致远"等等，这种内敛、厚重、博大的艺术精神，只有在沉静之中才能获得，才能创作出属于自己，也属于这个时代的高格调的艺术作品。

（原载《中国文化报》2021年9月23日）

"读万卷书 行万里路"思想的局限

"读万卷书,行万里路"的思想,家喻户晓,被奉为经典、金句,被引用了不知多少年,恐怕没有人会提出异议。从字面上理解:我们不仅要饱读诗书,还要走出书斋,饱览祖国的大好河山;进一步说,要到社会中去实践,体验、检验在书本上所学的知识。表面上看这是非常正确的,但是,如果从现代文化的视角,从传统向现代转型的角度,作深层次的思考,这种思想是值得探究和商榷的,是不能适应现代社会进步的,这种惯性的普遍认知,是需要修正的。

明代大书画家董其昌在其《画禅室随笔》中说:"画家六法,一气韵生动。气韵不可学,此生而知之,自然天授。然亦有学得处,读万卷书,行万里路,胸中脱去尘浊,自然丘壑内营。"[1]这可能是这句话最早的出处。他是说,在南朝谢赫所论的绘画六法中,放在第一位的是"气韵生动",而这一法是不可以传授的,是天生的,自然形成的。不过如果硬要问有什么方法的话,就是要博览群书,同时还要到大自然中去,洗涤胸中污浊之气,这样内心自然而然就能形成万千丘壑,作品也就能产生气韵生动的意境。这段话应该说是极为精彩的,也是中

---

[1] 董其昌:《画禅室随笔》,载卢辅圣主编《中国书画全书 第3册》,上海:上海书画出版社,1992年,第1013页。

国画所强调的"外师造化，中得心源"思想的体现，也明显受到唐代杜甫的诗《奉赠韦左丞丈二十二韵》中"读书破万卷，下笔如有神"的启发，是南宋陆游在《冬夜读书示子聿》诗"纸上得来终觉浅，绝知此事要躬行"的延展和生发，他们之间的文字虽异，其旨相近。

董其昌不愧为大书画家。中国绘画特别是文人画的学习和创作，不管是他之前还是他之后，读万卷书、行万里路等类似的思想深刻地影响了绘画的理论和创作，成为其向纵深发展的重要精神来源之一，他这一高度的概括和凝练，成为书画艺术乃至文艺理论中的经典名言。又因为，此等思想与儒家所强调的经世致用、知行合一等理念一脉相承，所以这句话又从绘画理论领域引申为一种普遍的思想，广为流传、影响深远。应该强调的是，中国传统文化的核心是"农耕文明"，是建立在经验基础之上的"技艺文化"体系，因此，"读万卷书，行万里路"的思想，在传统社会中是极为正确的而且是普遍适用的。然而到了今天，这种思想虽然在人文、艺术学科中仍然实用，具有经典的价值，但在自然等科学领域则不再适合，更不能作为现代社会普遍的认知思想。

我国自1840年步入近现代社会发展进程以来，诸多传统的思想理念和近现代思想形成强烈的对比和碰撞，一些长期的"农耕文化"所形成的概念，亦需要进行现代化的转型，对一些不适合现代社会的思想需要检点，甚至摈弃。特别是随着我国国力的增强，从过去的闭关锁国，到国门被打开后，跟跑于西方发达国家，再到今天与西方发达国家并跑，将来很有可能领跑，其中思想的梳理和与时俱进尤为重要，这需要各个方面，各个阶层共同的努力。其中从根深蒂固、看似"金科玉律"的思想中发现问题，从普遍被认可的思想中发现偏差并加以改进，可能对我们成为现代发达国家尤为重要，甚至是必不可少的工作。

近现代世界文明的发展历程告诉我们,"读万卷书,行万里路"的思想已经有很大的局限性,需要改变,甚至颠覆。下面我们就从个别现象和普遍规律两个方面加以论证。

我们先从近现代几位大牛人说起,看看他们和"读万卷书,行万里路"是什么关系。首先来谈谈缔造了工业革命的大科学家牛顿,他对现代工业文明做出了巨大的贡献。有人统计,如果牛顿生前有诺贝尔奖的话,他一人至少可以获得8个。他在光学、力学、天文学、化学、经济学和数学等方面取得了巨大的成就,成为现代科学的重要奠基人。然而,这些成就的取得和他读万卷书是分不开的,不然他也不会说:如果我比别人看得远的话,是因为我站在了巨人的肩上。不过这些成就与他行没有行万里路,一点关系也没有,是他凭借了强大的逻辑能力和超强的数学水平取得的。牛顿有阳光宅男的称号,他的诸多成果是在英国剑桥大学三一学院内完成的。30多年在大学里的工作生活几乎没有离开校园,他的万有引力理论的发现是在躲避当年伦敦大瘟疫时,在老家的乡下完成的,还有那个苹果的神话故事。我们再来看看爱因斯坦,他的相对论原理是被称为"静思"的结果,他对待科学的重大问题不是用"行万里路"的方法,恰恰相反,他是在阅读前人成果的基础上,不断地思考、整日地琢磨,有时一个问题思考几个月甚至几年,他凭借着超强的大脑和一支笔,创造了现在属于爱因斯坦的时代。再来看看现代最伟大的科学家霍金,他的科学成就的取得和行万里路更是一点关系也没有了。他大学三年级就患上了渐冻症,几乎终身在轮椅上度过,竟然先后发现了奇性定理、黑洞理论、霍金辐射和无边界宇宙理论等重大科学思想。如果以上提到的三位是科学家的话,那么我们再来看看作为哲学家的康德,他是超级"宅男",一生几乎没有离开自己出生的城市,但在哲学上做出了了不起的成就,其哲学专著《纯粹理性批判》《实践理性批判》《判断力批判》,所谓"三大批判"最为著名,成为德国最著名的哲学家之一,对后世产生了重要影响。

通过以上的个案我们发现,决定他们成功的因素有个人的天赋、勤奋和博学以及超出常人的思考能力,显然和他们行多少路并没有多少关系。如果说"读万卷书,行万里路",是我们传统农耕文化所孕育出的重要思想,那么我们步入的现代文明,则是一种"哲科体系"的文化,它更强调在读万卷书的同时具有现代思想的引领,这是人类至文艺复兴步入近现代文明之后,其科学发展历史的基本规律。

从德国哲学家卡尔·雅斯贝尔斯在其《历史的起源与目标》一书中,提出的"轴心时代"理论可以看出,思想的领先已经在世界文明最初的曙光中显现。他认为在公元前800年至公元前200年间,在中国、西方、中东和印度同时诞生了一批人类最伟大的思想家,中国的老子、孔子,古希腊的苏格拉底、柏拉图、亚里士多德,中东的穆罕默德和印度的释迦牟尼。我们可以看到这些伟大的人物,都是思想深邃者,是他们带领人类从黑暗中走出,成为文明的缔造者。而步入现代文明,这一思想性就更加明显,更加起决定性作用。

如果说,雅斯贝尔斯的"轴心时代"理论是上天给予人类几大文明古国,所画出的起跑线的话,那么从文艺复兴之后近现代文明的开始直到今天,经过几百年的发展,不同地区的文明便逐渐分出了高下、排出了先后。日本科技史家汤浅光朝,在20世纪60年代提出的五大科学中心论,被称为"汤浅现象"。他认为,从16世纪意大利开始的文艺复兴运动,被称为现代科学文明的启蒙,到20世纪美国作为全球的科学中心,其间经历了五大科学中心的转移。

一是 16 世纪意大利成为第一个世界科学的中心。意大利是欧洲文艺复兴运动的发源地，文艺复兴运动掀起了欧洲思想的解放高潮，终结了千年中世纪的黑暗。产生了但丁、彼得拉克、薄伽丘文学三杰；达芬奇、拉斐尔、米开朗琪罗美术三杰等伟大的文艺家，成为了人类第一个现代文明的开端。

值得指出的是，文艺复兴不仅仅是文学和艺术的兴盛，其实质是找回古希腊理性精神，将古希腊的文献找回，并经过 200 余年的翻译运动，将这些文化传到以意大利为中心的欧洲，从而掀起了现代思想的启蒙运动，成为近现代文明的重要来源，影响至深。这个时期的文化具有"博物学"的特质，当时的著名文艺家大多都具有哲学家、思想家和科学家等多重身份，冠以"文艺复兴"是在社会更大层面上，便于传播和普及。

二是 17 世纪英国成为第二个世界科学的中心。以弗朗西斯·培根为代表的哲学家，继承并发展了意大利后期实验科学精神，出现了一大批重量级思想家、科学家，如牛顿、胡克、波义耳、哈雷，在力学、天文学、电磁学和进化论等方面做出了巨大的贡献，成为世界科学的中心。

三是 18 世纪的法国成为第三个世界科学的中心。孟德斯鸠、伏尔泰和狄德罗等一批哲学家、思想家，掀起了法国思想解放运动，以人权对抗神权、以法律对抗专制、以科学对抗蒙昧，出现了拉格朗日、拉瓦锡和拉普拉斯等一批具有深邃思想的科学家，在数学等基础学科上取得了杰出成就，推出了《分析力学》《概率论》和《化学纲要》等理论成果。

四是 19 世纪的德国成为第四个世界科学的中心。德国大胆改革教育，并将教育和科研紧密结合，诞生了爱因斯坦、波尔、高斯、李比希和赫夫曼等一批杰出的科学家。在相对论、细胞学和量子理论等方面取得了重大成就，领先于世界科学水平，成为世界科学的中心。

这期间，德国的哲学界也为其科学中心的地位提供了思想保障，出现了一大批重要的哲学家，如康德、费西德、黑格尔、谢林、叔本华、费尔巴哈、马克思和恩格斯等。

五是20世纪的美国成为第五个世界科学的中心。美国继承和发展英国的科学传统、德国的科学体制，特别是因为战争欧洲大量人才流失，美国政府网罗了大批顶级科学家和思想家，如瓦格拉、爱因斯坦、西拉德、费米和费兰克等。在原子能、计算机、空间技术、微电子技术、生物技术、互联网技术等领域取得了杰出的成就，科学整体水平世界领先，至今成为世界科学的中心。

然而，更为重要的是20世纪初，一批欧洲最新的哲学成果和现代科学思想流向了美国，成为美国科学发展的重要基石，如洛克的《政府论》，孟德斯鸠的《论法的精神》，亚当·斯密的《国富论》中提出的"市场经济中无形之手"，约翰穆勒提出的"代议制立法结构"等新理论、新思想，在美国的试验和落地，是美国成为世界科学中心的重要思想基础。

由此可以看到，这五大科学中心主要来自现代思想的启蒙和思想解放运动的引发，哲学、思想的引领是现代文明发端、发生和发展的关键。成立于1660年的英国皇家学会，虽然是一个自然知识的促进会，但其学报名为《皇家学会哲学学报》。在我们的认知中牛顿是顶级的科学家，但阐述其三大定律的书名是《自然哲学的数学原理》，他不是在讲科学、讲数学，而是在谈论哲学。爱因斯坦也是一位具有深厚哲学底层基础的大科学家，其著述称为《相对论的真理》。光学家托马斯·杨的著述是《自然哲学讲义》，化学家道尔顿的著述是《化学哲学新体系》，进化论的先驱拉马克的专著是《动物学哲学》，等等。哲学思想的领先，是现代文明进步的重要特征，作为主体的人，读书当然是最为重要的，没有知识的储备一切无从谈起，但是与其行多少路没有太大的关系，甚至是相反的。

随着我国经济的迅猛发展，经济总量已居世界第二，仅次于美国。如果按照"汤浅理论"的分析，美国将在居于世界科技中心100年之后衰退，其中心位置移向他国，这就自然想到了我国。所以，在20世纪90年代，著名学者季羡林在《季羡林谈东西方文化》一书中说：到了21世纪，西方文化将逐步让位于东方文化，人类文化的发展将进入一个新的时代。然而，现代文明历史发展规律告诉我们，要成为世界科学的中心地位不是凭空而来，需要在思想、科学、教育、技术等方面作出巨大的成就，在重大理论和前沿科学上有重大突破。这就要求我们首先在思想上打破固有观念，将类似"读万卷书，行万里路"等惯性的普遍认知加以修正和扬弃，对科学和技术的区别、广义哲学和狭义哲学的区分、科学的非实用性等，进行现代化的阐述和转变，要高度重视基础理论的研究和探索，从哲学的高度认识"无用之大用"的东方思想。"言必称希腊"，近现代文明主要来源于古希腊文化这一脉，但到了今天也越来越显现出其负面的弊端，因此，需要摒弃落后的传统思维方式，继承优秀的现代科学思想，结合我国传统的整体思维、系统思维、模糊思维等独特的东方智慧，构建起属于我们又属于世界的最新的哲学体系，为下一个科学中心的到来提供思想保障。唯此，我们才有可能接住第六个世界科学中心的接力棒。

当今社会人心浮躁、急功近利，不能说与"读万卷书，行万里路"思想毫无关系。我们的社会当然需要提倡读万卷书，但更需要安静下来、理性下来，等一等远离我们而去的灵魂。只有如此才不会在关键技术上被"卡脖子",才能真正强大起来,实现中华民族的伟大复兴。

通过以上"个案"和"发展规律"的证明,进入现代文明之后,思想起到了引领人类进步的重要作用。因此,"读万卷书,行万里路"等思维方式应该修正为:读万卷书,思万物理。

(网络刊发)

简论建立文艺评论中国标准的问题

一、问题的提出

评价标准的确立肯定不是哪个评论家个人能完成的,也不是评论界集体的事,它是必须由文艺评论家、文艺创作家、美学家、哲学家、政府文化管理者等共同努力才能完成的重大课题。然而,评价体系建立前必须首先回答标准的"普适性"和"独特性"问题,只有首先回答了这两个问题才能思考其标准的建立。所以我们认为:只有建立起文艺评论的中国标准,才能真正将中国文艺的发展指向有序、健康之路,才能引领我国文艺发展的方向。

二、建立文艺评论中国标准的基础

(一)现实基础

如果说当前文艺评论没有标准那是不确切的,只是评论体系比较混乱,主要有专家的评论体系、政府的评价体系、民间的评价体系以及网络的评价体系等,因此,造成了各自为政、互不买账的局面,其中最让人担忧的是评价标准的误导,为文艺发展的方向起到了不正确的导向作用。一是以西方文艺标准作为评判我们文艺好坏、高低、去留的标准；另一个是"普世标准"，认为人类所有的文艺评论只有一个衡量标准，各民族之间的文艺评价标准是共同的，没有各自的独特个性。这两个标准显然是站不住脚的，犯了文艺发展一元论的错误观念。

（二）文化基础

一个基本的常识是：不同的文化所产生的文艺一定是从不同民族的文化土壤里生长出来的，不同的文化土壤肯定形成不同的文艺，而文化土壤越深厚、越悠久，受众群越大，其个性也就越强，影响也越大、生命力也越旺盛，同时和其他民族文化的性质也越不相同。就拿东西方两大文化体系为例，由于各自的起源、地理环境、历史发展以及交流、生产方式的局限，在数千年的文化发展中几乎是各自独立地发展、完成的，虽然其间也有一定的融合，但交流的范围、目的和结果一定是局部的，是个性大于共性的，从真正意义上讲，近现代史上的交流还不到200年的历史，这是客观历史的存在。因此，在这样的文化背景下，东西方文艺的独特个性极为明显，而评判各自文艺的标准也一定有很大差别。

（三）多元化基础

如果说以上两点是文艺自身发展需要的话，那么文艺多元化发展的基础就是人类文化多元化性质的需要。人类在发展中需要物态的多样性，同样文化也需要多样性，因为文化和物态一样，如果不断出现或归于"同质化"那是非常可怕的事，是世界末日的方向。保持文化的多样性也就能确保文艺的多样性，文艺的多样性也就需要不同的文艺评论标准。我们说越是民族的就越是世界的，显然不是指民族之间的共性，而是指民族间的个性，为此才能出现姹紫嫣红、丰富多彩的世界文化格局的美好前景。不同的文化产生不同的文艺，不同的文艺带来不同文艺的评论标准，这既是文艺评论的需要，也是文化多元化发展的需要。

三、东西方独特的文化个性

一是整体性与构成性。我国数千年的传统文艺创作往往表现出整体性的特征，从创作主体来看它特别强调"通儒"的知识结构，它要求创作者对待本专业相关知识之间的融通，而不是单一地追求精、细、尖；从创作的形式来看，在一个画面上要求多种元素和谐地融合在一起，做到相互补充、借鉴、衬托与和谐。特别是在对待创新问题上，我们更强调在优秀传统基础上不断融入新的内容，是一种"层累式"的推进，而不是创作新的面貌，更不是推倒重来。因此，东西方文艺的创作理念，前者表现出整体的生成性的特点，而后者更注重构成的分析性的特征。

二是人事性和物质性。中国文化从起源上来看就特别注重人事，这在儒家、道家文化的原典著作中表现得最为明显，因此，不管是文艺创作还是社会关系，我国的人事关系和西学相比尤为发达，西方一开始就从客观世界入手，相比较而言，他们从文明起源的开始对物质世界的认知就远远超越我们，这一点也表现在文艺创作之中。例如我们的文艺评论最终都要落到人上而不仅仅是作品上，这种始终和人的关联表现出文艺评论的终极关怀，具有更高一层的价值和独特的个性。

三是语录性和系统性。中国传统的文艺创作和评论往往表现为语录式而非系统式，从理论的体系建构来看语录式表现出感性、直观甚至有些率意，但是从对作品的评论来看往往直接从经验出发，与系统式相比虽然缺少庞大的文艺理论构架和系统，但它更能贴近创作的实际，对文艺的创作更具有指导性。因此，这两种方式各有千秋，可以互为表里、相互补充，显然，其评论标准就存在着本质的差异。

四是写意性和写实性。写意性是中国文艺创作的主要精神，它不似西方艺术创作强调对表现对象的客观再现，而是要求对客观事物的高度抽绎和哲学精神的高度物化。它抽象而不具象、它简约而不简单，它极力追求一种"用少少许胜多多许"，"不著一字尽得风流"的艺术境界，如京剧的程式道具、绘画造型的似与不似、书法的线条等艺术的创作都是这种写意性精神的典型代表。而西方艺术的创作，更注重客观世界真实存在的事实，更强调色彩、光影、立面和感官视觉的效果，在这些问题上东西方存在着很大的不同。

五是模糊性和精确性。由于中国文艺的整体性、人事性以及写意性等特性，导致了我国传统文艺和西方文艺相比更具有一种模糊性，这种模糊性一方面会产生"隔雾看花"的不确定性、不准确性，甚至会产生歧义；但另一方面，这种个性更符合文艺创作的艺术表达，是一种曲径通幽的艺术境界。文艺不像科学，它是一种有意味的形式，这种意味绝对不需要精确的计算，更不能毫无遮掩地展现，因此从这一特性上来看，文艺创作更需要模糊性而非精确性。

四、建立文艺评论中国标准的文化内容

一是以社会主义核心价值观为文艺创作中国标准之魂。党的十六届六中全会提出了建设社会主义核心价值体系，这是全民族奋发向上的精神力量和团结和睦的精神纽带。党的十八大又提出了社会主义核心价值观，浓缩了社会主义核心价值体系的全部内容，它用更高度、更精练、更简要的语言指明了全国各族人民前行的方向，是指导我们今后文艺创作的理论基础。文艺评论不仅要为核心价值观凝神聚气，而且要以此为统领成为建立文艺评论中国标准之魂。

二是对传统文化的"扬弃"。两百多年的近现代文化的发展历程告诉我们，传统文化永远是我们中华民族存在的根，绝不可能走全盘西化的道路，我们所建立的当代文化要有深厚传统文化背景的延续性，正视现代文化发展所取得的巨大成果，对传统文化采取"扬弃"的基本原则，特别是其中优秀的内容如："天人合一"的宇宙观，"君子和而不同"的人际观，"内圣外王"的人生观，"穷则独善其身、达则兼济天下"的社会观，"修身齐家治国平天下"的事业观等，都是极为可贵的优秀思想，是文艺创作不竭之源，更是我们建立文艺评论中国标准重要的文化内容。

三是五四新文化运动以来的文艺新成就。近年来，对五四新文化运动的意义、价值和贡献等有着不同的看法和多种讨论，这表明我们的政治、学术民主已经达到了一个新的阶段。虽然，五四新文化运动对传统文化的"清算"，有"矫枉过正"之疾，但是，对传统文化的"劣根性"等负面影响在意识形态上、观念上、情绪上，以及深刻性上都有巨大的贡献。特别是对传统文化的自觉反思、对西方文化的学习以及"德""赛"先生的输入，对中华民族危难之际的生存和奋起等都起过重要的作用，这些成就已经成为我们优秀文化的一个部分和新的传统。因此，新中国的文艺创作理论内容显然不能无视这一文化成果，其更是我们建立文艺评论中国标准的主要内容之一。

四是改革开放30年的优秀成果。改革开放30余年来，对新中国经济的恢复、发展作出了巨大的贡献，也取得了丰硕的成果。在文化建设方面的经验和教训值得总结和反思。当代文艺发展成就的取得在很大程度上是建立在强大的物质基础之上的，在这样的基础上才有条件、有可能对以西方文化为前提的一元化文艺评论标准反思，和构建当代中国文艺评论标准的设想。

（原载《书画艺术》2015年6月）

"IP 热"的冷思考

近两年，网络文学"IP 热"成为文化市场的一大焦点。从引人注目的《何以笙箫默》，到口碑爆棚的《琅琊榜》，以及刚刚落幕的《芈月传》，各类改编自网络文学的电影电视剧呈现"井喷"之势。据统计，2016 开年至今，已有超过 110 部网络小说售出影视改编版权。IP 版权交易日益红火的同时，购买价格也呈几何级数增长。据不完全统计，仅 2015 年一年，投资在 2000 万元以上的网络剧有近 20 部，其中包括《盗墓笔记》在内的 5 部"超级网络剧"，投资成本高达 5000 万元至上亿元。

有业内人士分析指出，网络文学改编热的根本原因是市场对于成熟内容的渴求。电视剧观众的年轻化趋势越来越明显，而且该群体与网络小说读者人群的重合度越来越高。所以把当红的网络小说改编拍摄成电视剧，就相当于电视剧的出品方将一个成熟的网络 IP 做成了电视剧项目，其成功的概率远高于没有网络 IP 基础、没有读者基础的普通原创作品。这就好比早些年翻拍一部火一部的金庸小说，凸显出了基于读者人群的强大 IP 辐射效应。

细数如今火爆的几部 IP 影视剧，基本上都是"高颜值演员＋大制作团队＋高投资成本"的模式，这也让不少人认为，只要套用这个模式，改编 IP 影视剧绝对会大火、盈利。然而事实并非如此，同样是 IP 大制作的《云中歌》《华胥引》却遭遇了滑铁卢。市场已经验证，仅仅依靠原著读者基础，并不一定就能撑起如此大的影视收视市场。同样的剧本，让不同的团队来拍、让不同的导演来执导、让不同的演员来演，其结果可能会差别很大。

最典型的例子就是《盗墓笔记》，小说原著拥有超多粉丝和超高人气，但是翻拍成网络剧却遭网友一致讨伐。类似的还有《鬼吹灯》，陆川的《鬼吹灯之九层妖塔》和乌尔善的《鬼吹灯之寻龙诀》，同样是名导导演的 IP 电影，在网上形成了完全不同的评价——《九层妖塔》由于对原作改编过多，让年轻消费者颇感失望，结果登上了 2015 年烂片榜；《寻龙诀》承袭原著精髓，深得市场推崇，票房大卖。

选角不精，改编不善，往往会让 IP 改编铩羽而归，这已经成为 IP 改编剧投资的最大风险所在。原著已经深入粉丝之心，演员的形象、导演的改编，如果没有对准原著读者的胃口，很容易让观众对改编作品形成强烈的抵触情绪。

总体来说，网络文学影像化后能否达到观众预期效果，是仁者见仁、智者见智的一件事情，很大程度上取决于对内容的二次加工，以及改编后的内容是否适合影视消费者的口味。从这个意义上讲，IP 改编是危与机并存。

反观目前众多 IP 改编的影视作品，主要存在两个突出问题：一是有很大一部分 IP 原著都是 5 年甚至 10 年前当红作品，而到今天才被改编成电影。社会环境其实都已经发生了变化，以至于某些当红 IP 改编成电影上映后，并没有取得预期效果。二是并非所有的热门 IP 都适合改编成影视，但现在为了追赶这个热潮，很多 IP 影视被"赶鸭子上架"，其结果往往会让市场觉得如"鸡肋"般无味。

IP改编成功的关键还是在忠于原著的基础上,如何让剧情更吸引人。小说改编影视剧并没有固定模式,每个时代有不同的审美情趣,套用原来的模式不一定能满足当下的需求。因此,IP改编要想获得成功,不能仅仅依靠"拿来主义",而要赋予其创新性。真正优秀的IP电影,都不是照搬原著,而如何抓住原著的精髓,结合影视的表现手法和相关技术,拍出好看的作品才是IP改编的成功所在。从这个意义上看,对IP改编的要求其实不亚于IP创作本身。

有的影视作品悬浮于社会现实之上,完全不接地气,难以获得观众喜爱。相比之下,热门IP来源于受读者欢迎的作品,有着天然的市场优势。但同时也要看到,网络文化产品相对繁杂,难免良莠不齐,在IP的挑选和改编过程中,一定要注重对内容的引导和规范,不能唯网络点击率是从,一味被市场牵着鼻子走,要在发扬其娱乐性、观赏性优点的同时,更加强调提高其艺术质量和精神追求,推出更多思想性、艺术性、观赏性俱佳的IP改编作品,提供更多有意义、有品位、有市场的文化服务,切实发挥文化引领风尚、服务社会的良性作用。

总之,唯有像对待一颗颗宝石一样慎重对待一个个IP,进行精雕细琢,才能实现IP的价值最大化。

(原载《群众》,2016年4月)

其大无外 其小无内

——浅析《老子》对中国传统文化整体思维的影响

整体思维,是中国传统文化思想的重要特征之一,也是中华文化最独特的个性之一。整体思维思想虽贯穿于整个传统文化之中,但先秦的老庄思想表现得尤为突出,其中《老子》一书中所蕴含的整体思维思想最为集中也影响最大。本文就《老子》一书的整体思维,与中国传统文化整体思维的关系以及整体思维的独特价值作一简要的探析。

首先我们来回答什么是"整体思维"。按照现在一般的解释:整体思维即系统思维。它认为整体是由各个局部按照一定的秩序组织起来的,要求以整体和全面的视角把握对象。可见,整体思维不是"头痛医头脚痛医脚",它是将任何事物看成一个整体,整体是由各个局部组成的,任何一个局部不可能脱离整体而存在,要从全局和整体的角度思考。可见,这种思维方式在《老子》的思想中普遍存在,不过,当我们深入地关观照《老子》的原典之后,可以发现系统思维还不能深刻地表达《老子》真实的整体思维思想。

必须交代的是所谓的整体思维思想,是相对比较新的概念,也就是说在一百多年前所谓的"西学"没有大量涌入我国之前,是没有这个"整体思维"称谓的。"整体思维"是相对于"分析思维"(又称逻辑思维）而存在的一个概念，比较而言，我们的传统文化中分析思维相对比较弱，也是现代科学没有在中国产生的重要原因之一。

综观《老子》一书，处处充满着整体思维思想。其贯穿全书的"道"的概念，"一"的概念以及"处下""往回走"等思想，都是"整体思维"的具体反映，也表现出独特思维价值。

"道"，由本义的行走、道路，延伸为方法、规律等，属于形而上的哲学范畴，在我的认知中与物质无关，但在《老子》的思想里他将"道"描绘成具有物质和精神的两重性，打破了常有的认知范围，使"道"具有了超先验性，表现出非常独特的"整体性"。"道之为物，惟恍惟惚。惚兮恍兮，其中有象；恍兮惚兮，其中有物；窈兮冥兮，其中有精；其精甚真，其中有信。""道"，不仅是物质的存在，而且有象、有物、有精、有信，是真实不虚的存在。

《老子》还提出了"一"的概念。"一生二二生三三生万物"；"是以圣人抱一为天下式"。《老子》认为世间万物是"一"产生的，"一"是万物的源头，一切事物都不能跳出"一"的存在。非常值得思考的是，认识世界他不是从"二、三"中探求，而是"抱一为天下式"，是持守、回到"一"中，这是典型的整体思维的思想。

此外《老子》中反复表达的"处下""往回走"的思想，更是"整体思想"的直接表达。如：大小、明暗、强弱、虚实、高低、挫锐、古今、静动、智愚、无有等概念最为明显，不仅要求"处下"，而且从根本上取消了事物之间的差异，是对"一"和"道"的回归，也是整体思想的重要内容。

显然，整体思维思想有其优越的一面，如直觉性、综合性、稳定性比较发达，更能艺术地表达事物的存在，有时能够直指事物的本真，省去烦琐的论证过程。但是其劣势也极为明显，如模糊性、弱于分析，非量化、非科学等等,缺少现代逻辑思维和科学思想。

  虽然,整体思维思想存在诸多的局限,但是这种思想不仅仅是中国传统文化的重要思想之一,产生了辉煌的中华文化,而且这种思想对于几百年近现代科学主义的高度发达,不仅可以修正"分析思维"的不足,更表现出它的前瞻性和深邃性。其实,《老子》整体性思想我们并没有完全地领会,他的整体性比现代的系统性要深刻、彻底得多,它并不完全是整体与局部的关系,他的整体就是局部,局部就是整体,接近于现代的"全息理论",是"其大无外,其小无内"的终极整体观。

(原载《繁荣·江苏文化艺术周讯》,2017年7月24日)

碎片为经，平面为纬，思想为梭

——谈谈如何提升文艺评论的传播力和影响力

不管你接受不接受，我们已经来到了网络时代；不管你适应不适应，我们已经来到了自媒体时代；不管你承认不承认，我们正面临着碎片化、平面化阅读时代。面对如此巨大的社会变迁，我们只能顺应而不能对抗，那么，我们怎样提升文艺评论的传播力和影响力，文艺评论如何更好地为文艺创作服务，是我们每一位文艺评论工作者面对的新课题、新任务。提升文艺评论的传播力和影响力的手段、方法是多方面的，例如健全文艺评论机制、搭建文艺评论平台、打造文艺评论品牌、建设文艺评论队伍、提高文艺评论家地位等，这些都是非常重要的也是急需解决的，但均是外在的形式，没有涉及评论本身。因此，提高文艺评论的传播力和影响力，其核心是要增强文艺评论自身水平，增强文艺评论的思想性、思辨性。

那么，为什么要提高文艺评论的思想性、思辨性呢？我们认为主要有以下几点原因：

一是当代文艺发展的需要。我们知道，新世纪以来文学艺术取得了巨大的成就，尤其是文艺创作、文艺理论、文艺史论取得的成就比较突出，但文艺评论发展滞后，文艺作品、文艺评论缺少思想是文艺界有高原缺少高峰的重要原因之一。思想是文艺作品、文艺评论深度和高度的标杆，思想性的强弱决定着作品品质的高低。

二是网络时代碎片化阅读的需要。碎片化阅读并不是一件坏事，因为，这是网络时代一种新兴的阅读方式、信息化社会发展的必然。系统化阅读当然需要，但这是有专业性的、少数人的阅读方式，大部分人是不需要系统阅读的。碎片化阅读是短阅读、快阅读，这给创作者提出了更高的要求，因此，没有思想的火花，文艺评论作品将如流星、萤火，瞬间消失，被人遗忘。

三是网络时代平面化阅读的需要。平面化阅读又是网络时代的另一种阅读方式，其重要的标志就是海量信息的检索、浏览和没有深度的泛泛阅读，如何在这样的阅读方式下抓住读者、打动作者、吸引读者，在内容上下功夫的同时，一定要增强作品的思想性，只有这样才能在平面的浅阅读的状态下让读者静下来琢磨、推敲、思考，让读者的脚步慢下来从而达到深度阅读，以思想性的作品带动思考性的阅读。

碎片化的阅读并不是没有价值的阅读，她正适应了我们这个瞬息万变、快速发展时代的需要；平面化阅读也不是无意义的阅读，她也反映了我们这个知识大爆炸时代的现实。然而，不管时代如何地变化，思想，永远是我们最具价值的精神追求，一个民族的真正强大是文化的强大，而文化的灵魂就是思想。思想，是文艺评论的真正价值所在，有思想的文艺评论不一定是长篇大论，也不一定具有理论体系，有时几个字、几段话就能阐发出深刻的道理和闪烁着智慧的光芒，正所谓"微言大义"，具有强大的穿透力，并能穿越时空。因此，文艺评论只要有思想性就有力量，文艺评论只要有思想性就更有传播力，思想是网络时代文艺评论最需要提高的精神内涵。

网络时代，是我们这个时代最伟大的创造，要提升文艺评论的传播力和影响力，就要顺应这个时代。让我们以碎片为经，沉淀历史的厚度；以平面为纬，铺陈伟大时代的动人画卷；以思想为梭，编织出锦绣、睿智的文章，为文艺的发展做出应有的贡献。

（原载光明网·文艺评论频道 2017 年 10 月 12 日）

大师已去 精神何承

——由饶宗颐辞世想到的

2018年2月6日,一代通儒饶宗颐先生在香港辞世,享年101岁。这是世界汉学界的重大损失,也是中华学人传统文化精神象征之光的晦暗。百年来,中华传统文化屡遭厄运,像饶宗颐这样的大师可谓硕果仅存,甚至世人是以饶先生的离世而知晓他的存在。浮躁的当下所谓的大师满天下,这不仅搅乱了我们的价值观,也遮蔽了人们的双眼,这不能不说是我们这个时代的悲哀。

2015年12月我有幸参加饶宗颐先生百年华诞及学术研讨会,饶先生精神矍铄、目光如炬、通神之气犹在眼前,时隔三载,先生谢世而去,不禁感慨良多。

饶先生之学集数十个领域于一身,均有所创建,乃一代之奇人,堪称"通儒"实不言过。弘扬先生之学,回顾先生治学经历,总结先生学术之成就,当属必要。然窃以为最具意义者当是饶先生作为文化坐标带给当下的思考。而对大师已去,精神何续的探讨,这当是对饶先生最好的追思与缅怀。

近年来,中国经济、文化所取得的巨大成就有目共睹,但存在的问题也毋庸讳言,对照饶先生之镜有诸多之启迪,简而言之有三:应回归中华文化发展之路向，以"整体思维"为核心；树立文化自信，以传统文化为根；复兴中华文化，以出现一批文化巨匠为标杆，现简析如下。

习近平总书记在文艺工作座谈会上的讲话中指出："在文艺创作方面，也存在着有数量缺质量、有'高原'缺'高峰'的现象。"[1]笔者以为其疾症是多方面的，但探寻饶先生治学之长其核心关钥是缺少"整体思维"方式。所谓"整体思维"就是打通各专业之间的壁垒，相互生发，整体推进，经史不分，考证与义理并进，以"整体思维"统领各学问的关系。多年来我们的学科分类过细、过窄，有专家、无大家，有人才、无通才，要做到"整体思维"，就必须具有广博的知识和敏锐发现问题的能力。饶先生学术成就的取得正是这种思维方式的具体实践，他以目录学为经、哲学为纬、文字学为基，俯视群经、融汇九流、知行合一。他精通六种文字，于上古、殷墟、礼乐、金石、考古、敦煌、文字、哲学、书画、诗词等均有所建树，学术研究有50余项着人先鞭。出版专著70余部，论文900余篇，诗文创作集20余种，被誉为百科全书式的人物，为此被世界汉学界尊称为大师，是公认的文化"通儒"。

2001年，饶先生曾在北京大学的一次演讲上预期：21世纪是我们国家踏上"文艺复兴"的新时代。而今，进入新世纪第二个10年，我对此更加充满信心。中华民族的伟大复兴归根结底是文化的复兴，复兴的文化一定是以5000年优秀传统文化为根脉，融合"五四"以来的现代文化、革命文化和改革开放文化，以及一切优秀的外来文化。然而，我们曾经走过不少弯路学过苏联、东欧、仿过英美，也对传统文化彻底否定过，只有到了今天我们才算真正回归到自己的文化中来，

---

[1] 习近平：《在文艺工作座谈会上的讲话》，北京：人民出版社，2015年，第9页

认识到没有传统文化这个根基，一切的文化大厦都建立在沙漠之上，终将倒塌倾覆。此外，我们还要有更加宽阔的视野和广博的胸怀对世界文化有所作为，正如饶先生所说的"东学西渐"的文化抱负和理想，为世界文化作出自己的贡献。

钱学森曾经有世纪之问：我们为什么培养不出大师？这确实是一个严峻的课题。出不了大师文化如何自信？出不了大师民族文化如何振兴？出不了大师中华民族如何复兴？因此，文化的复兴当以出现一批大师级的人物为重要标志，大师们所创作出的经典作品是这个时代文化高峰的尺度。考察中外文化历史概莫能外，大师以及所创作出的作品，才能影响推动人类的进步和世界文化的融合。饶先生的存在以及所取得的成就不仅使香港文化沙漠变为绿洲，也使中华文化得到了世界的尊重和传播，起到了无法取代的作用。

饶先生的故去确实是世界汉学界的重大损失，饶先生被媒体称为最后一位通儒，最后一位真正的大师，最后一位百科全书式的人物等。其实，也不必如此悲观，我们应当对中华文化的振兴充满希望。虽然，我们的文化在近百年来惨遭厄运、几近毁灭，但学术精神依然存在，正所谓："三径就荒，松菊犹存。"只要中华民族学术道统还在，中华文化的香火就不会断，文化就能振兴、大师就会出现。

（原载光明网·文艺评论频道 2018 年 1 月 13 日）

青灯、黄卷、冷板凳

——现代戏曲"盐城现象"的启示

青灯、黄卷、冷板凳，是形容做学问、干事业甘于寂寞，不受名利干扰的学习、创作或工作的状态，是指一个人面对社会各种纷扰、诱惑能保持一种宁静致远的心态。可以这么说，不管什么时代、什么人要想有所成就都离不开这样的境界与生命过程。近年来，盐城现代戏曲创作所取得的成绩被业内誉为"盐城现象"，其原因是多方面的，但其最重要的因素是盐城的剧作家们甘于寂寞、守得住清贫，愿坐冷板凳，才为"盐城现象"的形成打下坚实的基础。

现代戏曲"盐城现象"的形成并非一日之功，至少已积淀了40余年。早在20世纪70年代末就有一帮剧作家创作了一批优秀的现代戏曲作品，在全国崭露头角，为日后盐城的戏曲发展开了好头。五年来，盐城戏曲取得了令人瞩目的成绩，荣获了全国戏曲所有的奖项和荣誉，包括国家最高奖"文华奖"在内的获奖作品百余部，创作的大戏128部，搬上舞台的64部，仅剧本获得省级以上的奖项就有31部，此外，由盐城作者创作的大量戏曲作品，在省外演出，受到好评。

一个属于江苏苏北与苏南相比经济并不发达的地市级城市，40年来在现代戏曲创作上取得如此大的成绩，受到各级专家、评委的认可、得到群众的喜爱，真所谓叫好又叫座，被誉为"盐城现象"。回顾她的成长历程至少给我们三点启示：一是体制健全与创新：1984年，盐城市就成立了剧目工作室，至今大多县区也均有所设立，工作室不仅有专业创作人员，还有编制、有经费，这在全国是非常少见的。二是机制科学与超前：自1985年起为创作建立了所谓的"一年四会制"创作模式，即规划会、辅导会、通稿会和推荐会，不断打磨剧本，保证剧本的创作水平。坚持创办《盐城戏剧》纯学术期刊，至今已坚持了30余年。三是梯队建设与持久：盐城的剧目创作始终保持有二三十人的专业创作团队，形成合理的老中青人才梯队，合理的队伍建设几十年不变，不仅稳定而且持久，为盐城地方戏曲的可持续发展奠定了良好的人才基础。这些措施和制度，为盐城戏曲保持高质量发展、取得优异的成绩提供了有力保障。

显然能做到以上三点者是非常难能可贵的，在全国也非常罕见，这当然要归功于改革开放的大好环境、40年来国家出台的多种有利于文艺发展的好政策，以及各级领导、基层干部的支持和奉献。但是，这些都是外在因素，其他地方如果下决心去做也是可以做到的。然而，最为重要的是40余年来在盐城有一批批剧作家们始终保持着一颗不为名利，不为功利所诱惑的心，他们甘于寂寞，将热爱、创作、坚守融入艺术创作之中，心中只有剧本、只有戏曲、只有挚爱的戏曲事业。有的人为了一个小戏的剧本目录就撰写、修改几年，一部剧本书写，反复地修改，打磨十多年；有的人长期在农村一线体验生活，和农民生活在一起，这些作者不要说名和利，就连创作费用也得自己承担，甚至生活都很窘迫。更值得敬佩的是，这40年来正是我国改革开放经济发展的大好时机，也是商业大潮汹涌澎湃的时期，是传统文化特别是地方戏曲备受冷落的时期，这群戏曲人能够守住清贫和寂寞，在浮躁的社会环境中默默无闻、青灯黄卷地为现代小戏小品的创作奉献自己的青春，这怎不让人敬佩，怎能不出成绩。然而，我们环顾江苏文艺界，40年来取得的巨大成就毋庸置疑，但是有的艺术门类在40年持续不减的热潮推动下，不但没有更大的提高和发展，反而与历史、前辈、兄弟省份相比其优势已经不在，与属于小众的戏剧"盐城现象"比更是毫无亮点可言。还值得一提的是，也属于苏北经济相对落后的里下河地区，其文学创作近几年来也是成绩斐然、令人瞩目，与"盐城现象"一起成为江苏文艺创作的"双子星座"，在全国享有盛誉。探究其内因，我们发现是"人"的因素，是创作者的心态发生了变化，是名利观没有摆正，是没有经得起名利的诱惑，总之是"心"失去了定力，而"盐城现象"的出现使我们深思、带给我们警示。

习近平总书记在讲话和报告中多次提到了阳明心学的思想，其实习总书记是有深意的，是有所指的，他是在谆谆告诫我们的文艺界，告诫我们的艺术家，要有一颗为艺术创作、服务、学习的纯净之心，只有管好我们的心才能管好我们的行为，只有板凳甘坐十年冷，文章不写半句空的心境，才能创作出无愧于我们这个时代的伟大作品，才能产生我们这个时代的艺术高峰。

（原载光明网·文艺评论频道2018年12月7日；《中国艺术报》2019年1月9日）

修 身

——简说中国书院的当代价值

中国书院，作为具有千年以上的传统教育机构对中国文化的发展起到了巨大的推动作用。他起源于汉，精舍、精庐为其端，历唐宋元明清而不衰，补官学之不足，兴私学之鼎盛，成为我国古代文化教育、传承、传播的重要载体，为传统文化的发展做出了重大的贡献。随着清帝国的覆灭，现代教育蓬勃兴起，以西方教育模式——学校，为形式的教育主体代替了延续千年的传统书院，标志着中国教育走向了现代化。然而，经过百余年的实践证明，虽然学校等现代教育机构表现出无比的优越性，是不可替代的教学形式，但它存在的种种弊端也日益显现，如学科分得太细、人文教育的缺失、功利性强、同质化现象严重，等等，而传统书院所固有的特性正可补其不足，其中，对于自我的塑造即修身更有其长处，是书院这种传统教育形式的最佳表达。

传统书院不仅形式和现代的学校有着很大的差异，在内容上也是有着本质的不同。虽然每个时代书院的功能不甚相近，但总体来说还是有其共性的，与现代教育机构相比其综合性最为突出，除读书、教书外，还有讲书、校书、刻书、著述、交流等内容，其教学围绕着修身、处事、接物、学问、思辨而进行，显然，与现代的学校教育有着很大的区别。特别是书院教育所表现出来的哲学思想、人文精神、教化功能、道德理念等均围绕传统经学而为，其经学集中体现了中国人的道德规范，这对人的个体修为，人格的培养和塑造具有得天独厚的优势，是补充现代教学体系不足的重要载体。

其理由有三：

一是当前社会现实的需要。改革开放以来，我国的经济建设取得了巨大的成就，人们的物质生活有了极大的提高。与此同时，也出现了很多问题，物质水平与道德水准发展严重不平衡，如物欲横流、道德沦丧、唯利是图、自私、人的素养不高等社会问题非常突出。造成这种现象的主要原因是人的自我修为缺乏，整个教育体系缺少这一环节，这一问题已经严重地影响到社会文明的进步，在国际社会上也严重地损害了中国人的形象，越来越引起政府和有识之士的高度重视。

二是现行教育不足的需要。"修身"的缺失是现行教育很难克服的问题，因为我们还处于应试教育阶段，还在高考的指挥棒下"演奏"，还在升学率上求生存，这是一个非常现实，也是短时期无法彻底解决的问题，现行的教育不可能拿出更多的时间来弥补道德的缺失，也无法应试道德的高下。现代的教育理念是终身教育，现在的教育体系又是短暂的教育，因此，书院正好可以弥补这方面的不足。

三是由书院的性质决定的。书院是个综合的机构，她没有功利性，大多采用耳提面命的教学形式，是一种有感悟、体验式的教学形式，可以用更多的时间强调个人的修为。书院的教学内容虽然是多方面的，但是，应该还是以传统的教学内容为参照，以传统的儒家经典为主，这种教学内容将"修身"作为第一要务，作为一切学问的开端。另外，一般担任书院教学者多是德高望重、具有多方面知识的长者，他们更会用有温度的方式教育和培养学员，用人格的力量感染学生。

总之，书院有其独特的教化功能，可以弥补现行教育的不足，特别是在对人的陶染、修为和精神塑造上更是她的长处。中国人讲"修身、齐家、治国、平天下"，如果没有修身，人们所建造的一切大厦都会轰然倒塌，世界上一切的问题都是人的问题，一切的意义也是人的意义，如果我们没有将人塑造好，所有的一切都如梦幻泡影。此外，我们要将传统的书院和当代互联网结合起来，将传统中国书院这一教育形式发扬光大，在修身、自律上起到独特的重要作用。修身，是当前中国人的第一大要务！

赞曰：
书院肇启精舍兮，夫兴隆于唐宋。
历千年之难衰兮，又逢盛世而蓬。
今庠序有不足兮，反游目而茫然。
问余心也何为兮？乃修身以为重。

（原载光明网·时评频道 2018 年 11 月 23 日）

把好文艺评论的"方向盘"

党的十八大以来，我国对文艺工作的重视被提升到前所未有的高度。习近平总书记关于文艺工作的重要论述，为文艺的发展确立了目标，指明了方向。此后，中共中央关于繁荣发展社会主义文艺的意见和习近平总书记在中国文联十大、中国作协九大开幕式上的重要讲话，都对文艺评论工作给予了充分的肯定，提出了具体的要求。

2021年8月2日，中共中央宣传部、文化和旅游部、国家广播电视总局、中国文联、中国作协五部门联合印发了《关于加强新时代文艺评论工作的指导意见》，不仅明确了总体要求，还指出要把好文艺评论的方向盘、开展专业权威的文艺评论、加强文艺评论阵地建设、强化组织保障工作等，对文艺评论工作作了系统部署，这是今后指导文艺评论工作开展的行动指南，需要我们全面贯彻和执行。

加强新时代文艺评论工作，需要我们进一步把握好以下几个方面。

明确文艺评论的目的。文艺的目的是什么？这是每一个文艺工作者必须要明白和首先要回答的问题。社会主义文艺是人民的文艺，以人民为创作导向，为人民提供更多的精神食粮。文艺评论在发挥引导文艺创作作用的同时，还起到提高全社会的审美水平、引领社会风尚等重要作用。可以说，文艺评论是促进提高文艺作品的精神高度、文化内涵和艺术价值，推动社会主义文艺健康繁荣发展的重要抓手。

把握文艺评论的方向。习近平总书记指出，"我们要通过文艺作品传递真善美，传递向上向善的价值观，引导人们增强道德判断力和道德荣誉感，向往和追求讲道德、尊道德、守道德的生活"[1]。我们必须把好文艺评论的方向盘，注重文艺评论的社会效果，弘扬真善美、批驳假丑恶，不为"三俗"作品和泛娱乐化等推波助澜。把握好文艺评论的基本方向，坚定不移地把社会效益、社会价值放在首位，不唯流量是从，不用简单的商业标准取代艺术标准。

建构文艺评论话语体系。构建具有中国特色的评论话语体系，继承创新中国古代文艺批评理论优秀遗产，批判借鉴现代西方文艺理论，不能套用西方理论裁剪中国人的审美。我们要建构的评论话语体系既不是传统的，也不是全盘套用西方的，而是在中国传统优秀文化的基础上，吸收外来文化之长所形成的。进一步说，我们要在现代语境下，重新审视东西方文艺发展的各自特质，充分挖掘和发挥深厚的中华文艺批评理论优秀遗产，在文化自省的基础上，以文化自信理论为指导，建构具有中国特色的文艺评论话语体系。

以科学的方法开展文艺评论。开展正确的文艺评论需要科学的方法。从理论来说，要把人民作为文艺审美的评判者，运用历史的、人民的、艺术的、美学的观点评判和鉴赏作品；从具体的手段来说，既要巩固用好如电视、广播、报纸、杂志、著述、研讨、对话等传统的平台开展文艺评论，同时也要充分利用好现代网络技术平台，发挥微评、短评、快评等快捷、便利、实时的优势，对前沿问题、热点问题及时发声，引导大众的价值取向和审美取向；从评论的形式来说，要将专业评论和大众评论相结合，充分发挥专家的专业特长和引导作用，

---

[1] 习近平：《在文艺工作座谈会上的讲话》，北京：人民出版社，2015年

不断提高大众的审美水平和审美能力，以达到全社会人文素质的整体提升；从评论的效果来说，要组织创作者和评论者互动，将创作的目的、方法、感受和创作手法等与评论家进行广泛且深刻的交流和对话。评论者要尊重创作者的劳动和审美差异，创作者也要大度地接受批评者不同的意见，在互动中达成创作、评价和审美共识，从而推动文艺创作的繁荣健康发展。

突出文艺评论的批评功能。文艺评论对文艺作品具有传播功能、阐释功能。然而，最重要的功能是批评，像"啄木鸟"一样，帮作者发现问题，解决问题。文艺批评是文艺创作的一面镜子、一剂良药，是引导创作、多出精品、提高审美、引领风尚的重要力量。因此，文艺批评不仅要像镜子一样正衣冠、端态度，更要似一剂良药。文艺批评要做"剜烂苹果"的工作，文艺评论者要有自己的风骨，一身正气，不能只是"一团和气"，唯此才能真正发挥文艺评论的独特功能。

尊重艺术发展规律。文艺的创作有其自身规律，文艺评论要尊重艺术的发展规律，不能用商业的标准代替艺术的标准，要把政治性、艺术性、社会反映、市场认可统一起来，把社会效益、社会价值放在首位。文艺评论和文艺创作不同，文艺评论的过程是一个理性阐述的过程，要以理立论、以理服人，在学理上阐明自己的观点，还要理论联系实际，不能仅仅用情绪化、空洞的语言堆积进行评论，否则不仅毫无价值也无法使被评论者信服。文艺评论要在尊重艺术规律的同时，发扬艺术民主、学术民主，尊重审美差异，是什么问题就解决什么问题，在什么范围发生就在什么范围解决，推动学术争鸣拓展宽度和力度，为改进文风、推出更加文质兼美的作品"添柴加火"。

抓好文艺评论基础工作。做好文艺评论工作，基础性的工作尤为重要，只有消除评论工作者的后顾之忧，提供一定的基础保障，才能保证文艺评论工作的顺利开展。要完善文艺评论工作机制，健全文艺评论组织，延伸文艺评论组织到基层；建立老中青人才梯队，不仅要有权威的文艺评论，还要有关注新人新作的评论；改变多年来文艺评论难以进入高校等学术评价体系和职称评定的状况，利用稿酬激励等杠杆撬动文艺评论的学术价值，调动文艺评论者的积极性；提高文艺评论对创作作用的认识，提高文艺评论家的社会地位，彰显文艺评论不可或缺的独特价值。

文艺创作和文艺评论只有共同努力才能有更大的作为，才能推出有筋骨、有道德、有温度的精品力作，才能无愧于这个伟大的时代。

（原载《群众》2021年9月5日）

加强文艺评论 构筑江苏文艺精品创作高地

——江苏出台《关于加强新时代文艺评论工作的实施意见》

2021年8月2日，中央宣传部、文化和旅游部、国家广播电视总局、中国文联、中国作协等五部门联合印发了《关于加强新时代文艺评论工作的指导意见》（以下简称《指导意见》），将全国文艺评论工作推向了一个全新的高度，在全国文艺评论界产生了巨大的影响。为了更好地落实《指导意见》精神，江苏文艺管理部门一方面在组织文艺评论界、文艺界学习、解读、贯彻精神的同时，还会同网信、教育、文旅、广电、文联、作协等部门，对江苏文艺评论工作的现状、存在的问题以及如何改进、有什么建议，进行了广泛深入的调研、座谈，对高校系统的文艺评论资源、力量和评价体系进行了广泛的了解、系统的梳理。另一方面，着手起草符合江苏文艺评论实际的《关于加强新时代文艺评论工作的实施意见》（以下简称《实施意见》），在充分学习贯彻落实《指导意见》精神的基础上，经过半年多的努力，结合江苏文艺评论发展的实际，在前期调研、座谈、听取各方意见和建议的基础上，数易其稿，今天终于出台并和大家见面了。

《实施意见》，政治站位高、目标明确，立足江苏文艺评论实际，突出新时代文艺评论发展的特色，制定出台了一系列新的评论举措、建立了新的评论形式，为江苏文艺评论的发展指明了方向，为文艺评论找寻到工作路径。

《实施意见》以习近平新时代中国特色社会主义思想为指导，全面贯彻"二为"方向、"双百"方针，坚持创造性转化、创新性发展，弘扬中华美学精神，进行科学的、全面的文艺评论，发挥评论引导创作、推出精品、提高审美、引领风尚的作用，推动江苏文艺"高处再攀高"，为加快构筑文艺精品创作高地，建设社会主义文化强国先行区作出积极的贡献。

《实施意见》工作目标明确。在组织领导、工作机制等方面协同推进，夯实和拓展现有文艺评论阵地，在评论活动、评论人才、评论作品、评价体系等方面推出了一系列新的举措、新的评论方式，高度重视"新媒体"在当下文艺评论中所处的特殊地位和所起到的特殊作用，力争改变文艺评论滞后于文艺创作的历史现状，营造一个风清气正、健康向上的评论生态，充分发挥主体评论的核心作用。

《实施意见》紧紧跟随新时代发展的步伐，突出"两新"的特点。制定出台了一系列符合时代要求和新的评论方式的举措，以及新的评论形式，更广泛地开展各种文艺评论活动。

一是搭建新的评论平台。在巩固江苏传统文艺阵地如报纸、期刊、广播、电视等文艺评论阵地的基础上，支持和鼓励一批在全国有影响、有实力的专业报纸、期刊开设评论栏目。特别要发挥江苏高校多的特点，鼓励高校相关学术期刊发挥平台优势，强化文艺理论与评论建设，将文艺评论成果和其他专业放在同一学术层面对待。

二是增强文艺评论的支撑力。大力培养文艺评论人才，将文艺评论人才的培养纳入全省文艺人才培训的总体安排，通过培训班、高研班和"名师带徒"等方式，发现和培养一批有实力、敢担当、有作为的评论人才，健全评论人才队伍，建立客座评论员、评论人才库、签约评论家制度。在省"五个一批"人才工程，紫金文化英才优青、骨干性人才名师带徒计划等评选认定中，向文艺评论人才予以倾斜。

三是制定文艺评论保障机制。加大江苏文艺有关资金、基金对评论的扶持力度，对学术研讨、交流活动、丛书出版等方面的评论内容给予更大的支持，定期组织好文艺评论奖、文学评论奖和图书评论奖等评选活动。支持举办评论学术研讨会、作品研讨会，遴选出一批有筋骨、有道德、有温度、有担当的优秀作品结集出版，推介给读者和观众。通过文艺评论文章的稿酬杠杆，实行优稿优酬、特稿特酬的方式为文艺评论家提供激励。在文化系列职称评定中，将文艺评论成果纳入科研评价体系和专业人才职称评审之中，改进高校教师评论成果的评价，以此增加评论的影响力和吸引力，鼓励有相当理论水平、学术研究能力的评论家多创作，多出精品力作。

为了适应评论新时代的新需要，高度重视新媒体在全社会的影响力和参与度，《实施意见》充分考虑到新媒体在评论中的巨大作用，特别强调要拓宽文艺评论渠道加强文艺评论新的方式。

一是建好新媒体评论阵地。江苏传统媒体有很大的优势，也具有雄厚的实力，在这些平台的基础上设立网上文艺评论专栏，增强文艺评论的传播力。同时，还鼓励和支持各个文艺专业协会、学会、研究机构，加强和拓展网上评论阵地的建设，紧紧跟随信息化时代的步伐，充分发挥网络在新时代的独特作用。

二是促进构建符合新媒体特点的评论话语。新媒体具有实时、快捷、简练的特点，作为文艺评论需要改变传统评论思维模式，紧紧抓住新媒体的技术优势和传播特点，鼓励撰写紧跟时代、接地气、直抒胸臆的短小精悍的文章，关注微评、短评、快评、全媒体评论的产品，将这些评论纳入有关发表和评奖体系之中，以此更好地适应新媒体时代的阅读习惯和表达方式，扩大文艺评论的覆盖面、提高其时效性。

三是发挥新时代文艺评论新群体的作用。随着我国文化艺术的大发展大繁荣，以及科学技术的迅猛发展，产生了众多新型文艺行业，各种形式、渠道的评论人也随之产生，为活跃、传播、提高我国文艺繁荣发展作出了突出的贡献。《实施意见》鼓励各研究机构、高校、学术团体，积极关注、培养并吸纳一批有实力、有水平和有影响力的自由撰稿人、独立影评人、网站编辑、大众网评员等，并鼓励开展线上和线上、线下和线上评论的互动，推动新时代文艺评论新生力量在文艺繁荣发展中的作用。

此外，《实施意见》还考虑到以往评论滞后于创作的"马后炮"现象，不仅强调评论要贯穿于创作的整个过程，与创作同步推进，而且还将在创作之前开展评论，在引导、造势、诠释创作中起到评论的独特作用。要在评论的过程中，倡导批评精神，做好"剜烂苹果"的工作，坚决抵制阿谀奉承、庸俗吹捧等不良现象，营造一个褒优贬劣、激浊扬清的评论环境。

（原载《中国艺术报》2022 年 5 月 9 日）

百姓生活，中国最精彩的故事

——2023年南京地铁挂春联系列活动有感

讲好中国故事、传播好中国声音，展示当代中国精神，是增强中华文明传播力影响力的重要内容，而中国最精彩、最生动的故事是讲述老百姓的生活，展现可信、可爱、可敬的百姓形象。这次由新华报业传媒集团等单位联合主办的"2023年南京地铁挂春联"系列活动，就是秉承这一基本思想，整合多方资源和力量，围绕百姓节庆生活的一次精彩的故事叙述，是一个贴近时代、贴近生活、贴近大众，为广大百姓服务的亲民活动。活动获得了广大市民、社会的积极响应和良好赞誉，在江苏乃至全国产生了较大的影响，为全国文化创意活动带了一个好头。

系列活动以具有传统底蕴的中华文化代表的春联为主要载体，将春联的征集、评审、展示、书写，以及版画生肖民俗等文化活动融为一体，将古代、近代和现代串联起来，将传统艺术和现代出行工具地铁相融合，将元旦、春节和元宵等传统节日整体考量，与百姓的生活紧紧联系在一起，为我们演绎了一台以百姓参与为主体、讲述百姓生活的大剧，让百姓成为故事的主角，成为最大的受益者。

两行汉字，传承中华传统文脉。如果说春联是世界上最简约的文体，我想实不为过，十几个汉字，甚至两个、四个汉字，以对偶两行的形式就能表达最深刻的含义，这也是中国独特的艺术形式。在短短的两个月内，主办方在全球范围内，征集与南京地铁站名和人文积淀有关的春联1万余副，投稿中有耄耋老人，也有总角少年，通过春联专家的层层遴选、评审，评选出与南京11条地铁、50个充满厚重人文气息站名有关的春联，真可谓优秀佳联迭出、异彩纷呈，并以书法艺术的形式张挂于站门两旁和地铁车厢内。以地铁为载体，征集到上万副春联，产生了那么多充满传统文化底蕴的佳联，在全国属于首创，为这一系列活动的展开打下了良好的基础。

两道铁轨，载满百姓春天喜悦。登上地铁，车厢内扑面而来的中国红，娱人眼目、荡漾人心。一个个福字、一副副对联、一张张生肖版画玉兔，营造出欢快祥和的节日气氛，百姓们纷纷拿出手机，充满微笑地留下这喜悦的瞬间。此外，主办方还别出心裁地联合支付宝、南京金鹰国际集团、宁句城际轨道线路等单位，推出惠民大礼包，乘客可领取乘地铁优惠券、高德打车优惠券，免费领取现金券，免费领取风景区门票等，现金券、优惠券可在指定商店、公园使用。挂春联等系列活动与百姓的生活、百姓获得实惠结合起来，不仅彰显出传统文化的魅力，也得到了百姓的普遍欢迎。这是一列列贴近百姓生活、载满百姓喜悦、承载着传统与现代文化的地铁，是一列列驶向春天的地铁。

两首赞歌，唱尽传统融入现代。春联有着上千年的历史，这一传统的文艺形式如何在当代得到承传、与现代交融，是很多文化工作者常常思考的问题。这次地铁与春联的结合完美地诠释了如何将传统与现代"接轨"，传统文化与现代交通工具交相辉映，用百姓最喜闻乐见的形式春联，融入百姓生活之中。春联、书法、生肖、版画等传统文化与地铁、手机、支付宝、二维码等现代工具无缝对接，描绘出一幅老百姓生活的生动画卷，讲述了当代最美的中国故事。

　　此外，主办方还设置了两条地铁专线，一条"金陵四老"书法专线，一条"玉兔迎春全国版画名家生肖贺岁展"专线。地铁10号线是"金陵四老"专线，"金陵四老"是南京书法文化的名片，是近现代书法史无法绕过的一座高峰。车厢里"金陵四老"的肖像、生平、作品一一展示，文化厚重、书卷气浓郁，与当代书家书写的春联，遥相呼应、各呈姿态，彰显出独特的书法地域文化特色。地铁3号线是"玉兔迎春"专线，憨态可掬、栩栩如生的生肖玉兔，与福字、书法、春联等传统文化元素，在现代化的地铁车厢内共同呈现，给广大的群众营造出别样的节日喜庆氛围、祥和的欢快气氛。

　　文化，只有最广泛地普及到大众才最具意义，艺术只有传统和现代相继才最具顽强的生命力。这次地铁贴春联系列活动，虽然只是选择了地铁和春联这两个小小的窗口，但是，它最贴近百姓的生活，最具中华文化赓续的价值，最具普遍广泛的意义。近年来，江苏在传统文化和现代结合的探索上，始终没有停歇，其中坚持多年在南京城门挂春联活动也是在全国率先垂范，目前已经扩展到江苏全境，产生了良好的影响。这次举办"地铁＋春联"等系列活动，又是一次新的尝试，为江苏创建社会主义文化强国先行区作出了新的贡献。

（原载《江南时报》2023年1月31日）

文艺市场急需文艺批评的介入

党的十八大以来，特别是习近平总书记在文艺工作座谈会上的讲话发表之后，文艺界存在的诸多问题得到了显著的改进，文艺界的"三俗"现象，唯收视率、唯点击率现象，重奖项轻质量等现象得到了明显的遏制。然而，有些问题是长期形成的结果，积重难返，所以某些不良现象依然存在。如在书画市场中处于市场前沿的书画拍卖、画廊、慈善义捐、送礼馈赠等，由于评价体系的缺失，市场机制未能建立，社会审美水平偏低、审美标准混乱，文艺家炒作、浮躁、造假等现象依然存在，有的还很严重。当然要根治此类问题需要多方面的合作，也需要一定的时间。不过严肃的文艺批评未能有效地介入、未能起到重要的作用，也是其重要的原因之一，因此，文艺市场急需文艺批评的介入。其理由如下：

一是文艺市场的混乱急需文艺批评的介入。如上所说，近年来文艺市场的乱象虽然有所好转，但依然存在，有的还很严重，市场成为评价的唯一标准、价格决定价值，文艺家炒作、造假、代笔、仿制等现象依然存在、屡禁不止，所以，有效、严谨的文艺批评在此情形下发挥应有的作用尤为重要。专业的文艺批评会引导和提升广大文艺创作家、文艺欣赏者和文艺消费者的审美和鉴赏水平，从而从艺术的本身整肃文艺市场不端的现象，使文艺市场存在的混乱现象得到清理和改善。

二是文艺市场发展急需文艺批评的介入。客观来说，文艺的繁荣发展也促进了文艺市场的发展，只有创作和批评同时发力、共同推进，才能有效地避免在文艺创作过程中存在的问题，同时也能很好地推进文艺市场健康地发展。然而，多年来我们在大力发展文艺创作的同时，文艺批评建设明显薄弱、滞后，甚至被边缘化，有些创作者对文艺批评的作用认识还很不够，甚至认为文艺创作不需要文艺批评的思想普遍存在，这会让文艺市场存在的问题得不到有效的改善，文艺市场发展中存在的问题得不到及时的纠正，这是造成了目前文艺市场混乱现状的原因之一。文艺批评一方面要弘扬文艺发展成果和提升文艺审美水平，同时也具有提升文艺家、欣赏者和消费者整体文艺修养的作用，整顿文艺市场的作用，更有激浊扬清、营造一个风清气正的文艺市场发展的功能，因此，文艺市场的繁荣发展更需要文艺批评的介入。

三是文艺市场的专业性急需文艺批评的介入。文艺作品进入市场，就和文艺创作者脱离了直接关系，它从创作领域进入了市场领域。文艺市场是一个极为专业、独特、复杂的行业，有着自身的发展规律。一方面我们要遵循其固有的发展规律，同时也要引导和促进其正常的发展，而这两个方面都离不开文艺批评的作用：遵守规律就是要在文艺批评的基础上阐释和揭示规律，在文艺市场中存在价值、意义，引导和发展更离不开文艺批评的介入，因为不管是文艺市场规律的存在，还是对文艺市场的引领和提升、整肃都需要文艺评论专业和深入地介入，文艺批评是文艺市场作为一个独立专业的组成部分。从小的方面来说，文艺作品进入市场必须受到大众的评判，这个评判就是文艺批评；从大的方面来说，文艺作品通过在文艺市场的流通，其价值如何体现、艺术水平达到怎样的高度、在当下所具有的价值和意义，是否能代表这个时代、能否留下历史等，都需要专业化批评的介入、分析和评判。

四是文艺市场机制的建立急需文艺批评的介入。文艺市场不是简单的文艺市场化，文艺市场需要建立一套严格的管理机制，它包括文艺市场评价体系的建立，文艺作品的市场价值、价格，文艺市场的规律和文艺欣赏者的审美水平等相互统一。然而，在这些过程之中，始终有一个不可或缺的主导性力量就是文艺批评。只有发挥文艺批评的支撑作用，才能建立文艺市场的评价体系，才能建立文艺作品价格和价值的良好关系，才能遵循文艺市场发展的基本规律，才能引导和提升文艺市场消费者的欣赏和审美水平，才能构建好文艺市场机制以防止文艺作品市场化的倾向，这也是文艺精品创作的重要基础。在文艺市场机制的建立中，文艺批评将扮演重要的角色，是不可或缺的重要力量。

五是文艺市场管理体系的建立也急需文艺批评的介入。我们欣喜地看到，文艺批评的介入已经受到党和国家的高度重视和大力推进。2014年习近平总书记的《在文艺工作座谈会上的讲话》，将文艺批评的作用和地位放到了一个从未有过的高度，文艺批评的作用得到充分的认识和肯定，明确地告诉我们文艺批评是文艺发展中不可替代的中坚力量。此后，中宣部等五部委下发了《关于加强新时代文艺评论工作的指导意见》，中宣部下发了《关于开展文娱领域综合治理工作的通知》，2022年江苏省委宣传部等五部门也联合印发了《关于加强新时代文艺评论工作的实施意见》等，将文艺评论工作置于一个前所未有的高度。如此一套组合拳，必将对促进文艺评论工作起到重要的作用；文艺批评对文艺市场的健康发展，对文艺市场管理体系的建立必将起到重要的推动作用。在此情形下我们文艺评论工作者肩上的担子更重了，我们如何在此态势下贯彻好有关政策、制度精神，如何将批评转化为促进对文艺市场管理体系的建立，并起到积极的推动作用，是我们今后和将来一段时期的主要工作，也是文艺批评介入文艺市场的重要机遇。

各位同人，文艺批评的春天已经来到！这既是对文艺批评工作者提供的机遇也是一次挑战，我们要高度认清文艺创作和文艺评论之间的辩证关系，高度认识到文艺批评对文艺创作的作用。我们文艺评论工作者，要高度树立为社会主义文艺健康发展的责任感和使命感，为新时代文艺市场的发展，为江苏文艺精品创作高地建设作出评论人的贡献。

谢谢大家！

（应邀为《新华日报》举办的"抵达·现场"论坛撰文）